「今夜中にここから抜けださないと……」

魔弾の王と凍漣の雪姫（ミーチェリア） 6

川口士　イラスト／美弥月いつか

Lord Marksman and Michelia

Presented by Tsukasa Kawaguchi / Illust. = Itsuka Miyatsuki

二人は間合いをはかって、正面から槍と剣をまじえ、
おたがいに位置を入れ替え、すぐにまた刺突と斬撃を放つ。
相手の呼吸を読み、視線を観察し、わずかな動きにも注意を払う。

リュディは足を滑らせ、体勢を崩す。
ティグルがとっさに両手を伸ばし引き寄せようとすると
彼女の尻に自分の腰がぶつかる。

ダッシュエックス文庫

魔弾の王と凍漣(ミーチェリア)の雪姫6

川口 士

ルヴーシュ
オステローデ
レグニーツァ
王都シレジア
ブレスト
ライトメリッツ
ジスタート
アルサス
オルミュッツ
ポリーシャ
城砦
ムオジネル
ス
エレシュキルト
王都パルティア
黄金の海

アスヴァール島
王都コルチェスター
ルテティア
王都アスカニア
ブリューヌ
アスヴァール
ナヴァール城砦
王都ニース
ネメタクム
ザクスタン

リュドミラ＝ルリエ

ジスタート王国のオルミュッツを治める戦姫で『凍漣の雪姫』の異名を持つ。18歳。愛称はミラ。ティグルとは相思相愛の仲。

ティグルヴルムド＝ヴォルン

ブリューヌ王国のアルサスを治めるヴォルン家の嫡男。18歳。ナヴァール城砦から火の手があがったと聞いて、ブリューヌへ向かう。

オルガ＝タム

ジスタート王国の戦姫で『羅轟の月姫』の異名を持つ。15歳。ティグルたちと行動をともにしている。

ソフィーヤ＝オベルタス

ジスタート王国のポリーシャを治める戦姫で『光華の耀姫』の異名を持つ。22歳。愛称はソフィー。現在はアスヴァール王国に滞在中。

Character / Lord Marksman and Michelia

リュディエーヌ＝ベルジュラック

ブリューヌ王国の名家ベルジュラック公爵家の娘で、レグナス王子の護衛を務める騎士。18歳。ティグルと幼い頃に出会い、友情を育んでいる。

エリザヴェータ＝フォミナ

ジスタート王国のルヴーシュを治める戦姫で『雷渦の閃姫』の異名を持つ。18歳。愛称はリーザ。ギネヴィア王女との戦いで右腕と記憶を失う。

バシュラル

ブリューヌ王国の庶子の王子。20歳。ファーロン王に正式に王子として認められたのは昨年で、ガヌロン公爵が後見役となった。

ロラン

ブリューヌ王国西方国境を守るナヴァール騎士団の団長で『黒騎士』の異名を持つ。29歳。国王から宝剣デュランダルを貸与されている。

プロローグ

　冬の終わりの夜空を背景に、ひとつの城砦が漆黒の影となってそびえたっている。

　ナヴァール城砦。ブリューヌ王国の西方国境における守りの要だ。ブリューヌ人にとっては頼もしい存在であり、アスヴァール人やザクスタン人にとっては忌々（いまいま）しい存在である。

　とくに、城砦を守備するナヴァール騎士団の団長にして『黒騎士』の異名を持つロランは、まさしく人間離れした武勇の持ち主であり、ザクスタン王国のある将軍などは、「城砦のもう一枚の城壁」と評したものだった。

　そのロランがいま、城壁の上に立っている。

　鍛錬（たんれん）と実戦で鍛え抜かれた長身に黒い甲冑をまとい、国王ファーロンから貸し与えられた宝剣『不敗の剣（デュランダル）』の切っ先を城壁の床に立てて、鋭い視線を地上に投げかけていた。冷たい夜風が城壁を吹き抜けても、眉ひとつ動かさない。

　城砦のまわりには無数の幕舎が設置され、篝火（かがりび）が焚（た）かれている。見張りの兵の姿も随所に見られた。ナヴァール城砦は包囲されているのだ。

　包囲しているのはブリューヌ軍だった。正確には、北部に領地を持つ諸侯の連合軍だ。その数は約二千五百。現在、城砦にいる騎士の数はおよそ一千なので、倍以上である。

彼らは、ナヴァール騎士団の降伏と、城砦にいるレグナス王子の引き渡しを要求していた。

——俺が殿下と謀って、バシュラル王子を暗殺しようとしただと?

ふざけるなと吼えたくなる。

眼下の幕営にいますぐ突撃したくなるほどの怒りが、ロランを包んでいた。連合軍は自分だけでなく、レグナスをも陥れ、侮辱したのだ。とうてい許される所業ではない。

だが、うかつに動くことはできなかった。戦いの中で、万が一にでも敵の侵入を許せば、城の奥にいるレグナスの身に危険が及ぶ。

——オリビエたちは無事だろうか。

副団長を務めるオリビエは、ここにいない。数日前、北部の諸侯から揉めごとを仲裁してほしいという頼みがあり、一千の騎士を率いて城砦を発ったのだ。いまから思えば、これも彼らの仕掛けた謀略だったのだろう。

——オリビエは用心深い男だ。みすみす敵の罠にはかからないと思うが……。

不意に、視界の隅で何かが光った。

ロランは城壁の内側に視線を向ける。厩舎のあたりに炎らしき赤い輝きを発見した。

あれは味方ではない。そう判断したときには、宝剣を手に走りだしている。ほぼ同時に、城砦のあちらこちらから叫び声があがった。それらは怒号であり、悲鳴であった。

——侵入されたか!

地上への階段を駆けおりる。ひとりの騎士がロランに気づいて、走り寄ってきた。

「団長、敵です！　厩舎に敵兵が！」

それはわかっているとは言わず、ロランは短く問いかける。

「敵はどこから来た」

返ってきた答えは意外なものだった。

「それが、城館の中からのようで……」

ロランの頬がかすかに強張る。ほんの一瞬ではあったが、彼は動揺を隠せなかった。

ナヴァール城砦には地下通路がある。城内と外を結ぶもので、その入り口は巧妙に隠されており、存在を知っているのはロランとオリビエを含む数人だけのはずだ。しかし、城館の中から現れたということは、敵はどうにかして地下通路について知ったのだろう。

遠くからどよめきが聞こえた。見ると、闇の中に盛大な火柱が噴きあがっている。屋外の訓練場があるあたりだ。

「うろたえるな！」

炎に右往左往する騎士たちを、ロランは一喝した。

「火は陽動だ！　敵の狙いは城門だ！　城門に張りつけ！　何としても開けさせるな！」

騎士たちが緊張に満ちた顔でロランを見つめる。ようやく自分のやるべきことを思いだした彼らは、武器を握りしめて弾かれたように駆けだした。

ロランもまた走りだす。ただし、城門ではなく、城館に向かって。

――地下通路から入りこんできた敵は、おそらく三つの部隊にわかれている。

厩舎と訓練場に火を放ってこちらを混乱させる部隊。混乱の隙を突いて城門を開き、外にいる仲間を招きいれる部隊。そして、レグナス王子の身を狙う部隊だ。

騒ぎの大きさから考えても、敵の数は多くない。三十から四十というところだろう。

――早く殿下の安否を確認して、お守りせねば。

城館へ向かうと、開け放たれた扉から諸侯の兵たちが現れた。数は十人前後。ロランの姿を認めるや否や、彼らは剣を振りかざして襲いかかってきた。

ロランは足を止める。先頭にいる二人の敵兵を見据えて、デュランダルを右から左へと薙ぎ払った。長く、厚く、重い刀身が星明かりを反射して煌めき、風が猛々しい唸りをあげる。

二つの首が宙を舞い、流血がいびつな曲線を描いた。避けるどころか、反応することすら彼らはできなかった。

間髪を容れず、左から右へと斬撃が通過する。新たに三つの首が地面に転がった。

「どけ」

ロランが短く告げると、残った敵兵たちは恐怖に全身を支配されて後ずさる。黒騎士の圧倒的な強さを、あらためて思い知らされたのだ。

口々にわめきながら向かってきた三人の敵兵を、ロランは瞬く間に斬り伏せる。それを見た他の兵たちは、悲鳴をあげて逃げだした。彼らにかまわず、ロランは扉の先に飛びこむ。

薄暗い廊下を駆けると、向こうから三つの人影が走ってくるのが見えた。

「ロラン卿！」

聞こえたのが女性の声だったので、ロランは肩に担いだ宝剣を下ろす。

ほどなく人影の正体がわかった。レグナス王子と、その護衛を務めている二人の女性だ。ひとりはジャンヌ、もうひとりはリュディエーヌという名で、彼女たちが手にしている剣は血にまみれ、軍衣にも返り血がついていた。

「ご無事でしたか」

安堵して表情を緩めるロランに、十七歳の王子は精一杯の微笑で応じた。

「二人に守ってもらいましたから。ナヴァール騎士たちにも」

後半の台詞は、ロランたちを咎めるつもりはないという意味だろう。

レグナスは年齢の割に華奢な身体つきをしており、中性的な顔だちも手伝って、よくいえば優しげな、悪くいえば頼りなげな印象を与える。しかし、この状況で取り乱すことなく落ち着いている芯の強さは、見事なものだった。

「状況を教えていただけますか？」

リュディエーヌが尋ねる。ロランは簡潔に答えた。

「中に侵入されました。地下通路について知られていたようです」

レグナスたちは驚いて顔を見合わせる。もしものことがあれば、地下通路を使って城砦の外へ逃げるつもりでいたのだ。

「バシュラル王子は、よほど周到に計画を練っていたようですね」

緊張と戦慄のつぶやきを、レグナスは漏らした。

バシュラルは、約半年前にブリューヌの王宮に現れ、王子として認められた若者である。

庶子であることを理由に王位継承権こそ与えられなかったものの、彼はそのことに不満を見せず、レグナスを敵視することもなかった。最初のうちは王宮に留まっていたが、後見役となったガヌロン公爵の力を借りて何度も野盗の討伐を行い、功績を重ねた。

そのバシュラルが諸侯の兵を率いて城砦の前に現れたのは、今日の昼ごろだった。

レグナスとロランが自分を亡き者にすべく陰謀をくわだてていると彼は叫び、さらに幾人かの諸侯が進みでて、バシュラルの主張は事実だと「証言」した。そして、彼らは城砦を囲むように幕舎を設置しつつ、降伏してレグナスを引き渡すよう要求してきたのだ。

レグナスがわずかな護衛だけをともなってナヴァール城砦の視察に訪れたのは、昨日のことである。何ごともなければ、明日の朝には王都へ発つ予定だった。そのことを事前に調べていなければ、このような行動を起こせるはずがない。

「殿下。二つ、手がございます」

ここに来るまでに考えていたことを、ロランは提案した。

「城砦の隅にある塔の最上階に避難していただくか、でなければ……城門のひとつをこちらから開いて、敵陣を突破するか」

　途中でためらったのは、二つめの案が非常に危険なものだからだ。多数の敵兵を退けて道を切り開くことができたとしても、夜の闇の中ではぐれてしまう恐れがある。

「突破しましょう、殿下！」

　護衛のリュディエーヌが勇ましく進言した。十七という年齢にしては小柄だが、身体つきは女性的な曲線を描き、手足は鍛練を積んだ者のしなやかさを備えている。

　頭の後ろで結んだ銀色の髪は膝に届くほど長く、凛々しさと愛らしさを同居させた端整な顔だちの中に、碧い右の瞳と紅い左の瞳があった。このような目を、ブリューヌやジスタートでは異彩虹瞳と呼んでいる。吉兆として扱う地域もあれば、凶兆として扱う地域もあった。

「リュディ、あなたはまた軽々しくそんなことを……」

　もうひとりの護衛であるジャンヌがため息をつく。二人に優しい眼差しを向けたあと、レグナスはロランに向き直った。ファーロン王と同じ碧い瞳には、迷いのない輝きがある。

「突破しましょう。ここにいる者全員で」

「かしこまりました」

　感嘆の思いを胸に抱いて、ロランは頭を下げた。

　王子の背後を二人の護衛に任せ、ロランは先頭に立って前庭に向かう。二度ばかり諸侯の兵と遭遇したが、ロランに刃を届かせることのできた者はいなかった。

前庭に出ると、騎士たちが次々に駆けてきて状況を報告する。どの城門も激しい攻撃を受けているが、いまのところ敵の手に落ちた箇所はないようだ。

「厩舎と訓練場の火については、広がらないようおさえこんでいます。ただ、煙がひどくて、完全に消し止めるのは時間がかかりそうです」

ロランは唸った。敵の狙いを読み違えていたことを悟ったのだ。

――厩舎と訓練場に火を放ったのは、我々を混乱させるためだと思っていたが。

敵は、城壁の内側を煙で満たすつもりだ。そうすればこちらの目と鼻を痛めつけて戦いやすくなるし、城砦を焼き払わずに手に入れることができる。

こちらもおもいきった手を打たなければならない。

「火を放て。城砦を捨てる」

ロランの命令は、その場にいるすべての者たちを驚愕させた。

「こ、この城砦を捨てるのですか……？」

騎士のひとりが動揺も露わに確認する。黒騎士は厳しい表情でうなずいた。

いち早く冷静さを取り戻した別の騎士は、ひとの悪い笑みを浮かべる。

「では、せいぜい派手に燃やさなければなりませんな」

彼はロランの意図を正確に理解していた。

敵は、火が広がらないように気をつけている。そこでこちらが火を放てば、敵は消火に人手を割くことになり、ロランたちは動きやすくなるはずだ。

「火を放つだけでいいのでしょうか。敵にくれてやるぐらいなら、いっそ井戸に毒を……」

また別の騎士が意見を述べる。ロランは首を横に振った。

「無用だ。この城砦は、いずれ取り戻す」

騎士たちの目に喜びと希望の色が浮かぶ。この言葉は必ずや実行され、成功するだろう。彼らはそう信じることができた。

ロランは決して個人的な武勇のみで団長の座におさまったわけではない。その立場にふさわしい人間であることを、行動で示し続けてきた。だからこそ部下たちは従うのだ。

続けてロランは言った。

「火を放ったら、全員、北の城門から逃げろ。俺は東の城門で、少しでも敵を引きつける」

「団長だけいい格好をしようってんですか？　オレぐらいはお供(とも)させてくださいよ」

騎士のひとりがそのように願いでる。彼だけでなく、騎士たちの総意であったに違いない。

だが、ロランは笑って退けた。

「いい格好をしたいなら、殿下をお守りして敵から逃げきる役目にまわれ。そちらは多いほどいいし、失敗は許されんからな。囮(おとり)はひとりでも務まる。わかったら行け」

騎士たちは敬礼で応えると、団長の命令を伝えるべく走り去る。

ロランとレグナス、そして護衛の二人だけがこの場に残った。

「――ロラン卿」

銀髪を揺らして、リュディエーヌが進みでる。

「囮は私が務めます。あなたの武勇は、殿下のおそばでこそ発揮されるべきでは」

おもわぬ申し出に、ロランはまじまじとリュディエーヌを見つめた。

「せっかくだが、お断りさせていただく」

苦笑を浮かべて、背後の城壁を振り返る。

「この城砦は、我々にとって『我が家』なのだ。己の家を傷つける無法者を、団長である私が叩きのめすのは当然のこと。誰かに代わってもらおうとは思わない」

本心だ。しかし、理由は他にもあった。

彼女の正式な名はリュディエーヌ＝ベルジュラック。ファーロン王の信頼が厚いベルジュラック公爵家の娘だ。彼女を失うようなことになれば、国王にとっても打撃となる。

また、彼女の父親はナヴァール騎士団の先々代の団長だ。ロランは彼に剣の稽古（けいこ）をつけてもらったり、部下の扱い方を教えてもらったりしたことがある。尊敬している男だった。

「リュディエーヌ殿。あなたには、私の分まで殿下をお守りしていただきたい」

黒騎士にこうまで言われて、なおも自分の意見を主張できる者はいないだろう。リュディエーヌは目を丸くし、次いで感情の昂ぶりを隠すように、己の剣をまっすぐ掲げた。

「わかりました。私の剣と、ベルジュラックの名に懸けて」

ロランもデュランダルを掲げて彼女の剣と重ねる。

二人が剣を下ろすと、レグナスが微笑を浮かべて口を開いた。

「ロラン卿、リュディエーヌはすぐ調子に乗るので、あまり甘やかさないでくださいね」

「そ、それはあまりなおっしゃりようです、殿下」

リュディエーヌが抗議の声をあげた。もっとも、本気で落胆しているわけではない。二人の表情からは、ただの主従ではない親密な関係がうかがえる。

ロランはあらためてレグナスに向き直ると、深く頭を下げた。

「殿下、私がいながらこのような事態を招いてしまい、お詫びのしようもございません。どうか無事に逃げられますよう」

「ロラン卿、顔をあげなさい」

毅然とした声に、顔をあげる。レグナスの厳しい表情がそこにあった。

「何としてでも生きて、私たちに合流しなさい。その宝剣と、あなたの誇りに誓って」

感銘が、黒騎士の肩を震わせた。「必ず」と短く答える。

騎士のひとりがロランの馬を引いてきた。ロランは愛情をこめて馬の鼻面を撫でる。

それから数百を数えるほどの時間が過ぎて、城砦の各所から新たな火の手があがった。ナヴァール騎士たちが放ったものだ。狙い通り、敵は慌てはじめた。異変を感じとったのだろう、城壁の外からの攻撃も中断される。

動きの鈍（にぶ）くなった敵に傷を負わせつつ、騎士たちは持ち場を離れて北の城門へと向かった。

レグナスもまた、二人の護衛と多数の騎士たちに守られながら走り去っていく。

東の城門のそばに残ったのは、ロランと四人の騎士だけだ。この四人も、城門を開けたら急いで北へ向かう手はずとなっていた。

「いよいよか」

ロランは馬上のひととなる。ふと、敵将であるバシュラルのことを考えた。

彼がブリューヌの王宮に現れたのは、秋の初めごろだったという。

大貴族であるガヌロン公爵の取り計らいによってファーロン王に謁見した彼は、自分が王の子であると告げ、鞘と鍔に巧みな装飾がほどこされた一振りの短剣を見せた。

その短剣は、二十一年前、まだ王子であったころのファーロンがひとりの女性に贈ったものだった。ガヌロン、そして宰相ボードワンの立ち会いのもと、ファーロンとバシュラルは半刻以上もの間、言葉をかわした。

話を終えたファーロンは、バシュラルを己の子であると認めた。

なぜ、いままで名のり出なかったのか。

そう尋ねた国王に、バシュラルは陰りのある表情で答えた。

半年前に病で亡くなった母がいまわの際に教えてくれるまで、知らなかったのです、と。

それまで彼は、傭兵として各地を転々としていたのだそうだ。まとまった金を手に入れて故郷に帰ってきたときに、母から話を聞かされたのだという。

その後、バシュラルの素性について念入りに調査が行われ、秋の半ばごろ、彼は王子として正式に認められた。後見役は、彼を連れてきたガヌロンが務めることとなった。

秋の終わりごろにアスヴァール王国から帰還したロランは、バシュラルに対して興味は抱いたものの、積極的に関わりを持とうとはしなかった。

長い間空けていたナヴァール城砦と西方国境を見てまわることの方が重要であったし、後見役がガヌロン公爵と聞いて、好奇心よりも警戒心が優ったからだ。ガヌロンが冷酷さと残虐さを備えた野心家であることを、ロランは知っていた。

──バシュラル王子はガヌロンにそそのかされたのか。それとも野心を隠していたのか。

どちらもありそうに思える。

ファーロン王が顔を合わせて話し、宰相のボードワンが調べたというのだから、彼が王の子であることはたしかなのだろう。だが、ガヌロンが善意でバシュラルのような者を連れてくるはずがない。二人の間には何かしらの密約がかわされていると考えるべきだ。

──いずれにせよ、バシュラルはレグナス殿下の命を狙った。それだけで充分だ。

騎士たちが城門を開いた。「ご武運を」と、言って、彼らは暗がりの中に駆けていく。

悠然と、ロランは城門をくぐった。視界に映ったのは、武器や松明を手に待ちかまえる数百もの兵の姿だ。剣や槍や甲冑が、松明の炎を反射して鈍く光っている。

諸侯の兵たちは、緊張と不審の眼差しをロランに向けた。突然門が開いたかと思えば、敵の総指揮官が単騎で現れたのだ。警戒しないわけがない。

「王子殿下に刃を向け、王国の安寧を脅かす謀反人ども！」

ロランはデュランダルを振りかざすと、憤怒を言葉に変えて彼らに叩きつけた。

「いまさら降伏を促しはせぬ。逃げろとも言わぬ。俺が与えてやれるのは、戦って死ぬ機会だけだ。恥を知るならば、せめて戦士らしい最期を迎えるがいい！」

それは、あまりに凶暴で無慈悲な死の宣告であった。兵たちの約半数は戦場の熱狂を吹き散らされて棒立ちになり、残りも身体を強張らせて動けなくなる。

馬が鼻息も荒く大地を蹴り、ロランは正面から敵陣に斬りこんだ。

諸侯の兵たちを、破壊の旋風が襲った。兜ごと頭部を叩き割り、甲冑ごと肩や胸を砕き、剣や槍を持った腕を斬り飛ばす。悲鳴と絶叫の中で四、五人分の血飛沫が混じりあい、赤い雨となって、倒れた兵たちに降り注いだ。

兵たちが必死の形相で叫びながら、剣や槍を突きだす。ロランは無造作に大剣を薙いだ。剣は折られ、槍は半ばから斬られてただの棒となった。

ロランが剣を一閃させるたびに銀色の軌跡が描かれ、流血がいびつに踊って、兵たちがもの言わぬ骸となる。首が転がり、手足が転がり、壊れた武具が転がって夜気をかき回す。城門の前に密集していたのが仇となって、十を数える間に、三十近い死者が地面を埋めた。

黒騎士はなおも前進して、容赦なく死をまき散らす。レグナスたちを逃がすために少しでも彼らの意識を自分に向け、また恐怖を植えつけておく必要があった。

――そろそろ腕に覚えのある者が出てきてもよさそうなものだが。

すでに周囲の兵たちは戦意を失っている。彼らが敗走し、他の兵も影響されれば、連合軍そのものが潰走に移る可能性も出てくる。諸侯もそれは避けたいはずだ。

はたして兵たちを左右に押しのけながら、ひとりの騎士がロランの前に進みでた。

「おまえたちは下がれ。この男の相手は俺にしか務まらん」

年齢は二十歳前後というところか。ロランに並ぶほどの長身で、やや痩せているが、肩や腕を見れば鍛え抜かれた戦士の肉体であることがわかる。色が抜け落ちたような白く短い髪の下には整った顔があり、右目のあたりには傷跡がうっすらと残っていた。

彼は白を基調とした軍衣をまとい、細かな金の装飾をほどこした白い大剣を担いでいる。

「バシュラル王子……！」

さすがのロランも驚きを隠せなかった。自分たちを陥れた張本人であり、連合軍の総指揮官でもある男が姿を見せるとは。

だが、好都合だった。この男を斬ればすべてがかたづく。

ロランは馬を前に進めようとしたが、不意に思いとどまって、手綱を強く握りしめた。バシュラルのわずかな動きから、その技量が尋常なものではないと感じとったのだ。

「どうした？　来ないならこちらから行くぞ」

碧い瞳を戦意で満たし、バシュラルが傲然と笑って馬の腹を蹴る。

次の瞬間、すさまじい殺気が刃となってロランに襲いかかってきた。

大剣同士が激突して、雷光のような火花が散る。馬上で、ロランはよろめいた。斬撃は弾き返したが、剣勢に圧されて体勢を崩したのだ。

──なんという速さと膂力だ……！

戦慄を覚えた。体勢を立て直す暇もなく、バシュラルが距離を詰めてくる。

再び火花が飛び、大気が悲鳴をあげた。かろうじて一撃をしのいだものの、ロランの剣は完全に勢いを失っている。

勝機とみたのか、バシュラルが大剣を大きく振りあげた。それを見たロランは、おもいきった行動に出る。己の馬を相手の馬にぶつけたのだ。

意表を突かれたバシュラルは、馬を操ることに意識を傾ける。ひとつ二つ数えるていどの時間だったが、ロランが反撃に移るには充分だった。

背中まで突き抜けそうな豪速の刺突を、バシュラルが身体をひねってかわす。刃が甲冑をかすめて、不快な響きとともに破片が飛んだ。

バシュラルは上体をさらに傾けて、ロランの腰を狙って水平に大剣を振るう。宝剣の刀身で防ぎ止めるには間に合わず、かといって避ければ馬の首が飛ぶ軌道だ。

ロランは顔色ひとつ変えずに、デュランダルの柄頭(つかがしら)でバシュラルの剣を打ち返した。柄頭の角度がうぶ毛一筋分ほどもずれていたら、胴を斬り裂かれていただろう。

敵意を帯びた視線を叩きつけあって、二人は至近距離で激しく刃を撃ちかわす。嵐と嵐がぶつかりあうかのような攻防は、容易に決着がつかなかった。

諸侯の兵たちはとうに二人から離れて、遠巻きに戦いを見守っている。近くにいると、斬撃の応酬に巻きこまれて首を吹き飛ばされるのだ。ロランも、そしてバシュラルも、彼らの存在にまったく頓着しなかった。

同時に放った渾身の一撃を相手の剣に阻(はば)まれ、二人は呼吸を整えるべく距離をとる。

「噂以上だな」

バシュラルが歯をむきだしにして笑った。

「傭兵として各地を渡り歩いてきたが、おまえほど強い騎士には会ったことがない」

ロランも同感だった。バシュラルの豪勇は自分を上回っている。かつて、南の海を渡ってきたという狂戦士と戦ったことがあったが、それ以来の強敵だ。

ただ、ひとつ気になることがある。

「その剣はどこで手に入れた？」

ロランの静かな問いかけに、バシュラルはわずかに眉を動かす。

「何が言いたい」

「貴様の剛力に耐え、デュランダルとこれほど撃ちあっても折れ砕けぬ。そのような剣など、めったにあるものではない」

バシュラルの大剣から、ロランは奇妙な雰囲気を感じていた。

それは、自分の持つデュランダルや、ジスタート王国の戦姫たちが操る竜具(ヴィラルト)、アスヴァールの王女ギネヴィアの宝剣カリバーン、そしてティグルヴルムド＝ヴォルンの持つ黒弓に共通するものだ。人智を超越したものだけに備わっている力の証だった。

「こいつは後見役殿からもらったものだ。由来は知らん」

興味がないというふうにそっけない口調で答えると、バシュラルは間合いを詰めてくる。

宝剣をかまえながら、ロランは戦神トリグラフに感謝した。この危険な男に、レグナス王子を追わせてはならない。自分が足止めできてよかったと、心から思った。

――だが、俺が果たさなければならない使命はもうひとつある。

何としてでも生きて、私たちに合流しなさい。レグナスはそう言った。

いましばらく時間を稼いだあと、どうにかしてここから逃げなければならない。ただ斬り結ぶよりはるかに難しいが、主命を果たすのが騎士である。

突進してくる白髪の王子を、黒騎士は正面から迎え撃った。

1　強敵

　春の気配を感じさせる風が、草の間に覗く小さなつぼみをそっと揺らしている。

　雲のない蒼空の下、馬に乗って街道を進む旅人たちの姿があった。

　数は五人。ブリューヌ貴族の若者がひとり、その側近がひとり、ジスタートの戦姫が二人、オルミュッツ公国の騎士がひとりという驚くべき顔ぶれだ。

　先頭を行く若者は、ティグルヴルムド＝ヴォルン。アルサスの地を治めるヴォルン伯爵家の長男で、親しい者からはティグルと呼ばれている。年が明けて、十八になった。

　ティグルは鞍（くら）の左側に家宝の黒弓を差し、右側に矢筒を吊している。弓は臆病者の武器としてブリューヌ貴族から蔑（さげす）まれているが、これこそが彼のもっとも得意とする武器だった。

　遠くに城砦とおぼしき黒い影が見えて、ティグルは馬を止める。

「あれがナヴァール城砦？」

『凍漣の雪姫（ミーチェリア）』の異名を持つ戦姫リュドミラ＝ルリエが、隣に並んで聞いた。

「間違いない。やっとここまで来た……」

　ティグルは大きく息を吐く。旅塵で汚れた顔には不安と焦りが浮かんでいた。

「休憩にしましょう、ティグル」

リュドミラ——ミラがいたわるような声をかける。ティグルの顔に迷いが浮かんだ。

「その方がいい」

『羅轟の月姫（バルディッシュ）』の異名を持つもうひとりの戦姫オルガ＝タムが、ミラに同意する。自分が乗っている馬のたてがみを優しく撫（な）でながら、彼女は続けた。

「馬たちも疲れがたまっている。あと少しだからこそ休ませるべき」

オルガは遊牧によって暮らしている騎馬の民の生まれだ。五人の中で最年少の十五歳だが、馬については誰よりも詳しい。皆の馬を選んだのは彼女だった。

ティグルは自分が乗っている馬を見る。考え直して、二人の戦姫に礼を言った。

「ありがとう、二人とも。どうも俺は焦ってたみたいだ」

ミラは優しげな微笑を浮かべ、オルガは照れたようにうつむいた。

「昨年、アルサスを発ったときは、まさかこんなふうにブリューヌに戻ってくるとは思いませんでしたね」

ティグルの側近であるラフィナックが感慨深げに言うと、ミラの副官を務めるガルイーニンが穏やかな笑みを返した。

「ムオジネルを除く近隣諸国を、ちょうど一周する形になりましたな」

ティグルがラフィナックとともにアルサスを離れ、オルミュッツを訪れたのは、昨年の夏のはじめごろだった。ブリューヌ王ファーロンに、内通者さがしの手伝いを命じられたのだ。

しかし、オルミュッツにいたのは夏が終わるまでだった。ジスタートがアスヴァールの内乱に介入すると決定したからだ。ティグルはミラの力になるべく、ジスタート軍に加わった。

内乱が終結して冬になろうとするころ、ティグルはミラとラフィナック、ガルイーニンとともにザクスタン王国へ向かった。

『魔弾の王』と呼ばれる者の手がかりをさがすのが目的だったが、ティグルたちは大陸を放浪していたオルガと出会い、王家と土豪の争い、さらに人々を脅かす『人狼』の騒ぎに深く関わることとなり、冬のほとんどをザクスタンで過ごした。

有力な土豪であり、友人となったヴァルトラウテから衝撃的な話を聞かされたのは、十一日前のことだ。ナヴァール城砦から火の手があがったのが確認されたという。

ナヴァール騎士団の団長ロランは、ティグルの数少ない理解者であり、大切な戦友だ。ブリューヌの諸侯が軽蔑し、嘲笑ったティグルの弓の技量を、彼は素直に賞賛してくれた。また、アスヴァール王国の内乱では肩を並べてともに戦った。

そのロランが守る城砦に何が起きたのか。

ティグルたちは慌ただしく旅支度を調えて、翌朝にハノーヴァの町を発った。雪が多く残る山や森の中を急ぎ、ふつうなら十三、四日はかかる行程を十日で駆け抜けた。

そして今日、ブリューヌに——西方国境にたどりついたのである。

街道から外れた草原で、交替で見張りをしながら一行は休息をとる。

見張りを終えたティグルは、寝転がって空を見上げていたのだが、いつのまにか眠りこんでしまった。半刻ほど過ぎたころ、ミラに頬をつつかれて目を覚ます。

「やっぱり疲れてたみたいね」

くすりと笑うミラに、ティグルは身体を起こしながら苦笑を返した。

「おかしな夢を見たよ。王都ニースで光輪祭（ジョグレイス）を見物してた」

光輪祭は、ブリューヌにおける新年のはじまりを祝う祭だ。名前の由来は、建国の祖たるシャルルが即位式を執り行った日、太陽のまわりに光の輪が現れたという伝説による。

「ティグル、王都の光輪祭を見たことはないって言ってなかった？」

「ああ。俺が王都に行ったのは、十歳のときに一度だけだからな。一昨日、ブリューヌから来たという旅人に会って、いろいろと話を聞いただろう。そのことが記憶に残っていて、変な夢を見たんだと思う」

旅人は、最近ブリューヌで起きたさまざまな出来事を聞かせてくれたのだが、その中に王都で光輪祭が行われたというものがあった。

旅の中で新年を迎えるだろうことは、ザクスタンを離れるときにわかっていた。自分では気にしていないつもりだったのだが、心のどこかで残念に思っていたのかもしれない。

──それにしても懐かしい顔が出てきたな。

夢の中では、祭りでにぎわう通りを、ひとりの少女がティグルの手を引いて駆けていた。

彼女はいつもそうだった。同い年だというのに年上ぶって、ティグルを振りまわした。その態度に呆れることはあったが、なぜだか不快に思ったことはなかった。最後に会ったのは四年前だが、元気にやっているだろうか。

──そういえば。

彼女が言ったことがあった。いつか、王都の光輪祭を案内してあげると。

夢に彼女が出てきたのは、そのこともあったのかもしれない。

「あなたの故郷では、十の神々に葡萄酒(ヴィノー)を捧げるのよね」

ミラに声をかけられて、ティグルは我に返った。

「そうだよ。アルサスを表す小さな山をつくって、山の害や水の害がないように、豊作になるように、獲物に恵まれるように、神々の名を一柱ずつ唱えながら、酒を山にかける。そのあとは飲めや歌えの大騒ぎだ」

「今年は無理だったけど、来年は見てみたいわ」

「大歓迎だ」

笑顔で答えると、ミラは「楽しみね」とささやいて、他の者から見えない角度でティグルの額に口づけをする。そして、何ごともなかったかのように離れた。

立ちあがって土と草を払う。他の者たちはすでに準備をすませていた。ティグルも自分の馬に鞍を載せる。こうやって見ると、たしかに馬もさきほどより元気になったようだ。

「もう少しの辛抱だ。頼むぞ」

ティグルたちはナヴァール城砦に向かって出発した。


城砦まであと五百アルシン（約五百メートル）というところで、一行は馬を止めた。

「どこかの軍に攻められたというわけじゃなさそうね」

ミラが首をかしげる。城砦を攻めている敵の軍勢がいるかもしれないと考えて、ここから様子をうかがうことにしたのだが、そのような者たちの姿は見当たらない。

城壁には焼け焦げた跡があるものの、その上では多くの人間が忙しそうに動きまわり、ブリューヌの軍旗である紅馬旗（バヤール）も各所に掲げられている。城門も開かれていた。

――何だろう。上手く言葉にはできないが、何かがおかしい。

ナヴァール城砦を見るのはこれがはじめてだが、ティグルは奇妙な違和感を覚えていた。

「何か気になることでもあるの？　ラヴィアスはいまのところ何の反応も見せないけど」

ミラの手に握られている槍は、青と金の見事な装飾をほどこされ、穂先は不純物のない水晶を削りだしたかのようで、まさに芸術品のようなつくりをしているが、もちろん飾りものではない。戦姫だけが振ることのできる竜具だ。己の意思を持ち、冷気を操る。

オルガが腰に下げている小振りの斧も同様で、こちらは大地に干渉することができる。

そして、これらの竜具には魔物の存在を感知して、使い手に伝える力がある。ミラの言葉はそういう意味だ。

「もう少し近づいてみる？」

今度はオルガが聞いてきた。「いや」とティグルは答えて、仲間たちを見回す。

「みんなはここで待っていてくれ。まず、俺がひとりで行ってくる」

「若が何を気にしているのかわかりませんが、それなら私もお供しますよ」

当然とばかりにラフィナックが進みでたが、ティグルは首を横に振った。

「おまえまで来たら、旅人や行商人がここを通りかかったときにどうする」

この中でブリューヌ人はティグルとラフィナックだけだ。

ジスタート人の三人は、旅人から珍しがられるだろう。とくにミラとオルガは美しく、可愛らしい。ザクスタンを旅している間も、話しかけてきた男は数多くいた。むろんティグルたち三人でことごとく追い払ったが。

興味を持たれるのは仕方ないが、万が一にでも二人が戦姫であることを知られるわけにはいかない。誰かから声をかけられたときに相手をするブリューヌ人が必要なのだった。

ラフィナックは盛大にため息を吐きだした。

「わかりました。ですが、くれぐれも無茶な真似（まね）はやめてくださいよ。何かひとつやらかすごとに狩りを一日禁止にさせていただきますからね」

ティグルは信じられないものを見る目を年長の側近に向ける。おそるおそる確認した。

「やらかしじゃなければいいんだな？」

「その裁定は私とガルイーニン卿でやらせていただきます」

無情にもラフィナックは冷たく言い放つ。ガルイーニンが穏やかに言い添えた。

「リュドミラ様が心配したり怒ったりした場合はやらかしと判断させていただきます」

「慎重な行動を心がけるとするよ……」

自信のない声で言うと、ティグルは馬を進ませる。

少しずつ大きくなる城砦を見つめていると、違和感の正体がわかりかけてきた。

――城壁の上にいる者たちは、騎士じゃないな。

彼らの武装は統一されておらず、兜や甲冑、盾の形状もナヴァール騎士のそれではない。

思えば、掲げられているのが紅馬旗（バヤール）だけというのも不思議だった。なぜ、兜をかぶった馬の頭部を描いたナヴァール騎士団の軍旗がないのか。

――とにかく話を聞いてみるか。ここで引き返しても、何もわからないままだ。

紅馬旗を掲げている以上、彼らがブリューヌ軍なのは間違いない。何らかの事情で、ロランが城砦の守りを任せたのだろう。

　このとき、ナヴァール騎士団が城砦を奪われた可能性について、ティグルは微塵も考えなかった。まずありえないことだからだ。

　アスヴァールとザクスタンに他国を攻める余裕がないのは、この目で見てわかっている。ロランの名声を妬むブリューヌの貴族諸侯が戦を仕掛けるというのも考えにくかった。黒騎士と、精強を誇るナヴァール騎士団を相手にするなら、多大な損害を覚悟しなければならない。さらに国王の不興を買うだけでなく、西方国境付近に領地を持つ諸侯まで敵にまわすことになる。それらを承知で挑む者が、はたしているだろうか。

　そうして城門のそばまで来たとき、ティグルはふと視線を動かした。

　少し離れた草むらに、誰かが寝転がっている。

　かすかに鼻歌が聞こえるので眠ってはいないようだ。城砦にいる者たちの関係者だろうが、ここからでは顔が見えず、長身で、髪が白いことぐらいしかわからない。

　少し気になったが、くつろいでいるのを邪魔するのも悪いと考えて城門に向かう。馬から下りて、門を守る二人の兵に呼びかけた。

「失礼します。私は、アルサスの地を治めるヴォルン伯爵家のティグルヴルムドです。ロラン卿に会うために来たのですが、取り次いでもらえませんか」

「――ロランだと？」

　その声は、背後から聞こえた。

驚いて振り返ると、白髪の男が楽しそうに自分を見下ろしている。

背はロランと同じぐらいか。白を基調とした軍衣を着て、金の装飾がほどこされた白い大剣を肩に担いでいる。整った顔だちで、右目のあたりにうっすらと傷跡が残っていた。

草むらに寝転がっていた男だとわかって、ティグルは愕然とした。彼の接近にまったく気づかなかったのだ。草が擦れる音さえ聞こえなかった。

「おまえ、名前は？」

大剣を突きつけられる。鈍色の輝きを見つめながら、ティグルは男が恐るべき手練れであることを悟った。だが、同時にからかわれていることにも気づいた。男から殺気を感じない。

大剣に手をかけて押し下げると、挑発的に応じた。

「ロラン卿の名は聞こえても、俺の名は聞こえなかったようだな。ヴォルン家のティグルヴルムドだ。それで、初対面で剣を向けてくるおまえはどこの田舎の出だ？」

男の口元から笑みが消えた。真剣な表情で、彼は念を押すように聞いてくる。

「本当にティグルヴルムド＝ヴォルンなのか……？　偽名ではなく？」

ティグルは眉をひそめた。自分は誰かに名前を騙られるような有名人ではない。

「そうだ。証明できるものはあいにく手元にないが」

男は感心するように何度かうなずいた。次の瞬間、大剣が弧を描いて再びティグルに突きつけられる。目を瞠るほどの早業だった。

「そういえば、まだ名のっていなかったな」

　剣先に殺気をこめながら、男は笑って続ける。

「俺の名はバシュラル。バシュラル＝コルネイユ＝フィリップ＝ド＝シャルルだ」

　ティグルは目を丸くした。ブリューヌにおいて、『ド＝シャルル』の姓は建国王にして始祖たるシャルルを意味し、王族にのみ許されている。そして、ファーロン王の落とし胤とされる若者が、王子として認められたという話は、旅の中で聞いていた。

「バシュラル王子……？」

　戸惑いを隠しきれない顔で、ティグルは白髪の王子を見つめる。バシュラルはうなずいた。

「田舎の出というのは間違っていないがな。ヴォルンよ、こんなところで会えたのは神々のお導きというやつだろう。——おまえには内通の疑いがある」

　その言葉の意味を理解すると、ティグルは唖然とした。

「何だと？」

「ジスタートの戦姫たちと親交を深め、アルサスを売りとばす話をしているそうだな。山道の整備もその一環だとか。詳しく聞かせてもらうぞ」

「待ってくれ、いや、待ってください。いったい何を根拠に……！」

　声を荒らげて詰め寄ろうとしたが、バシュラルは大剣の切っ先をティグルの目の前へと持っていく。さらに、門を守っている兵たちも後ろから槍を突きつけてきた。

「おとなしくすれば殺しはしない。言った通り、話を聞かせてもらうだけだ」

バシュラルが嗜虐的な笑みを浮かべる。動きを封じられたティグルとしては、歯噛みして彼を睨みつけることぐらいしかできなかった。

兵たちに囲まれて、ティグルは城砦の地下にある牢へと連行された。

†

かび臭い空気の漂う、粗末なつくりの薄暗い牢だった。

木製の枷で両手を拘束され、ティグルは椅子に座っている。

牢の隅には用を足すための木桶が置かれ、そのそばに黒弓と矢筒が転がっていた。馬と荷物は取りあげられたが、こちらには価値を感じなかったということのようだ。

弓矢を蔑視するブリューヌの風潮を、ティグルは生まれてはじめてありがたいと思った。家宝を奪われたら父と先祖たちに申し訳がたたないというのもあるが、もはやこの黒弓は大切な相棒だった。これまでに何度、この弓で命を拾ってきたことか。

テーブルを挟んで向かい側には、バシュラルが立っている。燭台の小さな灯りが二人の顔を照らしていた。

――ラフィナックを連れてこなくて正解だった。

そんなことを考えるぐらいには、ティグルは落ち着きを取り戻している。もちろん内心では尋常でない怒りが噴きあがっていたが、静かにおさえこんでいた。

——きっとミラたちが助けに来てくれる。それまでおとなしくしているんだ。

そう自分に言い聞かせていると、バシュラルが大剣の切っ先で床を軽く叩いた。

「では、はじめようか。おまえが最初に接触したのはオルミュッツ公国の戦姫だそうだな。なんでも相手の方から交流を持ちかけてきたとか」

「その通りです」

うなずいて、四年前の出来事を簡潔に説明する。バシュラルは首をひねった。

「どれぐらい矢を飛ばせる？」

三百アルシンと答えると、彼はたちまち不愉快そうな顔になった。

「でかい数字を出せばだませるとでも思ったか。俺は一昨年まで傭兵をやっていた。近隣諸国だけじゃなく、南の海を渡ってイフリキアに行ったこともある。三百アルシンも矢を飛ばせる人間なぞ、どの国でも聞いたことがない」

ティグルは軽い驚きを覚えた。かつて、ファーロン王に同じような問いを投げかけられたときのことを思いだす。弓に詳しくない国王は、三百アルシンと聞いてもこのような反応を示さなかった。バシュラルは本当に諸外国を渡り歩いてきたのだろう。

「お目にかけましょうか」

そう言ってみると、彼は口の端を吊りあげて笑った。

「はったりを貫こうとする姿勢はたいしたものだ。いずれ王都へ行ったときに、おまえの弓の腕をたっぷり見せてもらうとしよう。大勢の観客を用意してな」

よりにもよって、王都で見世物にするつもりらしい。冗談ではないと思ったが、ティグルは両手を強く握りしめて感情の激発をおさえた。

「しかし、おまえはオルミュッツの戦姫殿――ルリエ殿とずいぶん親しいようだ。ムオジネルとの戦いではルリエ殿の軍に助けられ、アスヴァール遠征ではルリエ殿のそばにあって客将を務めたと聞いている。なぜ、そこまでルリエ殿はおまえに肩入れするのだろうな」

バシュラルの視線が冷ややかなものになる。そういうことかとティグルは納得した。

――ようするに、俺が分不相応な待遇を受けているように見えるというわけか。

たしかにヴォルン家と戦姫では、釣りあいのとれないこと甚だしい。怪しむ者が現れるのは仕方ない。だが、どうにかして疑いを晴らさなければ、ミラたちだけでなく、故郷の父にも迷惑がかかってしまう。ティグルは慎重に答えた。

「ムオジネルとの戦いについてですが、私の部隊だから助けたというのではありません。あのとき、ルリエ殿の軍はブリューヌ軍の情報を求めて偵察隊を放っていました。そうして見つけたのが私の部隊だったのです」

「偶然と言いたいわけか。アスヴァール遠征についてはどうだ?」

「オルミュッツと友好を結んでいるアルサスの人間として、協力させてほしいと私から申しでました。兵を用意できなかったのは、それだけの余裕がなかったからです。ルリエ殿は、領主の息子という私の立場に配慮して、客将の地位を用意してくださいました」

「配慮か。オルミュッツとアルサスの力関係を考えると、過ぎた配慮に思えるな」

バシュラルは薄い笑みを浮かべた。ティグルが懸命に言い繕っているようだ。

「ルリエ殿に何かとよくしていただいていることは否定しません。あの方は寛容ですから。ですが、それを理由に、私がジスタートに内通していると思われるのは心外です」

もっとも、ティグルにも弱みはある。自分とミラが相思相愛であると知られたら、それを内通の証拠にされてしまうだろう。何としてでも隠し通さなければならなかった。

「ルリエ殿については、ひとまず措くとしよう。だが、おまえは他に三人の戦姫と親しくしている。ライトメリッツ、ポリーシャ、オステローデの戦姫とな」

『銀閃の風姫（シルヴフラウ）』エレンことエレオノーラ＝ヴィルターリア、『光華の耀姫（ブレスヴェート）』ソフィーことソフィーヤ＝オベルタス、そして『虚影の幻姫（ツェルヴィーデ）』ミリッツァ＝グリンカのことだ。

──オルガとも親しくなったなんて知られたら、大騒ぎだな。

そんなことを考えていると、バシュラルがテーブルをまわりこんできた。

「ガヌロン公爵やテナルディエ公爵といった大貴族でさえ、交流のある戦姫は二人か三人というところだ。辺境の小領主の息子に過ぎないおまえが、どうして四人もの戦姫と親交を持つことができたんだ？　戦姫殿たちにいったい何の利益がある」

　碧い瞳が、威嚇めいた鋭い光を放った。圧迫感に耐えながら、ティグルは彼女たちとの出会いについて説明する。魔物のことを話すわけにはいかないので工夫が必要だった。

「ポリーシャとオステローデ……オベルタス殿とグリンカ殿は、ルリエ殿と以前から親交があります。戦姫ではなく、ひとりの友人として訪ねてくるぐらいに。そのときに、私はお二人を紹介していただいたのです」

「では、ライトメリッツのヴィルターリア殿は？」

「あの方とルリエ殿の仲は、決してよいものではありません」

　精一杯控えめな表現を、ティグルは使った。

「ヴィルターリア殿とはじめてお会いしたのは、領地境の問題でオルミュッツにおいでになったときです。私と言葉をかわしてくださったのは、オルミュッツを牽制する意味もあるのだと思います。アルサスとライトメリッツはヴォージュ山脈を挟んで隣りあっていますから」

「ふむ。何らかの利害関係によってつきあっているわけではないと？」

「アルサスとの交流によって利益があるのは、オルミュッツとライトメリッツだけでしょう」

「他の二人は？」

「ルリエ殿が私を友人として扱ってくれるので、その顔を立てているのです」

　嘘ではない。そういった面もたしかにあるのだから。ソフィーとミリッツァがこのことを聞いたら怒るかもしれないが、事情を話せばわかってくれるはずだ。

「戦場で命を助け、要職を用意して箔をつけ、要人を次々に紹介する……。アルサスとの友好によって得られる利益などささやかなものだろうに、おまえにとってルリエ殿はずいぶんと都合のいい、便利な姫君だな。そうやって今後も貢がせるわけか」

おさえていた感情のたがが、外れた。

首だけを動かして、怒気と殺気があふれた眼光をバシュラルに叩きつける。二つ数えるほどの間を置いて、過度に抑制された声を発した。

「私の友人を侮辱しないでいただきたい」

バシュラルの顔から感情が消える。だが、それはほんの一瞬のことで、彼はすぐに笑顔を取り戻した。右手をティグルの頭に置いて、くすんだ赤い髪をぐしゃぐしゃとかきまわす。

「すまなかったな。傭兵として長く生きてきたせいで、ときどき言葉が汚くなる」

ティグルは黙っていた。噴出しかけた怒りをおさえなければならなかったからだ。

相手の挑発に乗せられてしまったわけだが、自分の行動に後悔はない。もう一度同じことを言われたら、やはり同じ反応を示すだろう。たとえそれによって疑いが深まろうと、黙っていることはできない。譲ってはならないものはあるのだ。

ティグルの頭から手を離すと、バシュラルは何ごともなかったかのように話を進めた。

「アスヴァールでの戦いは、秋に終わっただろう。冬はどこで何をしていた？」

「ザクスタン王国に行ってました」

ティグルも気を取り直して、短く答える。バシュラルの目が興味を湛えた。

「なぜ、ザクスタンに？」

「見知らぬ地へ行って見識を深めるようにと、父から教わっていました。この機会を逃せばザクスタンに行くことは二度とないと考えたのです」

これについては一片の真実も話すことはできない。『魔弾の王』の手がかりをさがすだの、王族と土豪の争いに巻きこまれただのと、言えば言うほどややこしくなる。

「おまえひとりで行ったのか？」

「従者がひとりだけ。彼は恋人ができて、ザクスタンに居着くことにしたので、別れました」

ラフィナックが聞いたら呆れるだろうが、ここはでっちあげるより仕方がない。

「ザクスタンでどういうものを見た？」

この質問については、さほど苦労せずに答えられた。アトリーズ王子のおかげでさまざまなものを見たからだ。王子の名を出さないように気をつけるだけでよかった。

「ザクスタンに行ったというのは、嘘ではないようだな……」

つまらなそうに、バシュラルは鼻を鳴らした。

「ここでの話は終わりだ。王都に着いたら、またあらためて話を聞かせてもらう」

「お待ちください。殿下にお伺いしたいことが二つございます」

背を向けようとしたバシュラルを、ティグルは引き止める。

本音をいえば、この男とあまり言葉をかわしたくないのだが、それを我慢してでも知りたいことがあった。幸い、バシュラルは足を止めてこちらに向き直る。

「ひとつは、私の父についてです。父にも疑いがかかっているのでしょうか」

「自分の身が危ういというのに、父親の心配か」

バシュラルは皮肉めいた笑みを浮かべた。

「現在、ヴォルン伯爵は王都ニースの王宮にいる。国王陛下の要請でな。父親に会いたければおとなしくしていることだ」

ティグルは安堵の息をつく。ファーロン王が父を王宮に留めたというのなら、安心だ。自分たちに内通の疑いをかけている者も、めったなことはできないだろう。

「母親のことは気にならないのか？」

唐突にバシュラルが聞いてきた。予想外の質問に、ティグルは何度か瞬きをする。

「母は、私が九歳のときに病で亡くなりました」

バシュラルの顔を複雑な陰影が滑り落ちた。「病か」と、つぶやく若者の表情は年齢相応のものだったが、すぐに消え去って、さきほどまでの自信に満ちた顔つきに戻る。

視線で促されて、ティグルは二つめの疑問をぶつけた。

「もうひとつは、ロラン卿とナヴァール騎士団のことです。彼らはどこにいるのですか」

「ああ、おまえは先日までザクスタンにいて、何も知らないのだったな」

バシュラルが悪意を含んだ笑声をこぼす。

「やつは謀反人だ。レグナス王子と語らって、俺を謀殺しようとした」

ティグルは目を見開いた。簡潔きわまる説明であるにもかかわらず、一語一語が強烈な衝撃を与えてきて、精神を激しく揺さぶられる。にわかに信じ難い話だった。

「罪を問うたら、この城砦に立てこもって抵抗し、挙げ句の果てに逃げだした。騎士団の行方はつかんだが、ロランはいまだに見つからん……」

そこまで言うと、バシュラルは楽しそうな顔でティグルを見下ろした。

「ロランの捜索に力を貸せ。そうすれば、おまえへの疑いもいくらか晴れるだろう」

碧い瞳を毅然と受けとめて、ティグルは無言で拒絶の意志を示す。

バシュラルは肩をすくめると、燭台の火を消し、大剣を肩に担いで牢から出ていった。

ふと、髪をかきまわされたときの感触を思いだして、ティグルは首をかしげる。その体格にくらべてバシュラルの右手はやけに小さく、指も細かったような気がした。

バシュラルが去ったあと、闇に閉ざされた牢の中で、ティグルは考えにふけっている。

「あの王子は、いったい何を考えているんだ？」

まさか、本気でロランとレグナスを討つつもりなのだろうか。

――二人が謀殺しようとしたと言っていたが……。俺には信じられない。

ロランほどそのような言葉が似合わない男はいない。レグナスも同様だ。

ティグルは十歳のときにレグナスと会ったことがある。穏やかで優しい王子だという印象を抱いた。昨年、アスヴァールでロランと会ったとき、他愛のない世間話の中でレグナスの話題が出たことがあったのだが、その人柄は変わっていないようだった。

――ここを抜けだし、ロラン卿をさがして話を聞かないと。

ロランたちだけでなく、自分自身のことも何とかしなければならない。

――俺がジスタートに内通しているなんてでたらめを吹聴したのは、いったい誰だ。

そのとき、扉が開いて、三人の男が入ってきた。その中のひとりは灯りのついたランプを持っている。ひとりが三十前後、他の二人は二十代半ばというところか。

「おまえがティグルヴルムド＝ヴォルンか」

蔑むような笑みを浮かべて、三人はティグルを取り囲む。ティグルは彼らを睨みつけた。

「何だ、おまえたちは」

「内通者の分際でずいぶん偉そうだな」

ひとりが後ろからティグルの両肩をおさえつける。そうして動きを封じたところに、もっとも年長の男が手を伸ばした。ティグルの唇を指でつまんで引っ張る。

「この口か。この口で隣国の戦姫を何人もたぶらかし、黒騎士に媚びを売り、陛下に取り入ったわけか。剣も槍も使えない能なしの田舎貴族が、口先だけで」

こみあげてくる怒りをおさえながらも、ティグルは身をよじって逃れようとする。しかし、肩をおさえられているので逃れることはできなかった。

「どうだ、少しは自分の立場を理解したか。貴族の風上にもおけない恥知らずが」

男が嘲弄し、唇から手を離す。今度はティグルの腹に拳を叩きこんだ。たまらず身体を折り曲げると、男たちは、無能者、臆病者、騎士のできそこない、身も魂も隣国に売り渡した卑劣漢などと口々に罵声を浴びせながら、ティグルを殴りつけ、蹴りとばす。

「俺はな、誇り高いブリューヌ貴族として、貴様のようなやつが何よりも許せんのだ。何もできないくせに口先だけ達者なやつがな」

ティグルは背中を丸め、歯を食いしばって耐えた。反撃すれば、彼らは仲間を呼ぶだろう。バシュラルにも自分たちに都合よく報告するに違いない。

――たしかに俺は、弓以外の取り柄がない。

だが、それを認めてくれるひとたちがそばにいる。

――それに、俺は内通などしていない。

自分と戦姫たちはおたがいに認めあっている。

だから、このていどの中傷と暴力などものの数ではない。耐え抜いてやる。

苦痛の声すら漏らさないことに苛立ったのか、年長の男がティグルの髪をつかんで乱暴に持ちあげた。下卑た笑みを浮かべる。

「言ってみろ。いったいどんな美辞麗句を並べて、戦姫たちを籠絡したんだ？　それとも、酒でも飲ませてベッドに連れこんだのか？」

冷ややかな視線を相手に向けて、ティグルは突き放すように言葉を返した。

「抵抗できない相手を一方的に殴ることが、おまえの誇りか」

男が顔を紅潮させる。怒声とともに、ティグルの顔面に拳を叩きこんだ。

椅子が倒れ、ティグルも体勢を崩して床に転がる。男は肩で息をしながらティグルを見下ろしていたが、悪態をついて背を向けた。二人の仲間に声をかけて歩きだす。隅に転がっている黒弓に気づいたひとりが、嘲るように笑った。

再び、牢の中が暗闇に包まれる。ティグルは身体を起こすと、石の床の硬さと冷たさに不快感を覚えながら、手足や指の具合を確認した。幸い骨は折れていないようだ。

「今夜中にここから抜けださないと……」

つぶやいて、痛みに顔をしかめる。いまのうちに身体を休めようと、背中を丸めた。

——北部の諸侯だったのか、あいつら。

殴打に耐えながら、彼らの会話に耳をすませていたら、聞いたことのある地名や諸侯の名がいくつか出てきたのだ。なぜ、彼らはバシュラルに従っているのだろう。

考えても答えが出るはずはなく、ほどなくティグルは寝息をたてはじめた。

†

鍵の外れるかすかな音で、ティグルは目を覚ました。

扉が静かに開いて、何者かが部屋の中に入ってくる。明かりがないので姿はわからないが、その人物は足音をたてず、一言も発さずに、慎重な足取りでこちらへ歩いてきた。

——ミラが助けに来てくれたのか？

バシュラルやその配下の者ならば、堂々と入ってくるはずだ。だからそう考えたのだが、それにしては挙動がおかしい。こちらの様子をうかがっているようだ。

用心しつつ、声を潜めてティグルは呼びかけた。

「ミラか？」

侵入者が動きを止める。ささやくような女性の声が聞こえた。

「そこにいたのですね」

気配が近づいてくる。直後、ティグルの顔に大きくてやわらかいものがぶつかってきた。驚く暇もなく、そのまま何かに勢いよくのしかかられて仰向けに倒れる。後頭部を打った。やわらかいものを顔に押しつけられたままでなかったら、痛みに声をあげていただろう。

「だ、だいじょうぶ？」

　覆いかぶさっていた誰かが、慌てて離れた。甘い匂いが鼻腔をくすぐる。

　彼女がつまずいて倒れこんできたのだとティグルは察し、顔に押しつけられたものの正体に思いあたって、気まずさを覚えた。相手も同じようで、ぎこちない雰囲気が二人を包む。

　だが、いつまでも黙っているわけにはいかない。彼女が何者なのかも気になる。

「君は誰なんだ？」

「答える前に、教えてください。あなたはティグルヴルムド＝ヴォルンですか？」

　ティグルは眉をひそめた。もしかして、この女性は自分を助けに来てくれたのか。

「そうだ」

「念のために確認させてもらえますか。そうですね……。お父君とお母君の名前、それからバートランとティッタの二人について説明してください」

　目を瞠った。この女性は自分のことをよく知っている。

　──たしかに聞き覚えのある声だ。だが、最近聞いた声じゃないな。何年も昔だ。

　まるで見当がつかない。ひとまず、彼女の求めに応じることにした。

「父はウルス。母はディアーナ。バートランは父の側仕えで、ティッタは侍女だ。屋敷のことはほとんど任せている」

「もうひとつ。リュディエーヌという女の子を覚えていますか。最後に会ったのは四年前」

その名前と、四年前という数字が、記憶の棚からひとりの少女の顔を引きだす。

長い白銀の髪、左右で色の異なる瞳、常に堂々とした態度と、明るさを失わない顔。

「リュディなのか……？」

おもわず彼女の愛称が口をつく。彼女――リュディは、「よかった」と笑った。

「思いだしてくれなかったら置いていくところでした。命拾いしましたね、ティグル」

「本気で言ってるだろう」

「当然です。たかだか四年会わなかったぐらいで忘れてしまうような薄情者を助ける理由なんてありませんから。さて、再会を喜ぶのは後にして逃げましょうか」

笑顔で容赦のないことを言う彼女の姿が容易に想像できて、ティグルは苦笑する。はじめて会ったころから、彼女――リュディエーヌ＝ベルジュラックはこうだった。

「変わってないようで何よりだ。ところで、無理な注文だとは思うが、手斧か何かないか？木の枷を手にはめられているんだ」

「わかりました」

返事と同時に伸びてきた手が、ティグルの鼻をつまんだ。

当惑していると、彼女はぺたぺたとティグルの身体をさわる。まさか手探りで枷を外すつもりだろうかと思った直後、鋭い風が左手のそばを通り過ぎて、硬い音を響かせた。

枷は、二枚の板を合わせて片端に蝶番をとりつけ、もう片端に鍵をとりつけたものだ。リュディは剣か何かで、鍵を、板の一部ごと切り落としたのだった。

「外れたみたいですね」

「助かったよ……」

ともかく手や指を傷つけずにすませてくれたのだから、文句を言うべきではない。

「少し待ってくれ」

リュディにそう言って、灯りがあったときの記憶を頼りに、牢の隅まで歩く。臭気に耐えながら黒弓と矢筒を拾いあげた。弓弦を弾いてみるが、問題はない。矢も充分にあった。

——無事でよかった。

熱い思いがこみあげてきて、ティグルは家宝にして相棒たる黒弓を抱きしめる。だが、すぐに気を取り直して矢筒を腰に下げ、黒弓を握りしめた。

「待たせたな。行こう」

二人は牢を出る。廊下が左右に延びていた。壁には等間隔に松明(たいまつ)がかかっているが、こちらまで灯りが届いていないため、リュディの姿は黒い影になっている。

「見張りがひとりいたはずだが、どうしたんだ？」

姿を見てはいないが、気配はつかんでいた。

「用を足しに離れたところを襲って、斬りました。しばらくは気づかれないでしょう」

こともなげに答えるリュディを、ティグルは呆然と見つめた。久しく会わなかった間に、彼女はそうとうな技量を持つ戦士になったようだ。

「ついてきてください。地下通路を使って逃げます」

言うが早いか、リュディは背を向けて走りだした。ティグルは慌てて彼女に続く。

「君はどうしてここにいるんだ？　バシュラル王子とは敵対しているみたいだが」

「いまの私はレグナス殿下にお仕えしています。二日前からここの地下通路に隠れてバシュラルの動きや状況をさぐっていたんですが、あなたを捕らえたという話を聞いて……」

彼女がバシュラルを呼び捨てにしたことに、ティグルは驚いた。レグナス王子に仕えているということは、彼とは敵対関係にあるのだろうが、この敵意はそうとうなものだ。

――地下通路を知っているのも不思議だが、どうして殿下にお仕えしてるんだ？

他にも疑問は尽きないが、胸の奥に押しこめる。

いまはこの城砦から脱出するのが先だった。

†

ティグルがリュディとはじめて会ったのは、八年前だ。おたがいに十歳だった。

夏が近づきつつある日の朝、ティグルは屋敷のあるセレスタの町を出て、近くの森へと馬を走らせていた。目的はもちろん狩りだが、この時期は薬草などを求めて森に迷いこむ者が少なくないので、巡回も兼ねていた。

この日、ティグルは大きな安堵感に包まれていた。

ちょうど一ヵ月前、ティグルは父に連れられて、ファーロン王が催した狩猟祭に参加したのだが、そこでレグナス王子と出会い、王子の目の前で鳥を仕留め、さばき、焼いて、その肉を振る舞うという暴挙を行ったのだ。塩をふっただけの肉を、王子はおいしそうに食べた。

狩猟祭が終わったあと、ティグルは急に怖くなった。

一国の王子に、安全かどうかもわからない肉を食べさせたのである。自分が先に食べてから王子に勧めたので、毒味役を務めたと強弁できないことはないが、レグナスがこのことを誰かに話したら、ヴォルン家が地上から消滅するだろう。

そのようなわけでティグルは不安に怯える日々を過ごしていたのだが、さすがに一ヵ月も過ぎると恐怖も薄れてくる。今日まで何も起こらないのだから、王子は腹痛を起こすようなこともなく、黙っていてくれたのだろうと、楽観的に考えるようになる。

だから、いつになく上機嫌だった。

森に入り、獲物を求めて馬を進めていると、少女の悲鳴が聞こえた。誰かが獣に襲われたのかと思い、弓に矢をつがえながらそちらへ急ぐ。

視界に飛びこんできたのは、光沢のある白いドレスをまとった少女と、彼女を威嚇している一匹の狼だった。少女は護身用らしき短剣を両手で握りしめているが、足がすくんでしまって動けずにいる。三つ数える間に狼の餌食になってしまうだろうことは疑いない。

ティグルはすかさず矢を放った。

矢は木々の間を抜けて、狼の首に突き立つ。狼は甲高い悲鳴をあげてよろめいた。

少女が予想外の行動に出たのは、そのときだった。

彼女は地面を蹴って狼に飛びかかり、短剣で斬りつけたのだ。そんなことをしなくても死んでいただろうが、その一撃がとどめとなって狼は倒れた。

少女は荒い息を吐きながら狼を睨みつけていたが、動かなくなったことを悟ると、ティグルを見た。輝くような笑顔を浮かべる。

「いい援護だったわ。褒めてあげる」

ついさきほどまで顔を真っ青にして震えていた者の台詞ではない。ティグルが呆気（あっけ）にとられたのも無理はなかった。

少女は得意そうに歩いてきて、馬上のティグルを見上げる。

彼女が異彩虹瞳（ラズィーリス）の持ち主であることに、ティグルは気づいた。以前、父の親友であるマスハス＝ローダントが、左右で色の異なる瞳を持つ猫を見せてくれたことがあったのだ。その経験がなければ、もっと奇異なものと思っていたかもしれない。

「私はリュディ。旅人よ。あなたは？」

この少女を無視して立ち去るべきか、ティグルは迷った。ただの旅人が絹のドレスなど身につけられるはずがない。裕福な貴族の令嬢だろう。

――たまにいるんだよなあ……。

一年に一度か二度、領主であるウルスと知りあいでも何でもない貴族や諸侯が、アルサスにやってくることがある。ほとんどはヴォージュ山脈を見てみたいという者で、その次が山道を通ってジスタート王国へ行こうとする者だ。彼らはたいてい旅人を装っていた。

なぜ、ヴォージュ山脈を見たいのかといえば、数々の逸話があるからだ。山奥に竜がいるという話もあれば、谷底に古い時代の神殿がたたずんでいるという話もある。始祖シャルルが美しい妖精の姫と一夜を過ごした洞窟が存在するという話まであった。

彼らはそうした話を聞いてこの地にやってきて、壮麗な山々の連なりに想像をふくらませ、満足して帰り、友人たちに感想を語って聞かせるのである。

ウルスは、こうした者たちには親切にするようにと言っていた。彼らはアルサスの外の情報を持ってきてくれるのだからと。外の情報の貴重さを、ウルスはわかっていた。

ティグルも父の考えは知っている。面倒くさいと思いながらも、少女の相手を務めることにした。「ティグル」と、ぞんざいに名のりを返す。相手が旅人だというなら、こちらも領主の息子であることを言う必要はない。

「あなた、この森には詳しいの？」

「庭みたいなもんだ。どこに何があるか、だいたい知ってる」

ティグルが答えると、リュディは満足そうに大きくうなずいた。

「いいわ。ティグル、私にこの森のことを教えなさい」

ティグルはあからさまに不満そうな顔をしたが、父の方針に背くわけにはいかない。それに、彼女をここに置き去りにして帰り、あとで何かあったら問題になる。仕方なく承諾した。

そして、とりあえず狼の毛皮を剥ぎにかかると、リュディは卒倒した。

リュディがアルサスに滞在したのは十日間だった。

昼になる前に森で待ちあわせ、遊びまわり、日が暮れるころになると、彼女は去っていく。セレスタの町ではなく、他のところに別荘（ヴィラ）があるようだった。

はじめのうちこそ彼女は虫や蛇を見て悲鳴をあげ、川に落ちて大声で泣き、火を起こすのは自分以外の誰かの役目と信じて疑わなかったのだが、五日を過ぎるころには虫でも蛇でも素手でつかみ、川に飛びこんで泳ぎ、自力で火を起こすことができるようになっていた。

彼女にいろいろと教えこんだティグルも驚くほどの慣れであり、習得ぶりである。しかし、リュディが得意げに胸を張って、「私の方がお姉さんだから当然よ」などと言ったので、それ以降は褒めなかった。

そのころにはティグルもリュディと打ち解け、気軽に言葉をかわす間柄になっていた。

彼女がアルサスを訪れた理由についても、聞くことができた。ヴォージュ山脈を見たいという父に連れられてきたものの、どうも山脈に興味が持てず、森に来たということらしい。

嘘だなと、ティグルは即座に見抜いたが、黙っておくことにした。

リュディは友達だ。彼女が秘密にしたいのなら、つきあってやるべきだろう。

「また来るわ。必ず」

別れの日、森の中のはじめて会った場所で、二人は握手をかわした。

「そのときは、また違うことを教えてやる。教えてないことはまだまだあるからな」

「そんなにいろいろ教えてしまっていいの？　すぐにあなたを追い越しちゃうわよ」

リュディはいたずらっぽく笑ったが、ティグルが持っている弓を見て、首を横に振る。

「それだけは、あなたを追い越すことはなさそうね」

ティグルの弓の腕を認めての台詞ではない。その逆だった。

貴族の令嬢としての教養や礼儀作法をしっかり身につけていた彼女は、それゆえに弓を蔑視する考えも当然のものとして受け入れていたのだ。

ティグルは肩をすくめた。友達であってもわかりあえないことはある。たとえば玉子焼きについて、リュディはチーズを入れたものこそが至高と言い張り、ティグルはかりかりに焼いた薄切り肉を入れたものがいちばんだと主張しておたがいに譲らなかった。

元気に駆けていくリュディの姿が見えなくなるまで、ティグルは彼女を見送っていた。

楽しく不思議な十日間が終わって、それまでの日常が戻ってくる。

季節が移ろいゆく中で、ティグルは時折リュディのことを思いだしたが、もう彼女と会うことはないだろうと思っていた。このようなところに来る理由がない。

ところが、出会いからちょうど一年が過ぎた春の終わりごろ、リュディは再びティグルの前に現れた。森に近い丘の上で休んでいたとき、何の前触れもなく姿を見せたのだ。

「元気そうね。背、伸びた？」

銀色の髪を風になびかせながらの、それが第一声だった。この一年の間に彼女も背が伸び、手足はすらりとして、身体つきも女性らしいものに成長しつつあった。

ティグルは純粋に再会を喜んだが、思っていた以上に振りまわされることになった。

リュディはあれがしたい、これがしたいと言っては、当然のようにティグルをつきあわせ、あれを教えろ、これを教えろと頼んでくる。その日、何をするかは彼女がほとんど決める形となり、ティグルは主導権をとられっぱなしだった。

だが、決していやな気分ではなかった。ティグルは彼女に短剣の使い方を教え、罠の仕掛け方を教え、釣りの仕方を教えた。相変わらずリュディは呑みこみが早かった。

また、彼女はチーズを入れた小袋を持参しており、ひと休みしたときなどに、二人でわけあって食べた。リュディはチーズに詳しく、毎日違う種類のチーズを持ってきてはティグルを驚かせ、どの地域でつくられたものなのかを熱心に語ってみせた。

あっという間に十日が過ぎて、リュディはアルサスから去っていった。

そして翌年も、やはり同じころに彼女はティグルの前に現れた。

昨年、一昨年と同じく、リュディは十日間アルサスに滞在し、二人は野山を駆けまわって過ごす。一日だけだが、セレスタの町を歩いたこともあった。

リュディはますます活発になっていて、昨年以上にティグルを引っ張りまわした。二人で鹿を追い、連係して猪(いのしし)を仕留め、高い木に登って、並んで遠くを眺めた。

彼女は今年もチーズを持ってきていたが、去年のものと同じチーズは一種類もなく、ティグルは感心したものだった。

あるとき、ティグルはおもいきって彼女に聞いた。

「君は何者なんだ?」

手ごろな枝を武器に見立てて振りまわしながら、リュディは笑って答えた。

「旅人のリュディよ。それで充分でしょう」

ティグルは呆れた目を彼女に向けた。

今日までに、リュディはさまざまな話を聞かせてくれたが、王都ニースの様子や貴族たちの動向、醜聞といったものが圧倒的に多かった。

ティグルはあまり興味を持てなかったのでほとんど聞き流したが、そこから考えると、彼女は王都に屋敷を持つ貴族か、王都の近くに領地を持つ諸侯の娘というところだ。

隠す気がなくなったからそういう話をするのだろうと思っていたが、違ったらしい。

「何よ、その目は。大人の女性をそんな目で見てはいけないとお姉さんは教えたでしょう」

手にしている枝の先でティグルの脇腹を軽くつつきながら、リュディがからかってくる。年上ぶってくるのはいつものことだ。ティグルはそっけなく応じた。

「俺と君は同い年だろう」

「私は春に生まれたもの。あなたより数ヵ月分、長く生きて、多くのことを知ってるのよ」

「知らなくてもいいようなことばかり知ってないか？」

「どんなことであれ、知らなくていいなんてことはないわ」

こうした言い合いになると、ティグルは絶対に勝てない。早々に手をあげて降参した。

「――あのね」

不意に、リュディが口調を変える。これまで彼女が見せたことのない愁いを帯びた表情に、ティグルは緊張した。

「次にここに来るのは、二年後になると思うの。いろいろと忙しくなりそうで……」

わからないことではない。ティグルも年を重ねるごとに、領主の息子として学ぶべきこと、果たさなければならない仕事が増えている。難題に直面して、頭をかきむしりたくなることもたびたびあったが、これが己の務めだと受け入れていた。

リュディも貴族の令嬢なのだから、似たようなものだろう。自分にはわからない気苦労もあるに違いない。

「そういうときもあるさ。暇ができたらいつでも来い」

ティグルは笑顔で手を差しだした。リュディは目を丸くしたあと、小さくうなずいてその手を握る。左の紅の瞳が、かすかににじんでいた。

それから二年が過ぎた春の終わりごろ、たびたび待ち合わせに使ってきた丘の上で、二人は何度目かの再会を果たした。ティグルも成長していたが、リュディは白銀の髪を伸ばしていっそう女性らしくなり、言葉遣いも丁寧なものになっていた。

それでも二人になれば、やることは以前と変わらない。馬で競争し、花の蜜を吸い、花畑や蝶の群れを眺めながら木陰で休んで、彼女が持ってきたチーズを食べる。

だが、何もかも同じではない。たとえば川で水浴びをするときなどに、リュディが恥じらって距離をとるようになった。ティグルとしても、そうした光景に身体の一部が強く反応するようになっていたので、ありがたい配慮ではあった。

今日はあっちへ行こう、明日はそっちへ行こうというふうに過ごしていたら、すぐに別れの日が来た。はじめて会った森の中で、リュディはティグルと向かいあう。

リュディは申し訳なさそうに目を伏せて、重大なことを告げるように声を絞りだした。

「いままで黙っていたけど、私は旅人じゃないんです」

「知ってたよ」

　こともなげに言うと、リュディは愕然とした顔になる。

　十を数えるほどの沈黙が過ぎたあと、彼女は必死の表情でティグルに詰め寄った。

「じゃ、じゃあ、私の正式な名を当ててみなさい！」

　さすがに無理な話だ。彼女の反応に苦笑しながら、降参する。すると、リュディはようやく立ち直って、得意げに胸を張った。

「私の名は——リュディエーヌ＝ベルジュラック」

　これにはティグルも驚きを隠せなかった。ベルジュラック家は始祖シャルルの御世から続いている名門で、王家との縁も深い。領地が小さいためにテナルディエやガヌロンほどの力は持たないが、権威という点では彼らに劣らない有力な諸侯である。

「そのベルジュラック家のご令嬢が、どうして毎年のようにここに来たんだ？」

「それは言えません」

　ティグルの疑問を、リュディはあっさり退けた。

「でも、悪意からではありません。それだけは信じてください」

「わかってるよ」

　うなずいてみせる。目的はわからないが、リュディはアルサスの野山を満喫していた。あの行動から何らかの悪意を感じとれというのは非常に難しい。むしろ、大貴族の娘に無用の知識と技術を教えたことで、苦情が来るのではないかと心配になる。

　ティグルから視線を外して、遠くを見ながらリュディは言った。

「たぶん、もうここには来られなくなります。ベルジュラック家の一人娘としてこれから進む道を決めなくてはならないし、縁談や結婚についても考えないといけなくて……」

「縁談？　結婚？」

　呆気にとられるティグルを、リュディは訝しげな目で見る。

「私たちはもう十四です。当然の話ですよ。いまの私には婚約者の候補が六人いますが、公爵家に残ろうと思ったら、いずれどなたかを選び、夫として迎えることになるでしょう。――好ましい人柄の相手が見つかったらその方と、ということもありえますが」

　台詞の前半から受けた衝撃が大きくて、台詞の後半はティグルの耳に届かなかった。

　縁談も、結婚も、いつかは真剣に考えなければならない問題だが、いまの自分には関係ない遠い出来事のように思っていた。それだけに、そういうことを身近な話題として持ちだすリュディが、自分よりもずっと大人に見えた。

「大変だな」と言うのが、このときのティグルには精一杯だった。

　そのあと、二人は今日までの日々を懐かしむように、他愛のない話をした。

　空が暗くなってきたところで、どちらからともなく手を差しだす。

「それではお元気で（オルヴォワール）」

「君も、身体に気をつけて」

もう来られなくなると彼女が言った以上、これが最後の握手になるだろう。

ティグルは一生懸命に笑顔をつくって、リュディの手を握る。彼女も同じようにした。

†

牢を抜けだしたティグルとリュディは、物陰に隠れたり、暗がりに身を潜めたりして、何度か兵をやり過ごした。階段を上り、中庭を横切り、廊下を駆ける。

兵たちの気が緩んでいるという幸運はあったが、それでもリュディが城砦の間取りに詳しくなければ、一度も見つからずにすませることは不可能だっただろう。複数の出入り口を持つ部屋を彼女はいくつか知っており、そこを通って兵の目を避けつつ近道をしたのだ。

階段を下りて、地下の一室に入る。

「ここまで来れば、ひとまずはだいじょうぶです」

リュディがすばやく火を起こし、前もって用意していたらしい手燭の蝋燭に火を移す。灯りが大きくなって、古びた棚や樽、木箱などを照らしだした。ここは倉庫のようだ。

ようやく、ティグルはリュディの姿をはっきりと見た。

長い銀色の髪を頭の後ろで結んでおり、背はティグルより頭ひとつ分低い。

白と黒を組みあわせて随所に金を用いた軍衣をまとい、右脚は黒い薄地の布に、左脚は橙色の布に包まれている。左手に持っているのは反りのある片刃の剣だ。

見惚れてしまいそうな美しい顔だちの中に、碧い瞳と紅の瞳が輝いていた。そこだけはティグルの記憶と変わらない。

「ひどくやられましたね……」

手燭を木箱の上に置いて、リュディが右手を伸ばした。ティグルの頬に触れる。

まだ痛みはあったが、ティグルは見栄を張って笑みを浮かべた。

「たいしたことはないさ」

その言葉に苦笑して、リュディはあらためてティグルを見上げる。

「背、伸びましたね」

どう反応したものか迷っていると、彼女は不満そうに口をとがらせた。

「私の方が早く生まれたのに、理不尽です。最後に会ったときは同じぐらいだったのに」

「早くといっても二、三ヵ月だろう。それにしても、どうして君はレグナス殿下にお仕えしているんだ？　結婚して公爵夫人になったとばかり思っていたが」

ティグルが尋ねると、リュディは「結婚？」と、不思議そうに首をかしげる。

「何のことですか？」

「四年前にそんな話をしただろう」

困惑した。自分の記憶違いだったのだろうか。

記憶をさぐるように、リュディが視線を宙にさまよわせる。すぐに大きくうなずいた。

「しましたね、そんな話も。たしかに結婚について考えるとは言いましたが、するとは言ってませんよ。いまの私は、レグナス殿下の護衛を務める騎士です」

公爵夫人からはあまりにかけ離れている。面食らいながらも、ティグルは慎重に聞いた。

「俺にはわからないが……。君は、自分の望む道に進んだ。そう思っていいのか？」

「もちろんです」

リュディは満面の笑みを浮かべて、左手の剣を軽く振る。

「幼いころから殿下と親しくさせていただいていたことや、三年前に弟が生まれたことなどもあって、この役目を拝命しましたが、こちらの方が私の性には合っています。もちろん、ベルジュラック公爵家の人間としての務めを忘れたことはありませんが」

「そうか。よかったな、リュディ」

ティグルは心から祝福した。彼女は嬉しそうに相好(そうごう)を崩す。

「ありがとうございます。実は、あなたならそう言ってくれると思ってました」

それから、彼女はティグルの持っている黒弓に視線を向けた。

「ロラン卿から聞いていましたが、あなたは弓を使い続けているんですね」

「俺にはこれしかないからな」

自嘲ではなく、たしかな自負を持って答える。リュディは真剣な表情になってティグルの手に自分の手を重ね、髪が揺れるほど深く頭を下げた。

「いまさらですが謝ります。ごめんなさい」

「何のことだ？」

突然の謝罪に戸惑っていると、頭を下げたままで彼女は言った。

「あなたが弓を使うことを、よく思わなかったこと。殿下の護衛を務めるようになってから、諸国で使われている武器についていろいろ調べました」

弓は臆病者の武器などではなく、立派なひとつの武器であり、弓の腕が巧みな者は、剣や槍の優れた使い手と同じように認められるべきだ。リュディはそう言った。

彼女の言葉を聞くうちに、心の奥底にあった小さなわだかまりが、静かに溶けて消えていくのをティグルは感じた。

リュディの肩を軽く叩く。顔をあげた彼女に、ティグルは笑いかけた。

「今度、俺の弓の腕前を見てくれ」

それが仲直りの言葉だった。リュディは微笑を浮かべて、強くうなずいた。

倉庫の隅に置かれている木箱を、リュディが横にずらす。すると、大人でも入れそうなほどの穴が床に現れた。穴は垂直に延びていて、壁に梯子代わりの取っ手がついている。

「これが隠し通路です。灯りを持って、ついてきてください」

二人は順番に穴に入った。

床に降りたつと、ひんやりとした空気に包まれる。横に、石造りの通路が続いていた。

手燭を受けとって、リュディは歩きだす。ティグルは彼女の隣に並んだ。

「こういう隠し通路はごく一部の人間にしか知らされないものだと思うんだが、君はどうやって知ったんだ？」

「父に教えてもらいました。父は、ナヴァール騎士団の先々代の団長だったので」

その言葉は、ティグルにロランと騎士たちの存在を思いださせた。押しこめていた疑問が次から次へと噴きあがる。いまなら多少は話を聞く余裕もあるだろうか。

そのとき、二人の前に石造りの壁が現れる。行き止まりというわけではなく、腰の高さのあたりに、どうにかくぐれそうな四角い穴があった。

リュディが中腰になって、手燭の灯りで穴の中を照らす。

「問題なさそうですね」

彼女はティグルに手燭を渡して、穴をくぐろうとした。しかし、上半身が入ったところで動きが止まる。もがくように足をばたばたさせ、ティグルが「まさか」と思ったとき、弱りきった彼女の声が聞こえた。

「ティグル、その……私を後ろから押してくれませんか」

　途方に暮れた顔で、ティグルはリュディを――正確には、軍衣のスカートに包まれている彼女の尻と、肉づきのよい太腿を見つめた。

――そういえば、俺を助けてくれたときも床につまずいてたな。

　暗闇の中だったので仕方ないと思っていたが、思い返すと、彼女は昔からこういうところがあったような気がする。木に登って降りられなくなったり、川で泳いで足をつったりして、そのたびにティグルが助けたものだった。

「身体を抜くことはできないのか？」

「無理みたいです。来るときは通れたのに……」

　ティグルはため息をついて、手燭を床に置く。このようなところで、あまり時間をかけていられない。ためらっている余裕などなかった。

「いくぞ」と短く声をかけ、リュディの尻に両手で触れる。「ひゃっ」という可愛らしい悲鳴と同時に勢いよく足がはねあがって、踵が股間を打ち据えた。ティグルは悶絶する。

「ご、ごめんなさい！　驚いちゃって……」

　蹴ってしまったことを察したらしい、リュディが慌てて謝罪した。

　痛みに耐えて壁にもたれかかり、「平気だ……」とティグルはかすれた声を返す。顔をあげると、彼女の軍衣のスカートが大きくまくれあがっているのが見えた。

左脚を包んでいる橙色の布地が腰まで覆っているので、下着は見えないのだが、布地が薄すぎて尻の曲線がはっきりわかってしまう。ティグルはさりげなくスカートを戻した。

痛みがおさまると、あらためて呼びかけ、彼女の尻を押す。

直前まではさっさとすませようという気分だったのだが、弾力のあるやわらかな感触がてのひらに伝わってくると、顔が熱くなった。雑念を打ち消そうと目を強くつぶると、丸い尻がまぶたの裏に浮かびあがる。

短い格闘の末に、ようやくリュディの尻が穴の中へと吸いこまれた。かかった時間は十を数えるほどだったが、ティグルは疲労感たっぷりの息を吐きだす。

ふと、熱を帯びてふくらんでいる身体の一部を見下ろした。自分はだいじょうぶだろうか。これが引っかかってしまった日には、情けないどころではない。

蹴られた箇所が痛むと嘘の申告をして、わずかながら時間を稼ぐ。穴の向こう側で申し訳なさそうにしている彼女に罪悪感を覚えたが、真実を話せるわけもない。

身体が落ち着きを取り戻すと、急いで穴をくぐった。前方には再び通路が延びている。

「城砦の中と外を結ぶための隠し通路だろう？　この壁はいったい何なんだ？」

「この隠し通路は、城砦からの入り口が二つあって、途中で合流し、外に通じる形になっています。こちらは古い方の入り口で、昔は敵を誘いこみ、行く手を遮って撃退するのに使っていたそうです。私たちがくぐったこの穴も、壁の内側から槍を突きだすためのものだとか」

「隠し通路なのに、その存在を教えるのか？」

首をひねるティグルに、リュディはくすりと笑った。

「私もはじめて聞いたときはそう思いましたが、相手の注意を引くには効果的です。中途半端に撃退しても意味がないときは、穴をふさぎ、土を詰めた麻袋を積みあげれば、侵入を阻むことができますから。いま話したことは、すべて秘密にしてくださいね」

リュディが歩きだす。ティグルに背を向けたまま、ためらいがちに聞いてきた。

「ところで、その……見ましたか？」

「見てない」

「何のことなのか言ってないのに、どうして答えられるんですか」

「昔、君がそう言ったことがあっただろう。木登りに失敗して落ちたときだ」

二人が十一歳のときのことだ。

木登りの仕方をティグルに教わったリュディは、面白がってさまざまな木に挑戦した。着替えなど持っていないので、絹服のドレス姿のままで。

貴族の少女がそのような格好で木に登るなど、町の中なら騒然となる光景だろう。だが、リュディが気にする様子をまったく見せなかったので、ティグルも気にしなかった。

そして彼女は、「その木はまだ早いよ」とティグルが言った木にも登ろうとして、落ちた。ティグルが彼女と地面の間に滑りこまなかったら、お尻を強く打っていただろう。

リュディはティグルを気遣いながら、スカートの中を見たかどうか尋ねた。ティグルが答えあぐねると、彼女は怒った顔をつくって言ったのだ。「こういうことを聞かれたら、嘘でもいいから見てないと答えること。それが淑女への礼儀よ」と。

「ありましたね、そんなことも」

リュディは懐かしそうに笑った。

「仕方ありません。今回は不問にしておいてあげます。それに、いちいち恥じらっていては騎士など務まりませんからね」

それから三十歩と行かないうちに、新たな壁が現れた。今度は穴などない。

「これは見せかけの薄い壁です。さきほどの壁とは違って、最近できたものですね。こちらの存在を隠して、もうひとつの入り口の方に敵を誘導するためのものだとか」

「もうひとつの入り口には、より悪質な罠が仕掛けられているということか」

「確認はしていませんが、そのようです。結局、突破されてしまいましたが……」

リュディは壁に歩み寄ると、床に接している箇所を乱暴に蹴った。その部分が崩れて、身体を丸めればくぐり抜けられるだろう穴が生まれる。

うずくまるようにして穴をくぐり、二人は崩した箇所を丁寧に戻した。その作業を終えてから周囲を見回すと、正面と右にそれぞれ通路が延びている。

「正面の通路は城砦の外に、右の通路はもうひとつの入り口に通じています。——ところで」

手燭を持って歩きだしながら、リュディが聞いてきた。

「私からも聞きたいことがあります。いつブリューヌに戻ってきたんですか？　ジスタート軍の客将としてアスヴァールでおおいに活躍し、見目麗しい戦姫殿とそれはそれは仲睦まじく語らいながら楽しく冬を過ごしたと聞いていますが」

声にあからさまな棘がある。ティグルは弁明と訂正を同時に行わなければならなかった。

「アスヴァールにいたのは秋までだ。冬の間はジスタート軍から離れてザクスタンにいた」

「ザクスタンに？　どのような用事ですか？」

バシュラルにしたものと同じ説明をすると、リュディは釈然としない表情を見せる。疑うわけではないが、腑に落ちないという感じだ。

「でも、危険な旅ではありませんでしたか？　あの国では王家と土豪が対立していて、それ以外にも『人狼』と呼ばれる奇妙な事件が起きていたはず……」

「詳しいじゃないか」

「三年前、騎士としての修業の一環で、ザクスタンのソルマンニで四ヵ月ほど過ごしたことがあるんです。それ以来、あの国の状況は定期的に知っておくようにしています。私の剣技の主体は、ソルマンニで出会ったヤーファ人の戦士から教わったものなんですよ」

なるほどと、ティグルは納得した。彼女の手にある片刃の剣は、ブリューヌの騎士が使っている、まっすぐで幅広の刀身を持つ剣とはまるで違う。自分の体格や力に合った戦い方を求めた結果なのだろう。

「人狼事件は解決したよ。王家と土豪（レンツヘル）の対立も、いずれはなくなると思う」

「その口ぶりだと、あなたが解決したみたいですが」

「少しだけ手伝ったよ」

驚くリュディに、控えめな言葉で応じる。追及される前に、話を先に進めた。

「そのザクスタンで、ナヴァール城砦から火の手があがったという話を聞いたんだ。それで馬を飛ばしてきたら、バシュラル王子に捕まって、尋問を受けた」

「顔の傷は、バシュラルに？」

「王子に従っている北部の諸侯だ。ただのやっかみだよ。それより、レグナス殿下やロラン卿のことについて、詳しい話を聞かせてもらえないか？　殿下とロラン卿が自分を殺害しようとしたとバシュラル王子は言っていたが、俺にはどうしても信じられないんだ」

「当然です。根も葉もないでたらめなんですから」

憤然と吐き捨てて、リュディは説明する。

「十四日前、レグナス殿下がこの城砦を視察に訪れたんです。私は護衛として殿下のおそばにいました。そこにバシュラルが兵を率いて現れ、おとなしく降伏して殿下を引き渡せと要求してきたのです。殿下とロラン卿が自分の殺害をくわだてたなどと言って」

敵に城砦の中へ侵入され、ロランが城砦を捨てる決断をしたこと、自分はレグナスを守って騎士たちとともに北へ逃げたことを、彼女は淡々と語った。

「ここから五日ほど北に行くと、ラニオン城砦があります。私たちは副団長のオリビエ卿と合流したあと、そこに落ち着きました。その後、私は援軍の要請と情報収集のために殿下のおそばを離れ、二日前にここに忍びこんだというわけです」

ティグルは開いた口がふさがらなかった。王子の護衛がとる行動ではない。もしかしてと思って、おそるおそる質問する。

「君はひとりで行動してるみたいだが、レグナス殿下はご承知なのか……？」

「手紙を置いてきたので問題はありません。殿下は私の気性をよくご存じですから」

あとで問題になったら、せめて自分だけでも彼女をかばおうとティグルは思った。

「しかし、ファーロン陛下はどうされたんだ？　ナヴァール城砦が襲われてから十四日もたっているなら、この状況をご存じのはずだだろう」

リュディは厳しい表情で首を横に振る。

「おそらく、まだご存じありません。雪崩や、それに誘発された洪水で通れなくなっている街道がいくつかあると聞いています」

「ああ、春の大水か……」

ティグルは唸った。冬の間に積もった雪や、凍った川が、暖かくなると解けて雪崩や洪水を起こすのだ。橋が流されたり、街道が泥濘となって通れなくなったりする。

「だが、主要な街道は事前に迂回路を用意したり、川に頑丈な橋をかけたりしているだろう。大水は毎年のもので、どのあたりで起きるのかもだいたい予測されているんだから」

「通れる街道には、バシュラルとガヌロンが兵を置いているようです。殿下に近しい者を王都に行かせないために。ガヌロンはバシュラルの後見役ですから」

「……ガヌロン公爵か」

ティグルの声が自然と低くなる。ガヌロンは、テナルディエ公爵と並んでブリューヌを代表する大貴族だ。北部にあるルテティアを治めており、北部の諸侯への影響力は非常に大きい。バシュラルが北部の諸侯を従えていたのは、彼の力によるものだろう。

ガヌロンの名にティグルが緊張を覚えたのは、その強大な権力にひるんだからではない。非道で残忍な気性の持ち主だと、前に聞いたことがあったからだ。

ガヌロンは、税をおさめられない家に若い娘がいれば、さらって自分の屋敷へと連れ去り、いない場合は罰として家に火を放つという。しかも、さらった娘は陵辱するだけに留まらず、拷問にかけてゆっくりと苦しめ、死んでいくさまを楽しむということだった。

気分の悪くなる話を思いだして、顔をしかめていると、リュディが話を続けた。

「これはレグナス殿下のお考えですが……。ガヌロンはバシュラルを傀儡として次代の玉座に座らせ、自身は後見役として権勢をほしいままにしようとたくらんでいるのでしょう」

もしもそうなったら、ガヌロンの残虐さがブリューヌ全土を覆い、血風が吹き荒れることになるのだろうか。自分の愛するアルサスも。

「そんなことはさせない」

決意をこめてつぶやいたとき、前方に壁が現れた。この壁には上へと延びた梯子が取りつけられている。出口にたどりついたのだ。

ティグルが先に梯子をのぼる。すぐに天井に手が届き、力をこめて押しあげる。ごとりと天井の一部が外れて、春の夜気が流れこんできた。縁に手をかけて、身体を引きあげる。

通路の中の暗がりとは違う夜の闇が、視界に広がった。

空には無数の星が瞬(またた)き、細い銀月が皎々と輝いている。いまが真夜中だとわかった。梯子をのぼってきたリュディに手を貸す。彼女から手燭を受けとって、周囲を見回した。どうやら猟師小屋の裏手に出たらしい。

「ナヴァール城砦はどこだ？」

「あちらですが……何をするつもりですか？」

城砦のある方角を指で示しながら、リュディは眉をひそめる。

「さっき話したときには省いたが、俺にはいっしょに旅をしてきた仲間がいる。たぶん、俺を助けようとして城砦の近くにいるはずだ」

「ですが、いま城砦に戻れば見つかってしまいます」

真剣に自分を心配してくれているリュディに、ティグルは微笑を返した。

「ありがとう。でも、仲間と合流することが、俺には何より大事なんだ。いまなら夜の闇にまぎれて動くことができる」

暗がりの中を駆けるのは狩りで慣れている。月明かりがある分、楽に思えるぐらいだ。

「本当に助かった、リュディ。この礼は必ずするから——」

「私も行きます」

ティグルの言葉を、リュディが傲然と遮った。胸を張り、口元に笑みを浮かべ、色の異なる瞳に不敵な輝きを宿して。

「あなたの仲間に興味があります。それに、またあなたが捕まってしまったら、危険を冒して助けた甲斐がないというものですからね」

これは連れていくしかないなと、ティグルは即座に考えを切り替える。こうなったときのリュディは、説得するのにとても時間がかかる。そして、いまは無駄にできる時間などない。

「わかった。君の力を借りよう」

「それでいいんです。困ったときは素直にお姉さんを頼りなさい」

「同い年だろう」

「そんなことを言う悪い子には、これをあげませんよ」

ベルトに下げている小さな革の袋から、リュディはあるものを取りだす。

それは、チーズの塊だった。剣の鍔で器用に端を削ると、彼女は親指の爪ほどの大きさのかけらをこちらに差しだす。ティグルは受けとって、口に運んだ。

おもわず感嘆の息が漏れる。濃厚な味わいと強い塩辛さが舌に広がり、独特の匂いが口から鼻へと抜けた。リュディがわずかな量しか渡さなかったのは、いやがらせなどではない。これ以上の量を口にすれば、間違いなく喉が渇くからだ。

思えば、捕まってから何も食べていない。ひとかけらのチーズでも元気が出てくる。

「お口に合いましたか？」

自分もチーズを食べながら聞いてくるリュディに、ティグルは大きくうなずいた。

「君のチーズを食べたのはひさしぶりだな。これなら夜明けまでがんばれそうだ」

二人は城砦に向かって走りだす。リュディが何気ない口調で聞いてきた。

「そういえば、あなたの仲間は何人いるんですか？」

「四人だ。見たら驚くぞ」

何しろ戦姫が二人もいるのだ。リュディは「楽しみですね」と、笑った。

†

ナヴァール城砦にかなり近づいたところで、ティグルとリュディは足を緩めた。

城壁の上と、城砦の外で、松明の炎がいくつも揺れている。彼らはかなり大がかりな捜索を行っているようだった。

「俺ひとりにずいぶん人手を割くものだ」

つぶやいてから、考え直す。彼らがさがしているのは自分だけだろうか。ミラたちがすでに城砦への潜入を試みて、見つかったのかもしれない。

「ティグル、あの兵たちを狙いましょう」

リュディが離れたところに浮かんでいる炎へと視線を向けた。

「わかった。やろう」

ミラたちに自分の居場所を教えるためにも、騒ぎを起こす必要はある。ティグルは黒弓に矢をつがえ、リュディは剣をかまえて、松明の明かりに向かって一直線に駆けだした。

いくつかの人影を捉えて、リュディが速度をあげる。果敢に敵兵の懐に飛びこんで、剣を振るった。短い悲鳴をあげてその兵士はくずれ落ち、松明が地面に転がる。

倒した相手には目もくれず、リュディはすばやく手首を返して二人目の首筋を斬り裂いた。さらに三人目の胸元に剣を突きこんで、鮮血を噴きださせる。

踏みこみといい、剣の振るい方といい、これまでにティグルが見たことのあるブリューヌ騎士とは違う、鮮やかな動きだった。

二人の敵が左右から彼女に襲いかかる。リュディはひるむことなく、右から突きだされた槍をかわしながら、左から迫る斬撃を弾き返した。反撃の一閃で左の敵兵を斬り伏せる。

――すごいな。ミラに負けないんじゃないか。

感心しながら、ティグルは矢を放った。槍を振るおうとしていた右の敵兵の喉を貫く。

リュディは地面に転がったままの松明から離れて、ティグルのそばへと戻ってきた。

「驚いたでしょう。あなたに私の剣を見せるのはこれがはじめてのはずですからね」

ささやくような声は昔のように得意げだが、彼女の視線は数歩先の暗がりを見据えている。

そこに複数の気配を感じるのだ。

「斬りこむので援護をお願いします、ティグル」

「いや、俺が先に矢を射かけて混乱させる」

ティグルがそう言葉を返したとき、暗がりの奥から甲冑の音が近づいてきた。こちらに気づかれたことを悟ったらしい。

松明に照らされて、ひとりの男が姿を見せる。ティグルだけでなく、リュディも驚愕を隠せなかった。男は、バシュラルだったのだ。彼の後ろには五人の兵が控えていた。

肩に担いだ大剣を見せつけて、バシュラルは戦意のこもった笑声をあげる。

「ヴォルン、何をしに戻ってきたのかは知らんが、俺の前に現れたのがおまえの不幸だ。牢から逃げることはできても、俺の剣からは逃れられないことを教えてやる」

「その言葉、そっくり返します！」

すさまじい剣幕でリュディが怒鳴り返した。ティグルが止める間もなく地面を蹴って、バシュラルに斬りかかる。その速さと鋭さは、ヴォージュ山脈に棲む雪豹を思わせた。

　二つの剣が激突し、火花が散る。

　リュディの刃を大剣で受けとめて、バシュラルは口の端を吊りあげた。

「いい一撃だ。武器も珍しければ、剣技もブリューヌ騎士のものとは違うな」

　突き放すように、バシュラルが大剣を押しこむ。尋常でない膂力を感じてリュディは後ろへ飛び退ったが、間髪を容れずバシュラルに肉迫された。

　上から打ちおろされる斬撃を、リュディはかろうじて避ける。だが、剛剣は瞬時に軌道を変えて、今度は下から襲いかかった。

　刃のかみあう音が響いて、リュディの身体が宙に舞う。背中から地面に叩きつけられた。しかし、彼女はすぐに飛びあがって剣をかまえる。まともに受けては耐えられないと判断し、剣を盾代わりにしつつ、自分から跳ぶことで衝撃を逃がしたのだ。

「へえ。どこかで見た顔だと思ったら、レグナスの護衛じゃないか」

　自分の相手がリュディであることに気づいて、バシュラルが楽しそうに笑った。

「ベルジュラック家のご令嬢だったか？　お飾りの騎士ではなかったんだな」

「殿下とロラン卿に濡れ衣を着せたあなたに、極刑以外の道はないと思いなさい」

　リュディの両眼には、燃えあがりそうな怒りがちらついている。それを受け流すように、バシュラルは嗜虐的な冷笑を浮かべた。

「勇ましくてけっこうなことだが、兵たちの慰み者になってもその態度を貫けるかな。いまのうちにしおらしい態度で頭を垂れれば、俺の気も変わるかもしれんぞ」

「その汚らわしい舌を斬り落とす！」

「もう少し背を伸ばしてから言うんだな！」

　叫ぶと同時に、バシュラルが踏みだした。最初の刃鳴りが消えるよりも速く、次の刃鳴りが響き渡る。バシュラルの斬撃は鋭く、重く、リュディは防戦一方に追いこまれた。

　ティグルは戦慄を禁じ得なかった。リュディは決して弱くない。迷いのない踏みこみと鋭い剣勢は、ミラやエレンに劣らないだろう。バシュラルがそれ以上に強すぎるのだ。

　バシュラルに従う兵たちが、リュディの側面にまわりこもうとする。だが、ティグルが見逃すはずはない。同時に二本、三本と矢を射放って、兵たちを次々に骸へと変える。

「冗談だろ？　この暗さでよくもまあ……」

　バシュラルが感心した声を発した。立て続けの斬撃でリュディを追い詰めながら、ティグルの動きに注意を払う余裕が、彼にはある。

　ひときわ高い金属音が、夜気を引き裂いた。リュディがバシュラルの斬撃を弾きながら後ろへ転がり、距離をとったのだ。

　ティグルは黒弓に新たな矢をつがえた。さきほどまではリュディに当たることを恐れて矢を放つことができなかったが、いまなら狙える。弓弦を引き絞った。

強烈な殺気がティグルの身体を貫いたのは、そのときだった。

暗闇の奥から、誰かが自分を狙っている。

とっさに身体をひねって、殺気を感じた方向に弓を向けた。何かが飛んでくるのを目と耳が捉え、一瞬の半分にすら満たない時間で矢の角度を調整し、弓弦を放す。

乾いた破裂音が響いた。ティグルの矢は狙い通り、飛んできた何かを打ち落としたのだ。

——この音は、矢だ。

飛んできた軌道を考えても、石などではない。この推測が正しければ、相手はすぐに二本目を射放ってくるだろう。ティグルは新たに二本の矢を矢筒から抜いた。一本を薬指と小指の間に挟んで保持し、もう一本を黒弓につがえる。

敵の第二射が飛んできた。ティグルはその矢を打ち落として、間を置かず反撃に移る。まだ震えている弓弦を力強く引いて、指の間に挟んでいた矢をつがえ、放ったのだ。

暗闇の奥から、矢が何か硬いものにぶつかった音が聞こえた。

新たな矢をつがえて様子をうかがう。一拍の間を置いても矢は飛んでこない。

——多少は牽制になったか？

そう思いながらリュディへと視線を戻す。息を呑んだ。

自分が何者かと戦っていた間に、彼女は再びバシュラルと剣をまじえていたのだが、地面に片膝をつき、肩で息をしている。汗まみれの顔は苦しげだった。

「よくしのいだが、ここまでだな」

バシュラルがリュディに向かって踏みだす。ティグルはすかさず矢を放ったが、バシュラルは左手を無造作に振って、矢をつかみとった。

「俺の目を正確に狙ってきたな」

矢をへし折りながら、バシュラルはティグルに笑いかける。

「おまえはロラン以上に危険だという話だからな。先に始末しておこうか」

もはやリュディは戦えないと見做(みな)したらしい。バシュラルが地を蹴って、ティグルに襲いかかった。その速さと猛々(たけだけ)しさとに、ティグルは総毛立つ。間合いを詰められる前に右へと跳躍して地面を転がったが、身体を起こすと、左腕に鋭い痛みが走った。

――浅い。斬られたんじゃない。

そう判断してから慄然とする。まさか、斬撃が起こした風で傷を負わされたのか。

バシュラルはさきほどよりも距離を縮めている。二撃目はかわせないだろう。

バシュラルが前へ踏みだそうとして、動きを止める。ティグルも気づいた。

暗がりの奥から、こちらへ猛然と駆けてくる者たちがいる。その中から先頭に立って飛びだした影が、ティグルとバシュラルの間に割りこんだ。

バシュラルが剣を振るう。金属的な響きとともに斬撃が弾かれるのを、ティグルは見た。

夜風になびく青い髪、両手にかまえているのは『破邪の穿角(はじゃのせんかく)』の異名を持つ槍の竜具(ヴィラルト)。

「ミラ！」

ティグルの叫びに、ミラは背中で応えた。

「今日は驚くべき日だな」

一方、バシュラルは感に堪えないといった顔でミラを見つめている。

「俺の剣を正面から受けられる女に、二人も出会うとは」

「狭い世界で生きてきたのね」

ミラは皮肉を飛ばしたが、その表情は緊張に満ちて、余裕に欠けていた。バシュラルが恐るべき戦士であることを、いまの一合でミラは悟っている。気を抜けば次の瞬間には斬り伏せられるだろうという確信を抱いていた。

ミラは間合いを詰めると、バシュラルの顔や肩を狙って矢継ぎ早に槍を繰りだす。バシュラルはそれらをすべて受けとめ、あるいは避けて、大剣を薙ぎ払った。

反撃を待っていたかのように、ミラは姿勢を低くして地を蹴る。下から鋭い突きを放った。大気を貫くその一撃を、バシュラルは上体を傾けてかわす。大剣を振りあげた。

離れたところから兵たちの悲鳴があがったのは、そのときだ。

「巨人だあっ！」

その声に、ティグルと、そしてバシュラルは視界の端でそれを捉える。

夜の闇を背景に、巨大な漆黒の影が立っていた。バシュラルは驚いたが、大剣を振りおろす

手は止まらない。そこへ、ミラのラヴィアスから冷気が放たれる。

思いもよらない攻撃に、さすがのバシュラルもたじろいだ。その隙を見逃さず、ミラが槍を振るう。右足を払われて、バシュラルは派手に転倒した。

「ティグル、走って！」

自身も駆けだしながら、ミラは叫んだ。

リュディに駆け寄って肩を貸しながら、ティグルは黒い影の正体に気づく。

あれは、オルガが竜具(ヴィラルト)の力でつくりあげた土塊の巨人だ。

「何なんですか、あれは」

呆然と巨人を見上げるリュディを支えながら、ティグルは走りだした。

隣にミラが並ぶ。問い詰めるような口調で聞いてきた。

「そのひとは？」

「牢から出してくれた恩人で、旧知の友人だ」

ミラは眉をひそめてティグルを睨んだ。また厄介ごとが舞いこんできたという表情だ。

「あなた、牢に入れられてたの？　それから、あの白髪の男は何？」

「バシュラル王子だ。詳しい話はあとでする」

巨人の足下にたどりつく。そこにはオルガとラフィナック、ガルイーニンがいた。ラフィナックはオルガを支え、ガルイーニンは五頭もの馬の手綱を引いている。

　巨人は、やはりオルガが土塊からつくりだしたものだった。間近で見ると、その輪郭はザクスタンの鉱山の地下で戦った巨人に似ている。

「若、ご無事で！」

　ラフィナックが喜びの声をあげる。ティグルは笑顔で応えた。

「すまない、心配をかけた」

「なに、若が今年いっぱい狩りをしないと思えば安いものです」

「今年はまだはじまったばかりだぞ」

　半ば本気でラフィナックに反論する。リュディを馬に乗せようとしたところ、一頭だけ見慣れない馬がいたので、ガルイーニンに聞いた。

「この馬は？」

「もしやの場合に備え、敵の騎兵を倒して奪いました。正解だったようですな」

「助かります」

　その馬にリュディを乗せ、自分は彼女の後ろに飛び乗る。ミラたちも馬上のひととなった。馬蹄の音を響かせて、敵の騎兵が追ってくる。ティグルは立て続けに矢を放って三人落馬させた。その光景に、他の兵たちの動きが鈍くなる。

「ひるむな！　敵は数人だ！」

　兵たちの後ろからバシュラルが叫んだ。この状況で、ティグルたちが少数であることを冷静に見抜き、兵を鼓舞するとは、指揮官としてもただものではない。

だが、結果からいえばバシュラルの行動は早すぎた。

馬上でオルガが竜具を一振りすると、土塊の巨人がぐらりと傾く。兵たちが顔を引きつらせながら見守る中、そのまま仰向けに倒れた。

轟音を響かせて巨人は粉々に吹き飛び、濛々と土煙がたちこめる。兵たちの馬は音に驚いて竿立ちになったり、あらぬ方向へ走りだしたりして、追撃どころではない。

その間にティグルたちは馬を走らせ、バシュラルたちを振り切った。

†

ティグルたちの捕縛を諦めたバシュラルは、被害状況を確認した。

真夜中とあって時間がかかり、四半刻後にようやく兵が報告にくる。死者は二十人を超え、負傷者はその倍に達していた。全体から見れば微々たる損害だが、たかだか数人に引っかき回された挙げ句のことなので、不快感をおさえるのは難しい。

「あの巨人は、土でつくりあげたもののようです。敵には妖術使いがいるのやも……」

松明の明かりに照らされた兵士の顔は、ひどく青ざめている。人智を超えるものを見せつけられて、彼らの士気は急激に低下していた。

──あれは妖術なんかじゃない。戦姫の竜技だ。

バシュラルは今日まで戦姫に会ったことはなく、竜具を見たこともない。

だが、竜具の気配を感じとることができたし、後見役のガヌロンから教えられて、竜具と、竜技について知っていた。

あの場には二つの気配があった。ひとつは、自分に立ち向かってきた青い髪の娘が持っていた槍だ。それとは違うもうひとつの気配が、巨人を生みだしたのだろう。

だが、バシュラルは、口に出してはこう言った。

「安心しろ。俺はかつて妖術使いを討ちとったことがある。また、ああいうものが現れたら俺に任せればいい。しかし、そのような者を従えているとは、ティグルヴルムド＝ヴォルンはますます放っておけんな。やはり、やつも追わなければならん」

兵士はようやく安心したようだった。自分が言ったことを他の者にも伝えるように指示を出すと、バシュラルは城砦に戻る。

城主の部屋に入ると、ひとりの男が椅子から立ちあがってバシュラルを迎えた。短い金髪の下の目は鋭く、碧い瞳には覇気が輝いている。

「逃げられたか」

男の言葉にはアスヴァールの訛りがあった。「ああ」と、ため息まじりに応じて、バシュラルは手近な椅子を引き寄せる。勢いよく座った。

「タラード、さっきはおまえに助けられたな。おまえがヴォルンを引きつけてくれなければ、もう何本か矢をくらっていた」

「あれは俺の失敗だ。あいつはこちらでおさえこむつもりだったんだが……」

タラードと呼ばれた男は、首を横に振った。

「まさか矢を二本続けて、それも同じ速さと高さで射放ってくるとはな」

「あれなら三百アルシンとやらもでたらめではなさそうだな。まったくたいした腕前だ。まさか側近をまとめて射倒されるとは思わなかった。優秀な連中だったんだが」

ティグルたちの前に現れたときにバシュラルが引き連れていた、五人の兵のことだ。

バシュラルはテーブルに置かれていた葡萄酒（ヴィノー）の瓶をつかんで、二つの硝子杯に中身を注ぐ。ひとつをタラードに勧め、もうひとつを口に運んだ。

「タラード、要請した増援の兵は、まだ到着しないのか？　三千にも満たない兵でレグナスのいるラニオン城砦に向かうのはごめんだが、ここにいるとろくなことがない」

「ろくなことがないってのはどういう意味だ？」

ブリューヌ語の変わった表現だとでも思ったのか、タラードが首をかしげる。

「ロランも、レグナスも、ナヴァール騎士団も逃がしただろう。今夜はヴォルンにベルジュラックまで。この城砦に長居するとツキが落ちるとしか思えない。それに、もう半月だ。国王に気づかれちまうぞ」

「国王や王都にいる連中のことは、ガヌロンが何とかするだろう。念のために、こちらからも偽情報をいくつか流しておくが……。ところで、そのベルジュラックというのは？」

「俺の相手をしていた銀髪の娘だ。王家に忠実な公爵家でな、実力においてテナルディエやガヌロンには及ばないが、名門ゆえの権威はある」

「あの娘か。どうしてヴォルンと行動をともにしているんだ」

「わからん」

　バシュラルは硝子杯をテーブルに置くと、難しい顔で唸った。

「それに、ベルジュラックだけじゃない。ヴォルンの仲間には戦姫が二人いた」

「ひとりはわかる。おまえの脚をひっかけた青い髪の槍使いだろう」

　意地の悪い笑みを浮かべるタラードに、バシュラルは軽く殴るような仕草をする。笑いをおさめて、タラードは言葉を続けた。

「アスヴァールの戦場で見たことがある。あの細腕でザクスタン軍の騎兵を次々に葬り去るんだからな。心底恐ろしいと思った。しかし、あの女以外にも戦姫がいたのか？」

「土塊の巨人をつくったやつがそうだろうと、俺は考えている。これだけを見ると、ヴォルンがジスタートに内通しているという話は事実に思えるが……。もしそうなら、ベルジュラックがヴォルンを斬り捨てているはずだ」

　しかめっ面をつくるバシュラルに、タラードがひとつの考えを述べる。

「レグナスがヴォルンを通じて、ジスタートの力を借りているのかもしれない」

「ありえそうだ。だとすると、ヴォルンたちもラニオンに向かうつもりか？　一箇所にまとまってくれるのは楽だが、さすがにこれだけ集まると面倒だな。黒騎士も、おそらくラニオンに着いているだろう……」

「おまえは不本意だろうが、ツキが落ちるこの城砦にもう何日か留まるしかなさそうだな。雪崩と洪水のおかげで、兵が到着するまでにあと数日はかかる」

「仕方がないな。博打をするには金がいる。勝とうと思ったら相応の金がいる。ひとにぎりの銅貨で勝負をして勝つなんて妄想もいいところだ」

そのような言い方で、バシュラルは城砦に留まることを承知した。

硝子杯に残っていた葡萄酒（ヴィノー）を一息に干して、タラードが立ちあがる。バシュラルに大仰な一礼をして退出した。

ひとりだけになったバシュラルは、右手で握り拳をつくる。それを顔の前まで持っていき、祈るように何ごとかをつぶやいた。つぶやきの内容は、彼にしか聞こえなかった。

城主の部屋を去ったタラードは、廊下を歩いていき、ひとけのない突き当たりに来たところで足を止めた。星をちりばめた春の夜空を、窓から見上げる。

「いずれ会うだろうとは思っていたが、こんなに早いとはな」

タラードにとって、ティグルヴルムド＝ヴォルンは奇妙な因縁を感じる相手だった。

昨年の秋まで、タラードはアスヴァール王国のジャーメイン王子に仕えていた。

あるとき、彼はたった三隻の船でジスタート軍に接触を試みた。そのときに出会ったのがティグルだ。見事な弓の技量に感嘆した。

次にティグルと会ったのは、やはり海の上だった。

一軍を与えられたタラードは、はりきって兵をそろえ、弓に特化した船団を編制した。だが、その強さを存分に発揮できたのは勝敗が決したあとだった。ティグルが彼の船団に強烈な打撃を与えてきたからだ。

そのあとはティグルと会っていない。だが、彼がロランとともにバルベルデの町を陥落させたという話は聞いていた。

アスヴァールの内乱が終結したあと、タラードはしばらく王都コルチェスターで過ごした。勝者となったギネヴィアがどのように振る舞うのか、興味があったからだ。

宣言した通り、島の民(コンテオ)と大陸の民(ランディア)をまとめきれるのか。また、ジスタートやブリューヌの干渉をはねのけられるのか。

ギネヴィアが宝剣カリバーンを継承する儀式をすませてから数日後、知人と会うために王宮を訪れたタラードは、文官たちを従えて歩く王女を見て驚いた。ギネヴィアの瞳には覇気と野心があふれていたからだ。

このとき、タラードはアスヴァールを離れる決意を固めた。

ひとりの将として生きるなら、ギネヴィアに仕えるべきだろう。彼女はおそらく、自分の力を充分に活かしてくれるに違いない。

だが、タラードにも野心がある。己の才覚で一国をその手につかむのが、彼の望みだ。

アスヴァールで望みをかなえようとするなら、道は二つ。

功績をたててギネヴィアの夫となるか。彼女を討って玉座を奪うか。

おそらくギネヴィアは、夫となる者にわずかな権力でさえも渡さないだろう。彼女は王妃ではなく、女王になるのだから。ひとつめの案は諦めた。

二つめの案も諦めた。兵たちの人望が厚く、軍才もあるとはいえ、タラードは漁村生まれの平民だ。玉座を望む正当性において、王家の血を引き、失われた宝剣カリバーンを発見して継承まですませたギネヴィアにはかなわない。

タラードの目は王国の外に向けられた。

むろん、他国に行けば他国での苦労があるだろう。

だが、アスヴァールにいても望みをかなえられないならば、他国に求めるしかない。

そうして冬の間に、タラードはアスヴァールを発った。

ブリューヌを選んだ理由は、北部の諸侯に幾人か知人がいたからだが、ティグルの存在が頭の片隅に引っかかっていたというのもある。

弓を蔑視するブリューヌで、彼はどのように評価されているのか。自分と二つか三つしか年齢が違わないだろうあの若者のことが気になっていた。

ところが、ブリューヌに来て何人かに話を聞いてみたところ、ティグルの名はほとんど知られていなかった。知っている者も、軽蔑の対象として捉えていた。

呆れ果てたタラードだったが、同時に己の活路も見出した。

タラードはティグルに劣らない弓の名手だが、それだけでなく剣も槍もひと並み以上に使いこなせる。弓を使おうとしないブリューヌの貴族や騎士に対して、優位に立っているのだ。

このことを理解する者を味方につけ、資金や人手を出させることができれば、ブリューヌで多くのものを得られるだろう。

そう考えて動きだしたタラードは、わずか数日で有力者に会うことができた。

ブリューヌ北部に強い影響力を持つガヌロン公爵だ。タラードが会った諸侯は北部に領地を持つ者ばかりだったので、とくにおかしなことではない。

だが、ガヌロンは驚くべき話を持ちかけてきた。

「私はバシュラル王子の後見役でな。有為の人材を求めている。よければ、王子の副官を務めてもらいたい」

「なぜ、そのような大役を異国の人間に？」

何かの罠ではないかとタラードが疑ったのは当然だった。

ガヌロンを支持している諸侯は少なくない。積極的に従っている者もいる。王子の副官が務まる者など、その中からいくらでも選べるはずだ。

「大きな声では言えぬが、バシュラル王子は庶子だ。しかも、以前は傭兵をしていたという。貴族として生まれ育った者をおそばに置けば、摩擦（まさつ）が生まれよう。それに、レグナス王子との差を縮めるためにも、バシュラル王子には武勲をたててもらわねばならぬ」

「俺は敗軍の将で、しかもブリューヌ軍に負けた身です」

「だから、よいのだ」

ガヌロンはにんまりと笑った。

「輝かしい実績を持つ者が副官につけば、王子は気後（きおく）れするかもしれぬ。また、自分を蔑（ないがし）ろにして諸侯を統率するのではないかと警戒するだろう。能力を持ちながらそれに驕らず、王子を支える。私が求めているのはそういう人間でな、まさにおぬしはうってつけだ」

タラードは少し迷ったものの、ガヌロンの話に乗った。アスヴァール人の自分がブリューヌで名声を得るのに、これ以上の機会は二度と巡ってこないだろう。

そのあとで、タラードはバシュラルに会った。

傭兵らしく武断的なところがあるが、他人の話に耳を傾けることのできる男だと感じた。王位継承権を与えられていないにもかかわらず、次代の玉座を狙う野心があることと、弓を蔑視しないことも気に入った。

　タラードとバシュラルは、ガヌロンを通じて北部の諸侯に兵を出させた。

　バシュラルが総指揮官を務め、タラードが彼を補佐する形で編制されたこの部隊は、冬が終わるまでの間に百人前後の野盗集団を三つ壊滅させた。バシュラルの名は一気に知れ渡り、タラードは兵や一部の諸侯から評価された。

　そして十数日前、ガヌロンが頼みごとをしてきた。

　ロランとレグナス王子がバシュラルの暗殺をたくらんでいるとの情報が入ったので、まずはナヴァール城砦へ行って、ロランに対処してほしいというものだ。

　立場上、頼みごとという形をとっているが、ガヌロンの要請は命令と同じだ。従わなければタラードは放りだされるだろうし、バシュラルもどうなるかわからない。

　北部の諸侯らの兵で編制された連合軍を率いて、二人はナヴァール城砦に向かった。

　道中で詳しい話を聞くと、諸侯同士の揉めごとを仲裁してほしいという理由で、すでに騎士団の一部を城砦から引き離しているという。また、レグナス王子がナヴァール城砦の視察に訪れるはずであり、引き渡すよう要求してほしいという「頼みごと」が追加された。

　だが、タラードたちは失敗した。

　城砦は手に入れたが、ロランにもレグナスにも逃げられた。しかも、ロランは逃げきったあとに単騎で二度も奇襲をかけてきて、レグナスを追った諸侯の兵を散々に打ち破ったのだ。

彼らがラニオン城砦に逃げたらしいことは突き止めたが、攻めるには多数の兵がいる。そうして兵の増援を頼んで到着を待っていたところに、ティグルが現れたのである。

「ティグルはロランと親しいという話だ。いずれまた戦うことになるだろう」

楽しげにつぶやいたとき、何者かの視線を感じて、タラードは笑みを消す。腰の剣に手をかけながら、そちらへ鋭い目を向けた。

十数歩先にひとりの兵士が立っている。無言で会釈すると、背を向けて歩き去った。

「ガヌロンの部下か」

タラードは口元を皮肉っぽく歪める。自分やバシュラルがおかしな行動をとらないよう、ガヌロンが監視役を兵の中にまぎれこませていることは予想していた。

「見張られるのはかまわないが、やつはやつでいったい何を考えているやら……」

タラードはひとつの疑念を抱いている。

ガヌロンの目的は、王位継承権を持たない庶子の王子であるバシュラルを玉座につけ、強大な権勢を手に入れることだろう。だが、本当にそれだけなのか。

あの男には、もっと別の望みがあるのではないか。

バシュラル王子には武勲をたててもらわねばならぬ。そう言ったときのガヌロンからは、ギネヴィアやバシュラルから感じた覇気や野心を露(つゆ)ほども感じなかったのだ。

２　ベルジュラック遊撃隊(ファルタス)

　暁の光を浴びて、黒かった海原が金色の輝きを放つ。

　雲が近くにないことをあらためて確認すると、アスヴァール王国の王都コルチェスターにある港から次々に船が離れだした。

　ガレー船もあれば帆船もあるが、どれも交易のための商船だ。すべて合わされば数百本にも及ぶ櫂が海をかきまわし、波を切って港の外へ繰りだすさまは壮観の一言に尽きた。

　『光華の耀姫(ブレスヴエート)』の異名を持つソフィーことソフィーヤ＝オベルタスは、その中の一隻に乗っている。船尾に立って、徐々に遠ざかっていく港を見つめていた。

　彼女は目立たないように褐色の外套をまとい、フードを目深にかぶっている。竜具(ヴイラルト)である錫杖は船室に置いてきていた。

　ソフィーの隣に立っている娘が、同じように港を眺めている。彼女は外套をまとい、つばの広い帽子をかぶっていた。その瞳は右が金、左が碧と、左右で色が異なっている。異彩虹瞳(ラズイーリス)と呼ばれるものだった。

　彼女の名はエリザヴェータ＝フォミナ。ソフィーと同じくジスタートの戦姫だ。

　だが、その身にいったい何が起こったのか、彼女からは記憶が失われている。

　自分が戦姫であることはおろか、名前も、生い立ちも、何もかも覚えていない。彼女を助けたひとたちは、その不思議な瞳の色から千華燈瞳（フェアリス）と呼んでいたのだ。

　エリザヴェータがかぶっている帽子は、彼女の友人であるシャルロットが贈ったものだ。ソフィーは当初、外套についているフードをかぶらせるつもりだったが、エリザヴェータが帽子を大事にしているのを見て、考えを変えた。

　港がだいぶ小さくなったころ、エリザヴェータがソフィーを見上げた。帽子が飛ばないように左手でおさえながら、鮮やかな赤い髪を風になびかせる。

「これからどこへ行くの？」

「ブリューヌ王国よ。何ごともなければ、明日の夕方には着くわ」

「どうしてそこに行くの？」

　いまのエリザヴェータは、疑問を持つことを覚えた子供のようだった。わからないと思ったらどんなことでも聞いてくる。もっともこれについては、ソフィーが彼女の疑問に何でも答えてしまうからというのもあるだろう。

「あなたが記憶をなくしていることは、前に話したでしょう。いろいろなものを見た方が記憶を取り戻しやすいと思ったの」

　それだけではない。いまのエリザヴェータを見たら、彼女が治めているルヴーシュの者たちは激昂するだろうという判断があった。彼らの怒りの矛先が自分に向くのならまだよいが、アスヴァールに向かうようなことがあれば、内乱に介入した意味が消えかねない。

「どうしても記憶を取り戻さないといけないの？」

エリザヴェータは、苦い薬を見たときのように顔をしかめた。

「昔の私は、あなたと仲良くなかったんでしょ」

「仲良くなかったというよりは、話す機会がほとんどなかったという方が正しいわね」

複雑な内心を悟られないように微笑を浮かべて、ソフィーは答えた。

嘘は言っていない。ただ、おたがい積極的に交流を持とうとしなかったのもたしかだ。

ソフィーの治めるポリーシャはジスタートの南東部にあり、エリザヴェータの治めるルヴーシュは北西部にある。交流を持つには、おたがいの領地は離れすぎていた。

また、記憶を失う前のエリザヴェータは、いくつかの事情があったとはいえ、エレオノーラ＝ヴィルターリアと対立し、サーシャことアレクサンドラ＝アルシャーヴィンと距離を置いていた。そして、ソフィーはエレンともサーシャとも親しかった。

さらに、かつてのエリザヴェータは自尊心が強く、まず意地を張るようなところがあった。戦姫としての立場がそのような態度をとらせたこともあったのだろうが、それゆえにソフィーは進んで交流を深めたいと思わなかったのだ。

だが、いまのエリザヴェータは違う。

ソフィーが彼女に会ったのは冬も半ばを過ぎたころだが、話を聞いてみると、本当に何も覚えていなかった。戦姫の証たる竜具もない。その上、右腕は肘から先が失われている。

過去のいきさつは捨てて、この無力な娘を守ってやらなければとソフィーは思った。

風が吹いて、船が揺れた。ソフィーはエリザヴェータの肩を抱いて支える。エリザヴェータはかすかに驚く様子を見せたが、おとなしくソフィーに身を委ねた。

視線を転じれば、もうコルチェスターの港は見えなくなっている。ソフィーは安堵の息をついて、フードを脱いだ。金色の髪が潮風に煽られて舞いあがる。

「さわっていい……？」

エリザヴェータが聞いてきた。笑顔でうなずくと、彼女は左手をソフィーの髪に伸ばす。頬を緩ませて、指で梳くように金色の髪を撫でた。手触りが気に入っているらしい。

「いまのうちに包帯を替えましょうか」

エリザヴェータの右腕に巻かれている包帯を、ソフィーは丁寧に外す。

切断面は完全にふさがっており、血色もいい。いずれ肉が盛りあがってくるだろう。

「まだ包帯を巻かないといけないの？」

「そうね。あと半年ぐらいは」

不満そうなエリザヴェータをなだめるように、ソフィーは答える。荷袋から油薬と新しい包帯を取りだした。擦りこむように油薬を塗り、包帯を巻いていく。

半年と答えたのには理由がある。エリザヴェータは時々、失われた手があるかのように身体を動かして、右腕をテーブルや壁にぶつけてしまうのだ。この包帯は、彼女の右腕を保護するためのものでもあった。

「もっと包帯を長く巻いてもらうことってできる？」

「できるけど、どうしたの？」

首をかしげるソフィーに、エリザヴェータは無邪気に答えた。

「昨日、夢を見たの。包帯をこうやって振りまわして、悪いやつをやっつけた」

ぶんぶんと右腕を振りまわす彼女を見て、ソフィーは目を瞠(みは)る。『雷渦の閃姫(イースグリーフ)』たるエリザヴェータの竜具(ヴィラルト)は、ヴァリツァイフと呼ばれる、稲妻をまとった伸縮自在の鞭だった。

戦姫としての記憶が、夢の形をとって彼女の前に現れたということなのか。

「……だめよ。包帯が何かに引っかかったら大変でしょう」

やんわりと言い聞かせる。エリザヴェータは唇をとがらせたが、食い下がりはしなかった。

ただし、代わりとでもいうかのようにソフィーの髪を自分の指にくるくると絡める。

包帯を巻き終えて、ふとソフィーは考えごとにふけった。

彼女がブリューヌに向かう理由は、エリザヴェータのためだけではない。

一日でも早く陸地について、行動の自由を得るためだ。

ジスタート軍の指揮官のひとりとしてアスヴァールの内乱に参加したソフィーは、船が動かなければ海上に孤立することを理解している。

たとえばアスヴァール軍が船団を繰りだし、この船を囲むようなことがあれば、ソフィーの戦姫としての力をもってしても、逃げることはかなわない。海をわたる方法がないのだから。

その点を考えると、何日も船の上で過ごす危険は冒せなかった。

ふつうに考えれば、アスヴァールがそのような暴挙に出るはずはない。内乱を終結させたばかりで、その余裕もないだろう。だが、ソフィーにはひとつ懸念があった。

エリザヴェータのことだ。彼女を助けた長弓使いハミッシュの話によると、エリザヴェータは王都の西に流れる川のそばで倒れていたという。そのときにはすでに右腕を失っており、着ている服もぼろぼろだったそうだ。

一騎当千と謳(うた)われる戦姫が、右腕と、記憶を失うほどの傷を負わされたのだ。尋常ならざる事態だった。ソフィーの知るかぎり、エリザヴェータは戦姫として充分な強さを備えている。その彼女を打ち倒せるものが、アスヴァールにいるのだ。それも王都の近くに。

最初は魔物の仕業かと考えた。ソフィーはティグルたちとともに、港町デュリスでトルバランと戦っている。仲間が現れたとしてもおかしくない。

だが、それならエリザヴェータにとどめをさしに現れないのも、自分に襲いかかってこないのも奇妙だった。

次に考えたのは、人間の仕業だ。戦姫は優れた戦士だが、無敵ではない。戦姫に劣らない力量と、竜具に耐えられる武器を持った戦士とぶつかれば、敗れることもあり得る。

そのような者がいるだろうかと考えたとき、ソフィーの脳裏に二人の人間が浮かんだ。ひとりはブリューヌの黒騎士ロラン。もうひとりはアスヴァールの王女ギネヴィアだ。

エリザヴェータは、このどちらかと戦った可能性が大きい。

いったいどちらだろうと考えて、ソフィーはひとつの疑問を抱いた。

そもそも、エリザヴェータはどうしてアスヴァールにやってきたのか。

自分たちに協力しに来たのならば、ジスタート軍に接触することを優先するはずだ。ミリッツァ＝グリンカのように。しかし、彼女はそうしなかった。

もしかしたら、彼女は自分たちに明かせない目的を持っていたのかもしれない。

ジスタートの諸侯の中には、アスヴァールの内乱に介入することに最後まで反対していた者たちもいる。エリザヴェータは彼らから何ごとかを頼まれて、ひそかにギネヴィア王女と会ったのではないか。そして戦いになり、敗れたのではないだろうか。

推測だ。だが、そう考えればいくつかのことが納得できる。

もし自分の考えた通りだとして、エリザヴェータが生きていることを、ギネヴィア王女が知ったらそのままにしておかないだろう。

アスヴァールに知られることなくブリューヌへ発つことをソフィーが決めたのは、そういった理由からだった。

ちなみに、コルチェスターに滞在していたジスタート軍は昨日のうちに発っている。念のために、ソフィーは自分がジスタート軍にいるよう見せかけていた。

「──私のためにも苦労をかけるわね、ソフィーヤ」

海を眺めながら、不意にエリザヴェータがつぶやいた。

おもわずソフィーは彼女をまじまじと見つめる。しかし、こちらの視線に気づいたエリザヴェータは不思議そうな顔をするだけだ。

──時々、別人のように大人びた口調で話すことがあるとは聞いていたけれど。

包帯の夢のこともある。彼女が記憶を取り戻す日は、そう遠くないのかもしれない。

そんな予感をソフィーは抱いた。

†

森の中の開けた場所で、ティグルたちは円を描くように座っている。

枝葉の隙間から射しこむ春の陽光が、草むらに小さな明かりをいくつも散らしていた。まだ昼にはなっていないが、日はだいぶ高くなっている。

昨夜、ティグルたちは懸命に馬を走らせ、諸侯の兵たちを振りきったのだが、そこで川にぶつかった。

だが、立ち往生はしなかった。ミラがラヴィアスの力で氷の筏(いかだ)をつくったのだ。追っ手を撒くためにも、六人は川をわたるのではなく、川を下ることにした。

川は森の中へと続いており、森に入ったところでティグルたちは川からあがった。その後、交替で休息をとり、ようやく全員で話しあえる状態になったのである。

ちなみに、先に休息をとったティグルは、周囲を見張るついでに一羽の雉を仕留めた。ほしかったのは矢羽にするための羽根であり、充分にむしったあと、亡骸は埋めた。このような状況でなければ火を起こして、肉を存分に味わったのだが、煙を発見される恐れから仕方なく諦めたのである。

日持ちする固いパンや、チーズをかじって飢えを満たし、川の水で渇きを満たす。

チーズはリュディが提供したもので、皆から好評だった。昨晩、ティグルにくれたチーズとは違うもので、複数の種類を持ち歩いているらしい。

「ほう。匂いも控えめで塩加減もほどよく、これは疲れがとれますな」

「いいチーズですね。味気ないパンがずいぶんうまくなる」

ガルイーニンが顔をほころばせ、ラフィナックも絶賛する。

食事をすませると、リュディは姿勢を正してティグルたちに礼を述べた。

「ありがとうございます、皆さん」

「礼を言うのは俺の方だ。君に助けてもらわなかったら、どうなっていたか」

ティグルの言葉に、リュディは首を横に振る。

「私だって、昨夜だけでいったい何度あなたに助けてもらったか。貸しをつくったつもりでしたが、大きな借りができましたね」

「そろそろ彼女のことを、ちゃんと紹介してもらえないかしら、ティグル」

二人を見るミラの声には、やや棘が含まれている。

ティグルが城砦から戻ってこなかったとき、彼女は取り乱しかけたほどだった。それが、助けようとしたら自力で脱出してきて、しかも美しい娘を連れている。その上、ずいぶん親しそうだとくれば、不機嫌にならないわけがない。

「名前はさっき聞いたけど、ベルジュラックといったら、ガヌロンやテナルディエに負けない名家じゃない。あなた、いつ知りあったの？　いままで聞いたことなかったわ」

「隠していたつもりはないんだ」

ティグルはうろたえ気味に弁明する。ミラが怒っているのは、自分が捕まったことで心配させてしまったからだろうと彼は思っていた。ミラが聞いたら、半分だけ正解としながら冷たく落第点をつけたに違いない。

「ただ、ひとに話すようなつきあいだったのかというとな……」

ティグルの言葉に、今度はリュディが不満そうな顔で抗議してきた。

「親しくないと言いたいんですか？　二人だけで森や山をたくさん冒険したのに」

「いっしょに遊んだのは旅人のリュディで、ベルジュラック家のお嬢様じゃないからな」

左右から剣呑な視線を向けられながら、ティグルはどうにか説明する。

「はじめて会ったのは、俺とリュディが十歳のときだ。アルサスにある森の中で、狼に襲われそうになっていたところを助けた」

「助けられたことにしておいてあげましょう。ティグルの弓のおかげで、狼にとどめを刺すことができたのは事実ですから」

「俺が君のもとへ駆けつけることができたのは、悲鳴を聞いたからだぞ」

意地の悪い笑みを浮かべるティグルに、リュディは平然とやり返す。

「貴族らしからぬ不作法の数々、しっかり覚えていますからね」

「木からぶら下がっている蜂の巣に興味本位で石を投げるのが貴族の作法か？」

「ベルジュラック家の人間は探究心を忘れてはならないと……いえ、さすがにあれは私も反省していますよ？　ティグルの怒りようもすごかったですし」

そんなふうに言葉をかわしながら、ティグルとリュディは当時のことを話した。

二人の距離の近さを感じさせられて、ミラは複雑な表情になる。しかし、気になったことを尋ねるのは忘れなかった。

「あなた、何しにアルサスに来ていたわけ？」

リュディに疑いの目を向ける。その眼光には敵意も少なからず含まれていた。

「ティグルの人柄を知ろうと思ったんです」

言葉に詰まる様子も見せず、堂々とリュディは答える。

「そうだったのか？」

意外だという顔をしたのはティグルだ。ミラは困惑した顔で想い人を見た。

「あなたも知らなかったの？」

「最後まで教えてもらえなくてな。親に連れられてヴォージュ山脈を見に来たなんてすぐわかるような嘘を言ってたが、迷惑をかけるようなことはしてこなかったし、わけありなんだろうと思って聞かないことにしたんだ。セレスタの町にも一度しか来なかったからな」

「そういうことですか。道理でお目にかかった記憶がないわけですね」

ラフィナックが納得した顔になる。

足下の草をより合わせて小さな輪っかをつくりながら、オルガが聞いた。

「どうしてティグルの人柄が気になった？」

「そうですね……。いまなら言っても問題ないでしょう」

少し考える様子を見せたあと、リュディは答える。

「レグナス殿下がティグルに興味を抱いていたからです」

ティグルとミラの顔が同時に青ざめた。

レグナスとティグルの接点など、ひとつしかない。そして、リュディがアルサスにやってきたのは、ファーロン王が狩猟祭を催した年だ。

ティグルの様子を見て、ラフィナックが訝しげな顔をする。

「王子殿下に何をやらかしたんですか、若は」

「いや、それはだな……」

言いよどむティグルを見て、リュディが楽しそうな笑みを浮かべた。

「ああ、話していなかったんですね。たしかに、ヴォルン伯爵に叱られるていどじゃすまないことですものね。でもお姉さんはティグルの味方だから――」

「王子殿下に、仕留めたばかりの野鳥の肉を食べさせたのよ。自分が先に食べてからね」

リュディの言葉を遮って、ミラがそっけなく告げる。愕然とするティグルに、彼女はつまらなそうな顔を向けた。

「ここにいる三人になら知られても問題ないでしょ。私やオルガがブリューヌの諸侯の誰かに言ったところで、笑いとばされるだけよ。――まさか、こんなことがティグルの弱味になるなんて考えるひとがいるとも思えないけれど、一応ね」

台詞の後半は、むろんリュディに対する皮肉だ。リュディは小さく頬をふくらませた。

「本気でそんなことはしません。殿下とティグルの大切な思い出を利用するなんて。私をはじめ口の堅い数人に限定してのことですが、殿下はいまでもそのときのことを楽しそうに話してくださるんですよ。他にそのようなことをしてくれる者はひとりもいないと」

いたらおおごとである。

「でも、そんな話をしてもらえるなんて、あなたは殿下から信頼されてるのね。家柄を考えれば婚約者の候補といわれても驚かないけど」

何気ないミラの言葉に、リュディはきょとんとした顔をする。

「婚約者……？」

その反応に、ミラはかすかな不安を抱いた。名家の令嬢が王子の護衛を務めるのだから、そのぐらいの事情はありそうだと思ったのだが、失言だっただろうか。

「ち、違いますよ！　そもそも殿下は……！」

顔を真っ赤にして、リュディは手を振りながら大声で否定する。何かを言いかけて、とっさに口をつぐんだ。レグナスについて公にできないことを何か知っているのだろう。

ひとつ咳払いをして気を取り直すと、彼女はティグルたちを見回した。

「たしかに私は幼いころより殿下と親しくさせていただいています。亡き王妃殿下――殿下のお母君はベルジュラック家の生まれで、私の伯母でしたから。ですが、リュドミラ殿が言ったような関係ではありません」

「そうだったのね。思いつきで不快にさせてしまったことを謝るわ」

ミラは素直に頭を下げる。皮肉をぶつけたい気分になっていたとはいえ、うかつだった。

両者の間をとりなすように、ガルイーニンが穏やかな声で発言する。

「話を戻しますが、リュディエーヌ殿は、ティグルヴルムド卿がレグナス王子に悪意を持っていないかどうかをたしかめるために、アルサスを訪れたということでしょうか。お気持ちはわかります。しかし、それなら何年も会いに来る必要はないように思えるのですが」

「そのつもりだったのは最初の一年だけです。それでティグルの人柄はわかりましたから」

「では、その後もアルサスにやってきたのは？」

「ティグルが私の知らないことをたくさん知っていて、楽しかったからです」

これ以上の答えはいらないでしょうと、リュディは笑顔で主張する。ガルイーニンは深々と頭を下げて礼を述べた。

ラフィナックが諦めに満ちた視線をティグルに向ける。

「若、もしもことが明るみに出て国王陛下のお怒りを買うようなことになったら、ヴォルン家を巻きこまぬよう、名を捨てて逃げてください。私だけはお供しますから」

「おっかないことを言うな。レグナス殿下に否定していただけばすむ話だ」

ティグルのもの言いは、側近をなだめるというよりも自分に言い聞かせるふうだった。


遠くで野鳥の鳴き声がした。木につながれている五頭の馬は、近くの草を食み終えたあと、退屈そうな顔でたたずんでいる。のどかな風景だった。

ちなみに、リュディはラニオン城砦からナヴァール城砦へ来る際、馬に乗っていたのだが、潜伏するにあたって近くの集落に預けたのだという。回収にいかなければ、そのまま集落で飼われるか、売られるだろうということだった。

「回収しない方がいいでしょうね。その余裕もないですし」

自分の馬をすっぱり諦めると、彼女は話題を変えた。

「ところで、ティグル。お姉さんは聞きたいことがあります」

表情こそにこやかだが、ミラとオルガに向けている眼差しには不審の色があり、声には静かな怒りが潜んでいる。

「見たら驚く。あなたはそう言いましたね。本当に驚きました。あなたの旅の仲間に戦姫が二人もいて、愛称で呼びあう仲だなんて。ザクスタンへは見識を深めるために行ったと聞きましたが、それは戦姫殿に同行してもらわなければ不可能だったんでしょうか」

「その通りだ」

姿勢を正して、ティグルはリュディを見つめた。

「黙っていたことは謝る。どう説明してもややこしくなると思ったんだ。長くなるから、詳しい話は今度にしてほしいが……。ミラがいてくれなければ、俺は旅の目的を果たせなかった。それと、オルガとはザクスタンで会ったんだ」

ティグルが腰に下げた小さな袋の中には、綿で包んだ鏃（やじり）が二つ入っている。

ひとつはアスヴァールでギネヴィア王女から譲ってもらったもので、もうひとつはザクスタンで手に入れたものだ。驚異的な力を備えているこれらの鏃は、『魔弾の王』にたどりつくためにおそらく必要なものだった。

「ティグルの言っていることは本当」

二つめの輪っかをつくりながら、オルガが横から口を挟む。

「疑うなら、ザクスタンのアトリーズ王子と土豪（レンツヘル）のレーヴェレンス家に聞いてみるといい」

リュディはオルガを一瞥して、ティグルに視線を戻す。ふっと口元を緩めた。

「そうまで言われては、これ以上追及することもできませんね。でも、気をつけてください。そうやって脇の甘いところを見せるから、内通を疑われるんですよ」

「内通!?」

ミラとラフィナックが驚きの声を同時にあげた。

「何よ、それ。いったい何を根拠に……」

「いやはや、若も出世したものですな。内通なんてのは、もっと金や地位のある諸侯や役人にしか縁のない言葉だと思ってましたが」

ミラは純粋に憤慨（ふんがい）し、ラフィナックは呆れた顔で皮肉を述べた。オルガとガルイーニンは黙っているが、二人とも表情でミラたちに同意を示している。

「バシュラル王子に言わせると、俺はジスタートの戦姫たちにアルサスを売り払おうと画策しているらしい」

ミラたちに仏頂面で説明すると、ティグルはリュディに聞いた。

「俺はこのていどのことしか知らないんだが、君はもっと詳しいことを知ってるのか？」

「もちろんです」

真剣な表情でうなずいて、リュディは一同を見回す。

「王宮で噂が流れだしたのは、冬の初めのころでした。ヴォルン伯爵の嫡男がジスタートの戦姫たちと次々に接触をはかっている、アスヴァールの内乱にも、ジスタート軍の一員として参加しているらしい……。最初はそんな話でしたね」

「どうしてそこから領地を売るなんて話になるんだ？」

「噂が、疑いの方向に変わったからです。何のために接触しているのか、何かよからぬことをたくらんでいるのではないか、というふうに。折しも、ヴォルン伯爵が王宮に現れ、あなたと戦姫たちの交流について陛下にご報告したので、噂は一気に広まりました」

「意図的なものを感じるわね」

ミラが憤然とした顔で腕組みをする。リュディは首を縦に振った。

「私もそう思います。それに、陛下も、レグナス殿下も、ティグルがそんなことを考えるわけがないと笑っておっしゃいました」

「どんな理由で？」

オルガが首をかしげる。統治者としての純粋な興味から出てきた疑問のようだ。

「ひとつは、ティグルとお父君の人柄です。お二人がアルサスを大切に思っていることを陛下はご存じですし、私もよく知っています。もうひとつは、お二人とも内通者としてはあまりに不適切だからです」

「そうでしょうね」

ミラが同意する。オルガの視線を受けて、説明した。

「内通者に最低でも必要なのは、顔が広いか、王国の中枢に顔が利くか。私の知るかぎり、ヴォルン伯爵は諸侯との交流があまり多くないわ。それじゃ、王宮に頻繁に通うなり、使者を派遣するなりしているのかといえば、そういうわけでもないんでしょう」

「ええ。それに、伯爵の生活は決して派手ではありません。また、ジスタートとの国境近くに領地を持つ諸侯で、急に戦姫との交流が増えた者は他にいないんです。ジスタートが本気でそういうことをやるなら、偽装も兼ねてヴォルン伯爵以外にも声をかけるでしょう」

小さく息をついて、リュディはティグルに目を向ける。

「あと、ティグルは危険な行動をとりすぎです。アスヴァールでの戦いぶりはロラン卿からうかがいましたが、もしも命を落としていたら、ヴォルン伯爵は跡継ぎも、戦姫たちとのつながりも失ってしまう。信頼を得るためだとしても、あまりに無謀な賭けです」

「それなら、なんだって内通の疑いをかけられたんですか？」

ラフィナックが腹に据えかねたという顔で地面を叩く。

「グレアスト侯爵が、証拠とされるものをそろえて陛下に訴えたのです。有力な貴族の主張となれば、いかに証拠が怪しくとも、何の調査もせずに取りさげるような真似はできません」

「聞いたことのないひとだな」

首をかしげたティグルに、嫌悪感もあらわにリュディは吐き捨てた。

「関わりがなければ知る必要などありません。略奪や焼き討ちを平然と行い、苛烈な拷問や残酷な処刑をおおいに好む男です。とある村を、野盗をかくまっていると言いがかりをつけて焼き払い、捕らえた者たちをひとりひとり異なる方法で惨殺したという話があります」

ティグルだけでなく、他の者たちも驚きと不快感を隠せなかった。リュディは一呼吸分の間を置いて、いくらか落ち着いてから続ける。

「訴えたのはグレアスト侯爵ですが、私はガヌロン公爵が指示を出したと考えています。侯爵はガヌロン公の腹心といわれる人物ですから」

ティグルは戸惑った顔でリュディを見つめた。ついさきほどまで名すら知らなかったグレアストはもちろん、ガヌロンにも敵視される覚えはない。

思案するように髭を撫でながら質問したのは、ガルイーニンだった。

「その訴えを信じている者、支持している者はいるのでしょうか。たとえば、ガヌロン公と並ぶ大貴族であるテナルディエ公爵はどのような反応を？」

「私が聞いたかぎりでは、テナルディエ公爵は関心がないという感じです。いまのところは信じていないと思っていいでしょう。状況次第では考えを変えるかもしれませんが」

「なるほど。では、信じている者は？」

「まず、バシュラル。それからガヌロン公を支持し、従っている北部の諸侯たちですね。それ以外だと、ティグルの活躍ぶりに嫉妬している者たちが数えるほど」

「バシュラルについて、あなたが知っていることをすべて教えてもらえる？」

　昨夜の戦いについて思いだしたのか、顔をしかめてミラが聞いた。

「私たちは昨年の秋からのブリューヌの出来事をまったく知らないと言っていいのよ」

　リュディは、バシュラルが秋の初めごろに王宮に現れたこと、その後、正式に王子として認められ、ガヌロン公爵が彼の後見役になったこと、北部の諸侯を従えたバシュラルが武勲を重ねていること、そしてナヴァール城砦に攻めてきたことを簡潔に説明した。

「王位継承権がないとはいえ、バシュラルが陛下の血を引いているのは事実。それを盾に、ガヌロンは力ずくであの男を玉座につけるつもりです。そして、そのために障害となる殿下とロラン卿を亡き者にしようとたくらみ、またティグルにも濡れ衣を着せたのだと思います」

「どうして俺に？」

　ティグルには、そこがいまひとつわからなかった。

　弓しか使えない臆病者と見下していた相手が、戦姫たちと親しくしているとなれば、嫉妬する者が現れるのは理解できる。自分を殴りつけた男たちのように。だが、ガヌロンほどの大貴族がそんな理由で、手間をかけてまで自分に内通の疑いをかけるものだろうか。

「将来の脅威と捉えたのかもしれないと、殿下はおっしゃっていました。おおげさなと思いましたが、いまとなってみるとよくわかります。四人、いえ、五人もの戦姫と親しいブリューヌ貴族など、他にいませんから。あなたの潜在的な力は大貴族に匹敵しますよ」

からかいを多分に含んだ目をリュディから向けられて、ティグルは肩をすくめた。

「だいたいは成り行きみたいなものなんだが」

ミラと出会い、ここまで心を通わせることがなかったら、他の戦姫たちと出会うことはおそらくなかっただろう。ソフィーたちのことはもちろん大切に思っているが、やはりティグルにとってミラの存在は特別だった。

「若、どうします？　そんな大貴族を敵にまわして」

ラフィナックが途方に暮れた顔をする。ティグルは言葉を返さず、思案にふけった。

相手は北部の諸侯をまとめあげる力を持ち、万を超える兵を動員できる大貴族だ。アルサスなど、それこそ鼻息ひとつで吹き飛ばされてしまうだろう。戦いを避け、許しを乞う方が多くのものを助けられるかもしれない。あるいは名を捨てて、どこか遠くへ逃げるか。

すぐに結論を出せる問題ではない。しかし、ティグルはさほど迷うことなく、決意を固めることができた。

――いまの俺の望みは、ミラと結ばれることだが……。

だが、ミラの他に何もいらないと思うほど、割り切れてはいない。アルサスの地、ヴォルン伯爵家、父や、腹違いの弟のディアン、ティッタ、バートラン、領民たち。父の友人たちに、ミラを通じて出会った多くの者たち。手放すことのできない大切なものがたくさんある。

内通の疑いは、それらすべてをティグルから奪うものだ。

戦わなければならない。守るために。

たとえ相手が、はるかに圧倒的な力を持つ大貴族であろうとも。

「先に、リュディがこれからどうするのか、聞かせてもらっていいか」

戦意に満ちた不敵な笑みを、ティグルは浮かべた。

「俺と君の敵は共通しているようだからな」

「やはり私とティグルは心で通じあっているんですね」

リュディは喜びで顔を輝かせたが、すぐに笑みを消して真剣な表情になった。

あらためて、彼女は自分の置かれた状況を説明する。ティグルには話していたが、ミラたちにはまだだったからだ。聞き終えたミラが真っ先に聞いたのは、ロランのことだった。

「ロラン卿は、そのラニオン城砦にたどりついたの？」

リュディは残念そうに首を横に振る。

「七日、いえ八日前の時点では、姿を見せませんでした。ナヴァール城砦にいる兵たちも、ロラン卿を発見できていないようです」

「あなたはロラン卿をさがすの？」

「それだけじゃありません」

自信たっぷりの笑みを浮かべて、リュディは胸の前で左手を力強く握りしめる。

「殿下のために各地の騎士団や諸侯を訪ねて力を借り、敵の情報を集め、バシュラルを追い詰めます。命名するなら、そう、『ベルジュラック遊撃隊（ファルタス）』というところですね！」

色の異なる瞳を昂揚感と使命感で煌（きら）めかせて、誇らしげに宣言した。

ティグルとミラ、ラフィナック、ガルイーニンは無言で顔を見合わせる。自分以外の誰かに発言や感想を促（うなが）す顔だった。感心しているのはオルガだけだ。

「心意気は立派なものだけど、その遊撃隊の人数は？」

ミラの質問に、リュディは自分とティグルを順番に指で示す。

「以上です。いまのところは」

「待ってくれ。どうして俺が入ってる」

いつのまにか部隊に組み入れられていることに、ティグルは抗議した。

「さっき、敵が共通しているって言ったじゃないですか」

当たり前のことを問われたかのように、不思議そうな顔でリュディは答える。

「殿下を助けてくれれば、私たちもあなたを助けることができます。何より、力はひとつに束ねてこそ。あなたがいてくれると心強いですし、殿下も喜びます」

言っていることはいちいちもっともだが、ティグルは素直にうなずきたくなかった。

「あなたと行動をともにする必要はないんじゃないかしら」

ミラが腕組みをして、不満そうな視線をリュディにぶつける。

「レグナス殿下とナヴァール騎士団はラニオン城砦にいるんでしょう？　ここから五日で行けるということだし、そちらに駆けつけた方がいい気がするわ」

「え、いや、そ、それもそうかもしれませんね……」

目に見えてリュディはうろたえた。彼女から懇願の眼差しを向けられて、仕方ないなとティグルはつぶやく。昔もいまも、自分は彼女を放っておけないらしい。

「わかったよ、リュディ。君といっしょに行こう」

言い終わらないうちに、リュディは満面の笑みを浮かべて胸を張る。

「正しい判断です、ティグル。お姉さんは頼りになりますよ」

ミラの不機嫌な視線を頬に浴びながら、はやまったかもしれないとティグルは思った。

†

話がまとまったところで、ミラとオルガ、リュディは水浴びをすることにした。

昨夜の戦いからいままで、身だしなみを整える暇などなかったのだ。話している間も顔は汚れたままで、髪は乱れ放題だった。

ティグルたちから百アルシン（約百メートル）ほど離れたところで服を脱ぎ、川に入る。

水は冷たいが、深さは太腿まで浸かるていどで、流れもゆるやかだ。

一糸まとわぬ姿になったリュディを見て、オルガは羨望のため息をもらした。オルガよりわずかに背が高いていどだというのに、彼女には豊かな胸と、肉づきのよい尻がある。

一方、オルガの身体の輪郭は同年代の少女とくらべても非常になだらかだ。やや日焼けした肌は水滴を弾くほど瑞々しいが、彼女を見る者は肉感的な美しさではなく、健康的な可愛らしさを感じるだろう。

「普段、何を食べてる？」

遠慮なくリュディの腹部や太腿をさわりながら、オルガは訊いた。

「何でも食べますが、とくに好きなのはチーズですね」

「毎日チーズを食べると、こんなふうになる？」

「ええ。我が国には地方ごとに異なるチーズがありますから、ぜひいろいろと食べてみてください。いいチーズを食べれば肌の艶もよくなるし、力も強くなるし、足も速くなります」

「その子にあまりてきとうなことを言わないで。冗談の通じない年ごろなの」

さすがに見かねてミラが割りこむと、オルガはやや意地の悪い目を向けてきた。

「誰かを好きになるというものよりは効果がありそう」

ミラは顔を真っ赤にする。それは、彼女がザクスタンでオルガと湯浴みをしたとき、胸を大きくする秘伝として教えたものだった。ミラが何かを言う前に、オルガは水飛沫をあげながら逃げるように泳ぎ去る。離れたところで身体を起こした。

ため息をつくと、ミラは長い髪を水面に浸して丁寧に梳きながら、リュディに話しかける。

「あなた、珍しい目をしているのね」

今朝になって気づいてから、気になっていたのだ。リュディは笑顔で応じる。

「ええ。この異彩虹瞳（ラズィーリス）は、私の生まれたところでは吉兆（きっちょう）をもたらすといわれています」

「よかったわね。ジスタートでは地方によって違うわ」

異彩虹瞳の戦姫を、ミラは思いだした。

『雷渦の閃姫（イースグリーフ）』の異名を持つエリザヴェータ＝フォミナ。彼女とはめったに顔を合わせる機会がなく、人柄もよく知らず、親しいとはいえない。ただ、誇り高い戦姫であろうとする姿勢は嫌いではなかった。エレンに対する態度だけは少し気になるが。

「ひとつ、聞いていいでしょうか」

髪と身体の汚れを落としたころ、リュディがおもいきった口調で聞いた。

「あなたたちは、ティグルのどのようなところを好きになったのですか？」

「弓の技量と馬の御（ぎょ）し方（かた）」

即答したのは、さきほどから自由に泳ぎまわっているオルガだ。

「狩りに慣れていて、動きに無駄がないのもいい。馬乳酒(クミズ)が苦手じゃないことと、羊肉だけを煮込んだ鍋をおいしそうに食べてくれたことも。そういえば草笛も上手かった」

「はあ……」

反応に困っているリュディに、ミラが仕方ないという顔で補足する。

「オルガはジスタートの東で暮らしている騎馬の民なのよ。彼女の言葉を要約すると、いっしょにいて楽しいってこと」

「うん、仲良し。裸を見られても許すぐらいには」

リュディはぎょっとした顔でオルガを見つめた。ミラは水を蹴立ててオルガのもとへ駆け寄ると、小声でたしなめる。

「誤解を招くような発言は慎(つつし)みなさい。ティグルが好色と思われるだけならいいけど、ティグルとあなたが恋仲だと思われるわよ」

「でも、女同士の会話では大胆なことを言って優位に立てとヴァルトラウテが……」

ミラは心の中で、ザクスタンの土豪(レンツヘル)の娘を罵った。オルガが素直なものだから、面白がって教えたに違いない。

「それは相手によるわ。彼女に対してはやめておきなさい」

「リュドミラはそれでいいのか」

眉をひそめるミラを見上げて、オルガは物騒なことを口にした。

「彼女はたぶんティグルに気がある。早いうちに心をへし折ってやらなければ」

「それもザクスタンで教わったの……？」

「祖母の教え。『羊の肉はわけあうべきだが、よい馬と好いた男は早い者勝ち』だって」

頭を抱えたくなる。間違っていると言いきれないのが、また腹立たしい。

「いいから黙ってること。そのことは、いま触れたら面倒にしかならないわ」

自分とティグルが想いあう仲だと知られてしまったら、謂われなき濡れ衣であるはずの内通の疑いに、おかしな説得力を加えることになる。それは避けなければならない。

また、いかにも余裕のない振る舞いをするのはいやだった。自分とティグルは想いをたしかめあっており、ともに過ごした日々も、彼女とはくらべものにならない。

──そうよ、たしかに私は昔のティグルを知らないけど、それは彼女も同じ。

今回の一件については協力しても、ティグルのことについては堂々と正面からやりあって、退ければいい。

「あの……」

リュディが声をかけてくる。ミラは慌てて彼女に向き直った。

「ごめんなさい。彼女が言ったことは気にしないで。ティグルが誤って、オルガのいる浴場に入ってしまったというだけだから」

リュディはくすりと笑った。

「ティグルはいくつになってもどこか抜けたところがあるんですね。少し安心しました。ロラン卿からうかがったティグルは、弓を手に戦場を駆け、いかなる敵にもひるまない若き勇者という感じで、私の知っているティグルじゃないみたいだったので」

「ロラン卿の話がどういうものか知らないけど」

反射的に、ミラは言葉を紡いでいた。

「戦場の勇者というのも、間違いなくティグルの一面よ。私は何度も見てきたもの」

言い終えてから、失敗したという顔をする。リュディが呆然とこちらを見ていたからだ。彼女は真剣な表情で歩いてくると、ミラに詰め寄った。

「まだリュドミラ殿からはうかがっていませんでしたね。ティグルのどんなところを、あなたは好きなのですか？　さきほど話していたときもかなり距離が近いと思いましたが」

色の異なる瞳に浮かぶ真摯な輝きが、ミラの戦意をいちじるしく刺激する。口の端を吊りあげて、ミラは彼女に意地の悪い笑みを向けた。

「聞いてどうするの？　もしも愛していると言ったら、内通の証拠にでもする？」

「そ、そんなことはしません！」

リュディは慌てて手を振りながら後退する。足を滑らせた。派手な水飛沫をあげて、水の中に沈む。顔にかかった水滴をはらって、ミラは彼女が立ちあがるのに手を貸した。

「すみません……。ただ、気になるんです。ティグルがどうやって、あなたたちと利害を超えた関係を結ぶことができたのか。私の想像もできないほど、変わったのか」

まっすぐな視線を向けてくるリュディに、ミラはため息をつく。投げやりに言った。

「全部よ。全部」

目を丸くするリュディに、腰に手を当てながら、顔をしかめてみせる。

「優しいところとか、勇敢なところとか、いいところはもちろん好きだし、子供じみたいたずらをしてくるところとか、問い詰められたらごまかそうとするところとか、そういう悪いところは仕方ないと思えるぐらいには好きよ。そうでなかったら長いつきあいにならないわ」

これが、ミラにできる精一杯の答えだった。もちろん本心だが、聞きようによっては男女間の愛情などまったく感じられない、腐れ縁か何かのように聞こえるはずだ。

「あなたはどうなの？」

ミラに水を向けられて、リュディは視線を宙にさまよわせる。

「全部ですね。馬を走らせているところや、チーズをおいしそうに食べるところ、先に行っても私を待っていてくれるところ、他にもたくさんありすぎて……」

同じ結論を出されて、ミラは複雑な表情になった。自分を真似たのだとは思わない。想いが一定以上の熱さと大きさを有すると、きっとそういう答えになってしまうのだ。もちろん喜ぶことなどできなかったが、ほんの少しだけ嬉しかった。

「それにしても、これは何らかの対処が必要ですね。この一件が解決したら、殿下を通じて陛下にお願いし、ティグルを何年かブリューヌから出さないようにするべきでしょうか。戦姫の方々にも迷惑がかかりますから……」

感傷に浸っていたら、リュディがとんでもないことを考えはじめた。そのようなことが実現したら、自分たちが気軽に会えなくなってしまう。

「それは賛成できないわね。ひとによっては、内通の噂は本当で、だから強制的に引き離したのだと思うわ。それに、ティグルはアスヴァールやザクスタンの要人とも知りあったのよ。むしろ、このことを活かすべきじゃないかしら」

いつもよりいくらか早口になって、考え直すように促す。リュディは感心した顔でミラを見つめたあと、おずおずと聞いた。

「リュドミラ殿も、私とティグルに協力してくださると思っていいんでしょうか」

そのもの言いに微少の苛立ちを感じたが、ミラは笑顔でうなずいた。

「オルミュッツは友好を結んだ相手を見捨てないわ。まして、ティグルは不当に訴えられたんだもの。それに、ロラン卿はジスタート軍にとっても戦友よ」

「殿下に代わって感謝いたします」

ミラの手をとって、リュディは再び頭を下げる。

「あと、ずうずうしい申し出ですが、私もあなたたちをミラ、オルガと呼んでいいですか？私のこともリュディと呼んでください」

好意的な笑顔を向けられて、ミラは困り、そして迷った。

普段なら断るところだが、彼女には仕方ないかと思わせる不思議な愛敬がある。それに、彼女がティグルに間違いなく好意を持っているという、後ろめたさに近い感情も湧いた。

「長いつきあいになりそうだものね。――よろしく、リュディ」

オルガもこちらへ来て、三人は手を重ねた。

†

ミラたちが川で水浴びをしているころ、ティグルはラフィナックに手伝わせて矢をつくっていた。ガルイーニンも己の剣を磨いている。

「どうしたんです、若。いつになく疲れたような顔をして」

無言で手だけを動かしていたティグルに、ラフィナックが声をかけた。枝を短剣で削って矢柄をつくっていたティグルは、意外だという表情で、隣に座っているラフィナックを見る。

「そんな顔をしてたか、俺」

「手つきが危なっかしいですね。何度か枝じゃなくて指を切りそうになってますよ」

ティグルは考えるように間を置いたあと、ため息をついた。

「アスヴァール王国のデュリスって港町を覚えてるか？　あの町にはブリューヌに親しみを感

じているひとがけっこういただろう」

「さすがに半年前のことを忘れるほど耄碌しちゃいませんよ。それがどうかしましたか？」

「俺は、あのひとたちからブリューヌ北部のことをいろいろと教わった。そのときにも少し考えたんだが……」

できあがった矢柄をラフィナックに渡しながら、ティグルは続けた。

「俺は、ブリューヌにずっと背を向けてきたんじゃないかと思ってな」

生まれ育ったアルサスの地と、その領主である父を、ティグルは誇りに思っている。

だが、弓を蔑視するブリューヌという国に、自分は反発を覚えたことはあっても、関心を持ったことはなかったのではないか。

もちろん王家に忠誠心を抱いてはいる。ロランや、父の親友であるマスハス＝ローダントにユーグ＝オージェなど尊敬しているひともいる。

しかし、ブリューヌに自分の居場所を見つけだそうとしたことはない。積極的につくりだそうとしたことも。その必要に迫られなかったからだ。十四歳までは、父が守ってくれた。そのあとは、自分を認めてくれる地に導いてもらえた。

「俺はオルミュッツで多くのことを学んだが、その一方で、国内での自分の行動を疎かにしすぎたんじゃないか。そのせいで、父や領地に迷惑をかけてしまったのかもしれない」

深刻さを含んだティグルの言葉を、ラフィナックはとぼけた態度で受け流した。

「とはいえ、身体はひとつしかありませんからねえ」

「いや、それはそうなんだがな……」

「ラフィナック殿の言う通りですよ、ティグルヴルムド卿」

諭すように、穏やかな声で言ったのはガルイーニンだ。

「東と西へ同時に歩きだすことはできませぬ。得られたかもしれないものに想いを馳せ、嘆くなとは申しません。ですが、いまは目の前のことに対して、得てきたものをどのように活かすかを考えましょう」

ティグルはまじまじと初老の騎士を見つめる。ガルイーニンの言葉には、耳を傾けずにはいられない力があった。それは、彼が強くそう思ったことがあったからだろうか。

ともかく、ティグルは首を左右に振って気を取り直した。

「ありがとうございます、ガルイーニン卿。ブリューヌのことは、この一件がかたづいたら考えることにします」

「それがいいでしょう。ところで、ガヌロン公と戦うことを決めたのはよろしいですが、勝算はあるのですか？　この件で、オルミュッツがあなたを助けることはできませんぞ」

ガルイーニンの口調はいつになく厳しい。ティグルとガヌロンの戦いは、ブリューヌの諸侯同士の争いである。そこにオルミュッツが口を出せば内政干渉になる。戦いがどのような結末を迎えようと、ブリューヌとジスタートの関係は大きく悪化するだろう。

「わかっています。——まあ、何とかやってみます」

ティグルは笑って答えた。楽観的に考えているのではない。いつもの調子でいることが何より大事であることを理解しているのだ。過度の緊張も深刻さも、枷(かせ)でしかない。

複数の足音が聞こえた。ミラたちが水浴びを終えて戻ってきたのだ。


六人は再び輪を描いて座る。

オルガが地図を広げた。かつてブリューヌを旅していたときに手に入れたものだ。

「リュディ、これからどうするつもりなのか聞かせてくれ」

「わかりました。我が遊撃隊が打つ手は、三つあります」

リュディは一同を見回す。その表情と態度には不思議と指揮官の貫禄があった。

「ひとつ、ヴァタン伯爵を訪ねて協力を要請する」

ヴァタン伯爵は、ここから南東へ三日ほど行ったところにあるビトレーの地を治める諸侯だが、ガヌロンを支持していないという。また、ベルジュラック家とは昔から交流があって、おたがいに顔なじみということだった。

「ビトレーの近くにはロアゾン城砦があり、騎士団が周辺の治安を守り、諸侯同士の争いにも仲裁に入っているんです。伯爵が中立でいられるのはそれが大きいですね。ベルジュラック家もあるていどは援助をしていますが」

「いいんじゃないか。二つめは？」

「伯爵のところへ行ったあと、ロアゾン城砦に寄って協力を要請します。二日ほどで行けるはずです。そして三つめは、王都ニースに行って国王陛下に現状を報告し、許しを得ずに兵を動かしているガヌロンとバシュラルを王家に仇なす者として罰していただきます」

「城砦が襲われてから十数日が過ぎているなら、もうファーロン王には伝わっているのでは」

　疑問を呈するオルガに、リュディは首を横に振った。この季節に街道を襲う春の大水――雪崩と洪水について説明する。

「街道が万全なら、私もナヴァール城砦ではなく王都に向かったのですが……」

「バシュラルたちも積極的に偽情報を流しているでしょうし、状況を知っても対応に時間がかかるでしょうね。下手をすれば北部全体が敵になりかねないもの」

　そこまで言ってから、ミラはあることを思いついてリュディに提案した。

「テナルディエ公爵を頼る手はどうかしら？」

　その言葉に渋面をつくったのは、ティグルだった。

　テナルディエは、弓しか使えないティグルを侮蔑(ぶべつ)している。ムオジネルとの戦では、ティグルを容赦なく捨て駒に使おうとした。それに、領主としてもいい噂を聞かない。領民を領民と思わず圧政を敷いている、非道な男という話だ。嫡男のザイアンも気にくわない。

だが、好悪を別にして考えれば、ミラの案は悪くない。ブリューヌ南部の諸侯に強い影響力を持つテナルディエならば、間違いなくガヌロンに対抗できるだろう。

「ガヌロン公が権勢を伸ばすのは、テナルディエ公にとっても面白くないはずよ。きっと、邪魔ができるならしたいと思っているわ。私が交渉役を引き受けてもいい」

「大駒に大駒をぶつけるのは常道ですが、三つ問題がありますね」

銀髪を大きく揺らして、リュディが顔をしかめた。

「我が国としては、テナルディエ公にはムオジネル軍を警戒してほしいんです。少し脱線しますが、そもそもレグナス殿下はナヴァール城砦だけを視察したわけではなく、南部の城砦群を視察し、最後にナヴァール城砦を訪れたんですね」

「そういうことか」

ティグルとミラには、彼女の言いたいことがすぐにわかった。

昨年の春、ブリューヌはジスタートと組んで、ムオジネルを攻めた。そして、最終的には大きな損害を出して撤退した。

ムオジネルにもそうとうな出血を強いたとはいえ、攻めこんだ側が成果らしい成果を得られずに兵を退かせたのだ。敗北したと考えていい。

この結果からファーロン王が考えたのは、当然ながら相手の反撃に備えることだった。

夏から秋にかけて、ムオジネルは攻めてこなかった。いつもは国境近くに兵を出して荒らしてくるのに、それすらもなかった。

寒さを苦手とするムオジネル人が、冬に攻めてくることはない。

春か夏に軍を差し向けてくるだろうというのが、ファーロン王と、南部に影響力を持つテナルディエ公爵の出した結論だった。

そこで、諸侯と兵を激励し、敵に備えさせるために、レグナス王子が南部を見てまわることにしたのだ。

「この視察には、アスヴァール遠征で勝利を得た北部の諸侯に対して、ムオジネル攻めでいいところのなかった南部の諸侯を元気づけるとか、王子として認められた途端に野盗の討伐を何度も行って名声を高めたバシュラル王子を牽制するといった狙いもありましたが……」

そこでリュディは言葉を切った。テナルディエをガヌロンとぶつけあわせたところに、ムオジネル軍が攻めてきたらたまったものではない。国内の混乱が加速してしまう。

「それなら仕方ないわね。ところで、他の二つの問題って何だったの？」

何気ない口調でミラが尋ねる。

「ひとつは、ミラが戦姫として公爵に借りをつくってしまうことです。戦姫の権威を積極的に使ってかまわないと言ってくれるのは嬉しいのですが、申し訳なさすぎます」

「もうひとつは？」

「テナルディエ公があなたに貸しをつくって高笑いする姿を想像するだけで、私の腸（はらわた）が煮えくり返ります」

私情であった。ティグルとしては同意できるものの、それでいいのかと思わなくもない。ガルイーニンが穏やかな表情でうなずいた。

「私は、テナルディエ公爵を頼るのは、まだ早いと考えます。いまの段階では、彼に主導権をとられる恐れがありますから。——他にどなたか考えはございますか？」

「俺から、いいだろうか」

ティグルは厳しい顔つきで一同を見回した。

「先に決めておきたいことがある。何をもって決着とするかだ。リュディはレグナス殿下から何か聞いているか？　すでに決まってるなら、それでいいんだが」

リュディは居住まいを正してから首を横に振った。

「ラニオン城砦にたどりついた時点では、それどころではなかったので……。殿下を陥れたバシュラルと、彼に兵を与えているガヌロンを討つことだけは決まっていると思います」

「北部の諸侯と、その兵はどうする？　ガヌロンに命じられただけだから、バシュラルに指揮されただけだからという理由で、彼らを許すのか」

「それは、そうせざるを得ないでしょうね……」

リュディは悔しそうに唇を噛んだ。ことごとく罰してしまっては、ブリューヌ北部がおおいに荒れてしまう。必死に抵抗する者も現れるだろう。どこかで許さなければならない。

「じゃあ、そうしよう」

　ティグルは力強い笑みを浮かべた。その反応が予想外だったのか、リュディは目を丸くして戸惑った顔になる。

「俺だってすべての兵を討つことなんてできるとは思ってないし、やりたくもない。それに、混乱をおさめたあとは、よりよい状態を目指していくべきだと思う。アスヴァールのギネヴィア王女も、ザクスタンのアトリーズ王子もそうしようとしている」

　ギネヴィアは、島の民と大陸の民を等しく扱おうとしている。アトリーズも、土豪(レンツヘル)を制圧するのではなく、ゆるやかに組みいれることを考えている。

「だから、バシュラルとガヌロンだけは討つとしても、他の者については、降伏すれば許し、領地なども安堵すると宣言してほしい。リュディ、君にそれを頼みたい」

　リュディの顔が新鮮な驚きに包まれた。

　ティグルが言っているのはまぎれもない越権行為だ。自分たちだけで方針を決め、レグナスの許可をとらずに宣言し、それをレグナスに守らせろというのだから。

　だが、驚いたのはそこではない。

　濡れ衣を着せられ、自由を奪われ、暴力まで振るわれながら、ティグルは敵を許す提案をしたのだ。それも、欲のなさや寛容さからではなく、戦いの先を見据えて。

「バシュラルとガヌロンは、敵対した者の領地を容赦なく没収して、自分に従う者たちに分け与えるでしょうね」

リュディはぽつりとつぶやいた。

臣下に領地を分け与える権利は、国王だけのものだ。だからこそ、ガヌロンはその権利をバシュラルに行使させるだろう。バシュラルこそが次代の王であると印象づけるために。

そして、領地を増やしたいと思っている諸侯はバシュラルに従うだろう。レグナスに協力しても、褒美はもらえるかもしれないが、領地は増えないのだから。

不敵な笑みを浮かべて、リュディはティグルを見た。

「いい度胸です。この私を試そうというのですね？」

困難とわかっている道を進むことができるかどうか。

「殿下と陛下が反対なさるとは思えませんが、もしものときはベルジュラック家の名に懸けて説き伏せましょう。ええ、お約束します」

「ありがとう。俺もできるかぎりのことはする」

頭を下げるティグルに、リュディは楽しそうな顔で応じた。

「お礼はいりません。必要なことを決めただけですから。それにしても、あなたの口からこんなことを聞かされる日が来るとは思いませんでした。これならアルサスは安泰ですね」

「そうであってくれればいいがな」

照れたように、ティグルはくすんだ赤い髪をかきまわす。だが、すぐに気を取り直した。

「俺からの提案は、あと二つある。ひとつは、マスハス卿――オードの地を治めるローダント伯爵を頼りたい。あの方は父の親友なんだ」

　マスハス＝ローダントには、ティグルも小さいころから可愛がってもらっている。彼の二人の息子とも仲がよい。事情を話せば、何らかの形で力になってくれるはずだった。

「もうひとつは？」

「アスヴァールを頼る」

　リュディが息を呑む。アスヴァールはザクスタンと並んで、たびたび西方国境を侵そうとしていたのだ。その国に、ロランとナヴァール騎士団の窮状を教えろというのか。

「試す価値はあるわね」

　楽しそうな笑みを浮かべて、ミラが同意を示した。

「いまのアスヴァールに、ブリューヌを攻める余裕はないわ。それに、ギネヴィア王女はロラン卿を高く評価していた。私たちの味方をして、ささやかな貸しをつくる方を選ぶはずよ。こちらは船を一隻貸してもらえるだけでも動きやすくなる」

「たしかにミラの言う通りでしょう。ラニオン城砦は、バヤールの尻尾と呼ばれる半島の付け根にあって、海までは半日もかかりません。船を借りることができれば、行動の幅は一気に広がりますが……」

　そこまで言って、リュディはティグルとミラに困ったような視線を向ける。

「下世話な質問であることを承知の上でお二人に聞きます。ロラン卿とギネヴィア王女のよからぬ噂についてはご存じでしょうか？」

二人は無言で視線をかわした。少なくとも、ギネヴィアがロランに強い好意を抱いていることはよく知っている。マリアヨの町では、ロランを護衛として連れまわしたほどだった。

「ロラン卿の忠誠心については、何があろうと決して揺らぐことはないと私は思っています。ただ、ギネヴィア王女のことはよく知りません。たとえば私たちに手を貸す見返りとして、ロラン卿をアスヴァールに何年か滞在させるよう求めてくることはあるでしょうか」

その光景が容易に想像できてしまい、ティグルは苦しい顔になった。

「ないとは言いきれないが、ギネヴィア王女はあまり無茶をなさる方ではないと思う」

「私もティグルと同じ意見よ。付け加えるなら、いまのギネヴィア王女には、大きな見返りを要求してくるほどの支援はできないと思うわ」

ミラの言葉に、リュディは考えこむ様子を見せたが、ほどなくうなずいた。

「そうですね。ギネヴィア王女の為人についてはあなたたちの方が詳しいでしょうし、贅沢を言ってられる状況でもありません。アスヴァールを頼りましょう」

「しかし、さすがにやることが多すぎますな」

ガルイーニンが地図を見ながら、難しい顔で唸る。オルガがこともなげに発言した。

「二手にわかれればいい。手紙をしたためてくれれば、わたしが王都に行く」

あまりに突拍子もない言葉に、皆が驚いた顔でオルガを見る。

「だいじょうぶなの？」

心配そうに尋ねるミラに、オルガは微塵も緊張を見せずにうなずいた。

「ひとりで行動するのには慣れているし、ファーロン王には一度、会ったことがある」

リュディは意を決した顔でオルガを見つめた。敵の狡猾さはそうとうなものだ。これぐらいしなければ、彼らを出し抜けないだろう。

「お願いできますか？　ただし、自分の身を最優先に考えて」

「引き受けた」

澄みきった蒼空の瞳には、強い決意が満ちている。己の役目を一心にやりとげようとする者の目だった。リュディが手を差しだして、二人は握手をかわす。

「では、私も若から離れてオードに向かうべきでしょうな」

あっさりとラフィナックが言った。ガルイーニンもいつもの穏やかな口調で申しでる。

「ラフィナック殿には私がついていきましょう」

ティグルとミラは驚いて二人を見た。ヴァタン伯爵のビトレーと、マスハスのオードはかなり距離がある。たしかにわかれて行動した方がいいだろう。

だが、普段はなるべくティグルたちのそばにいようとする側近と副官が、そろってこのようなことを言いだしたのはなぜなのか。とくにガルイーニンは、ザクスタンでの出来事からミラの身を気遣っているというのに。

「なに、戦姫とはいえ、オルガさまがひとりでがんばろうというんです。いい大人が出遅れるわけにはいかないでしょう」

オルガを見ながら、ラフィナックは突きでた前歯を見せて笑った。

「オードに着いてマスハス様に事情を説明したら、そのままアスヴァールに向かいます。使いを出してもらうよりは、その方がいいでしょうから。若にかけられたつまらん疑いを、さっさと晴らしちまいましょう」

「すまない。苦労をかける」

ティグルとしては頭を下げる以外にない。

ミラは迷った末に、「気をつけてね」とガルイーニンに言った。謝罪も、感謝も、初老の騎士は望んでいないように思えたのだ。

「リュドミラ様も。無理をするなとは言いませんが、御身を粗末になさいませぬよう」

ガルイーニンは微笑を浮かべて、誠意のこもった言葉をかけた。

「俺とミラ、リュディは、ヴァタン伯爵のもとへ行くということでいいな」

ティグルが確認する。リュディは立ちあがると、全員に向かって頭を下げた。

「皆さん、ありがとうございます。ベルジュラックの名に賭けて、このお礼は必ず」

色の異なる彼女の瞳には、涙がにじんでいた。

†

太陽が中天を通り過ぎたころ、ラヴィアスでつくった氷の筏に乗って、ティグルとミラ、リュディは森を出た。

オルガやラフィナックたちより先に動くことにしたのは、諸侯の兵が近くまで追ってきている可能性を考えたからだ。敵の目は、もっとも数の多い自分たちに向けるべきだった。

ちなみに馬は二頭しかいないので、ティグルとリュディが同じ馬に乗っている。

「では、私が遊撃隊隊長、ティグルが副長、ミラが客将でいいですね」

馬上で、リュディは上機嫌だ。ティグルは昔を思いだして落ち着くことができた。少なくとも、ティグルはどのような状況でも明るさを失わないのは貴重な資質といえるかもしれない。

「それにしても、ミラのその槍は便利ですね。私にも使わせてもらえませんか」

「あいにく、ラヴィアスは私の言うことしかきかないのよ」

「主に忠実というわけですか」

ミラは肩をすくめることで返答とした。竜具のことを他国の人間に軽々しく話すわけにはいかないし、説明も面倒だった。

「ティグル。昔もこうやって二人でよく馬に乗りましたね」

「いい思い出のように言ってるが、君がひとりで馬に乗れなかったから、いっしょに乗ってただけだろう。乗れるようになっても、自分の馬は用意しなかったし」

「仕方ないでしょう。私にとって、馬は馬車を引くものであり、自分で乗るものではなかったんですから。一度、屋敷の前庭で馬に乗ってみたら、大騒ぎになったんですよ」

リュディはわざと身体を傾けて、豊かな銀髪と、髪を結んでいる髪飾りをティグルの顔に押しつける。さすがにティグルは迷惑そうな顔をした。

「前が見づらくなるんだが」

「私が見ているから問題ありません。何だったら私の肩に顎を置けばいいでしょう」

のんきな会話をかわす二人を、ミラはやや呆れた顔で見つめている。

二人が同じ馬に乗っている光景は見ていて面白くないし、顔を近づけあっているところが視界に入ると、ラヴィアスを握る手に必要以上の力が入ってしまうのだが、リュディは見せつけているわけでも、自分を無視しているわけでもない。

むしろ、屈託なく話しかけてくる。

「私はチーズが好きなんですが、ミラの好きな食べものって何ですか？」

チーズのかけらを渡しながら聞いてくるので、てきとうに受け流すわけにもいかない。

「食べものではないけど、紅茶(チャイ)は好きね。ジスタートではジャムを溶かして飲むのだけど」

「ああ、知ってます。じゃあ、この件がかたづいたら、お茶会でもいかがですか。紅茶に合うチーズを何種類か用意しますから」

こんな調子である。ミラは二人のじゃれあいを叱る気力を削がれてしまって、「考えておくわ」と答えるしかなかった。

森を出てから四半刻が過ぎようというころ、ティグルたちは狙い通り諸侯の兵と遭遇した。二十人の歩兵で構成された集団だ。槍を持ち、革鎧を着こんでいる。兜や盾はない。軽装であるところから、偵察か、伝令のための部隊のようだ。

こちらが少数で、かつ二人が女性だからだろう。彼らはまっすぐこちらへ向かってくる。

「残念ね。騎兵がいれば馬が手に入ったのに……」

憮然としたミラだったが、すぐに気を取り直した。荷袋を地面に落とす。

「私ひとりで充分よ。ティグルは下がってて」

矢の消費をおさえるための気遣いだ。ティグルは素直に従おうとした。ところが、リュディが手を伸ばして手綱を握る。

「私も戦います。ひとりより二人の方がいいでしょう」

二人だけに戦わせるのはさすがに情けない気がしたが、ここで意地を張っても彼女たちを呆れさせるだけだろう。ティグルは馬から下りて、ミラの荷袋を拾いあげた。

「気をつけてくれ、二人とも」

凍漣の雪姫とベルジュラック家の公爵令嬢は、勢いよく馬を走らせる。

こちらに戦う気があるとわかって、諸侯の兵たちも槍をかまえて突撃した。半数が正面から襲いかかり、残りは左右にわかれて側面から突きかかる。馬を狙おうとしているのは、ミラたちを生かして捕らえようというのだろう。よく訓練された動きだった。

二対二十の戦いは、血飛沫の虹をいくつも虚空に描きながら一方的な結果を生んだ。

ミラの繰りだした槍をくらって、二人の兵が永遠に倒れ伏す。その隣では、リュディの振るった剣がやはり二人の兵を斬り捨てていた。赤黒く染まった地面は革靴と馬蹄(ばてい)に蹴散らされ、苦悶の声は剣戟の響きにかき消される。

二人は巧妙におたがいの背中を守って、敵がいっせいに攻め寄せてくることを阻(はば)んだ。その上で、突きだされる槍をことごとく弾き返し、あるいはその柄を斬り落とす。

敵兵たちがどよめいて、二人から距離をとろうとした。その隙をミラとリュディが見逃すはずはない。革鎧ごと貫かれ、斬り裂かれて、三人の歩兵が血をまき散らして倒れる。

立っている味方の数が半分以下になったところで、兵たちの戦意は陽光を浴びた雪のように解け去った。背を向けて我先にと逃げだす。

二人は追わなかった。自分たちがここにいるとバシュラルたちに伝えてもらうためだ。

「これで、オルガたちはいくらか楽になるかしら」

「そうであってほしいと思います」

生真面目に答えるリュディに、ミラは笑いかける。

「強いじゃない。驚いたわ」

社交辞令ではなく、本心だった。訓練を重ね、実戦で鍛えられた者の剣技だ。昨晩は、バシュラルに追い詰められているところしか見ていなかったので、その実力を把握していなかったのである。

――エレオノーラとどちらが強いかしら。

エレンに対して厳しい評価をくだす傾向の強いミラだが、銀髪の戦姫の実力を認めていないわけではない。戦士としてのリュディの実力は、エレンに劣らないだろう。

「ミラこそ、さすが一騎当千と謳われる戦姫ですね。バシュラルから私たちを助けてくれたときにその強さは見せていただきましたが、心強いです」

そこへ、ミラの荷袋を担いだティグルが歩いてきた。

「お疲れさま。二人に任せて悪いな」

「いずれ、あなたにもがんばってもらうわ。そのときまで休んでなさい」

荷袋を受けとりながら、ミラが軽口を叩く。それから、できるだけさりげない口調で、自分の馬に乗らないかと言おうとした。馬の疲労をおさえるためという理由も付け加えて。

「ほら、ティグル。さっさと乗ってください。敵の大軍が現れたらどうするんです」

しかし、ミラが口を開く前に、リュディが馬上からティグルの髪を引っ張って急かした。

「敵の大軍が近くにいたら、ここから影ぐらい見えるだろう」

乱暴な口調で言い返しながら、ティグルはリュディの後ろに乗る。すると、リュディは何かに気がついたのか、慌てて身体を縮こまらせた。

「あっ、あの、ティグル、匂いを嗅がないでくださいね。汗の匂いがすると思うので……」

「血の臭いしかしないからな」

ティグルはこの上なく冷淡に応じると、地面に転がる死体を見下ろして、神々に短く祈りを捧げる。ミラは複雑な表情で二人を見つめた。

三人は草原を駆ける。ティグルが聞いた。

「リュディ、ここからヴァタン伯爵の治めるビトレーへはどう行くんだ」

「そうですね。考えられる道はいくつかありますが……」

馬を走らせながら、リュディは宙に視線をさまよわせる。

「森の中でも話しましたが、いくつかの街道は雪崩と洪水にやられていますし、それ以外だと諸侯の兵と遭遇する恐れがあるんです。かつて、始祖シャルルが通ったとされる抜け道を行くのはどうでしょうか。少なくとも敵には気づかれずにすむと思います」

「城砦の隠し通路もそうだったが、よくそんなものを知っているな」

素直に感心するティグルに、リュディは得意げに胸を張る。

「お姉さんはもの知りですから。ミラ、あなたも私を姉だと思って――」

「言っておくけど、私は春に生まれたから。あなたと変わらないわよ」

すました顔で、ミラは応じた。リュディが自分と同い年であることと、年上ぶっている理由については、すでにティグルから聞いている。本当は、ミラはティグルと同じ夏ごろに生まれているのだが、嘘をついたのだった。

「私と同じですか。では、ミラもティグルにもっと年上としての態度を示しましょう」

おもわずミラはリュディを見る。ティグルに対するこれまでの彼女の言動を思いだした。あれは年長者として振る舞っていたつもりだったのだろうか。

「気が向いたらね」と、軽く受け流して、ミラは話題を変えた。

「ブリューヌに来て早々、こんな大事件に巻きこまれるとは思わなかったわ」

この状況について、ミラに不満がないはずはない。ザクスタンでもそうだったが、戦姫が理由もなく他国にいることは外交上よくないのだ。

だが、ミラは現状を好機とも捉えていた。レグナスを助けることができれば、ブリューヌにおけるティグルの存在感は一気に大きくなる。ベルジュラック公爵家に貸しもつくれる。

ヴォルン家がジスタートに内通しているなどという不名誉な噂を消し去れるだけでなく、ティグルと自分の間にある距離も縮めることができるだろう。

†

ティグルたちがそれぞれの役目を決めて動きだしたころ、ブリューヌ北西部にある森の中に、ロランはいた。

木の幹に寄りかかり、宝剣を杖代わりにして身体を休めている。甲冑は脱いでいない。その顔には疲労が浮かんでいた。

傍らには、ここまで乗ってきた馬がいる。鞍(くら)を外された身軽な状態で、草を食んでいた。

「まいったな。完全に迷ってしまった」

干し肉を半ば無理矢理飲みこんで、ため息をつく。

ナヴァール城砦を捨てた夜、ロランはバシュラルと一騎打ちを繰り広げ、その最中に敵陣を突破した。追ってきた兵はことごとく斬り捨てて、諸侯連合軍を振りきった。さらに、レグナス王子と騎士団を追う諸侯の軍に二度ばかり奇襲をかけて、彼らの足を鈍(にぶ)らせた。

そこまではよかったが、そこから先は苦難続きだった。

レグナス王子たちに合流しようとしたのだが、諸侯の軍が放った偵察隊や、洪水の起きた川にぶつかって、たびたび迂回を余儀なくされたのである。

敵の数が十人以下の場合は、挑みかかってひとり残らず斬ったが、二十人以上の場合は、見つかろうと見つかるまいと戦いを避けた。

相手が黒騎士だとわかると、敵は一目散に逃げる。そして、ロランの存在を本隊に報告し、場合によっては援軍を連れて戻ってくる。はじめから戦わない方が得策だった。

そうして川を避け、敵を避けながら馬を進めていたら、どことも知れないところへ出てしまったのである。

　加えて、数日前から、ロランは視線を感じるようになっていた。

　広大な草原で、薄暗い森の中で、涼しげな風の吹く川辺で、誰かに見られている気がする。周囲を見回しても、もちろん誰もいない。

　最初は疲労から神経が過敏になっているのかと思ったが、視線を感じたときに、大きく道を間違えているとわかってから、何者かが自分をさまよわせているのではないかと考えるようになっていた。かつて、ロランは妖術の使い手と戦い、斬り捨てたことがある。

「この調子では、いつになったら合流できるのやら」

　苛立ちを言葉にして吐き捨てたとき、暗がりの奥に何ものかの気配を感じて、ロランは瞬時に横へ跳び退った。木の幹に隠れながら、宝剣をかまえる。

――獣ではない。

　額に汗がにじむ。狼や猪、熊などであれば、ロランもこれほど警戒することはない。暗がりの奥からこちらを見ているのは、あきらかにもっと危険なものだった。

　ひとの足音が聞こえた。何者かが、ゆっくりとした歩調でこちらへ歩いてくる。ほどなく、木漏れ日を浴びながら姿を現した。

　ひとりの、小柄な男だった。体格だけを見れば子供のようだが、顔つきは四十代のそれだ。

禿頭で、目が大きく、奇相といっていい。絹服をまとい、小さな帽子をかぶっていた。

「ガヌロン公……」

ロランは小さくうめいた。男は、ブリューヌを代表する大貴族であるマクシミリアン＝ベンヌッサ＝ガヌロンだった。このブリューヌで、ロランがもっとも嫌う男のひとりである。

そのガヌロンが、見たところひとりの従者も連れず、このようなところに現れたのは、不可解で、かつ不気味でしかなかった。

「ひさしぶりだ、ロラン卿」

ガヌロンは笑みを浮かべて、馴れ馴れしく声をかけてくる。その態度に恐ろしいものを感じたロランは、さらに一歩退いた。呼吸を整える。

「ガヌロン公、なぜここに？」

「ロラン卿が道に迷っているのが見えてな。案内に来た」

疑問に答えているようで、言っていることはおかしなことだらけだった。

「俺がどこへ向かおうとしているのか、ガヌロン公はご存じなのか」

「それは知らぬ。だが――」

ガヌロンの小柄な身体から、強烈な威圧感が放たれる。ロランはデュランダルを強く握りしめることで、それに耐えた。

「あの世へなら案内してやれるのでな」

両眼から白い光を放って、ガヌロンは口元に嘲笑をにじませた。

「ときにロラン卿。貴様はその剣の使い手に自分がふさわしいと思っているか？」

「何が言いたい」

ロランの顔にかすかな当惑が浮かぶ。彼にとって、この質問は予想外のものだった。

「わかりにくかったかな」

ガヌロンの目と声が微量の苛立ちを帯びた。

「私はこう思っているのだ。貴様の手に宝剣があるのは、世間知らずのろくでなしが、少々荒事に強いだけの腰巾着におべっかの褒美として気前よく貸してやったからではないかとな」

「陛下を愚弄するか」

ロランの全身から怒気が噴きあがる。ガヌロンが以前からファーロン王を侮っているのは知っていたが、これほどの罵倒を当然のように放たれては、聞き流すことなどできなかった。

「その目は飾りものか。俺より長く陛下にお仕えしながら、何を見ている」

常人なら腰を抜かすだろう殺気を、ガヌロンは悠然と受け流す。

「私は魂を灼かれるほどのまばゆい光を知っている。シャルルから三百年、さまざまな王を見てきたが、ファーロンは忠誠心を捧げる価値のない駄馬だ。紅馬(バヤール)には遠く及ばぬ」

ロランは眉をひそめた。ガヌロン公爵家は始祖のころから続いている名家だ。もちろん歴代の王についても語り継がれているに違いない。だが、ガヌロンのもの言いは、歴代の王を実際に見てきたかのようではないか。

——ともあれ、これ以上の問答は無用だ。

両手で握りしめた大剣を肩に担ぎ、突撃する姿勢をとる。

しかし、そこでロランは動きを止めた。理性ではなく直感が、彼を前に進ませなかった。

これ以上近づくのは危険だと、意識の片隅で警告が響いている。気を抜けば押し潰されそうな、人間には決して持ち得ない危険な雰囲気が、いまのガヌロンからは感じられた。

——これに近いものを、アスヴァールで感じたことがある。

トルバランという、ひとならざる存在と戦ったときだ。いま、ガヌロンのまとう雰囲気は、魔物のそれに酷似していた。

「どうした、小僧。遊んでやるぞ」

ガヌロンが手招きをする。その顔から、不意に笑みが消えた。ロランから視線を外して、彼はあらぬ方向へと目を向ける。ガヌロンを警戒しつつ、ロランもそちらを見た。

ガヌロンは眉をひそめ、ロランは目を瞠った。

二人の視線の先に、黒いローブに身を包んだ小柄な老人が立っている。いつのまにそこに現れたのか、ロランにはわからなかった。足音も聞こえなければ、気配も感じなかったのだ。

——それに、この老人から感じる雰囲気は……。

ロランの額に汗が浮かぶ。ガヌロンやトルバランと同じものだ。

トルバランが人間を装っていたように、この二人の姿もかりそめのものなのだろうか。

「誰かと思えばドレカヴァクではないか。貴様もロラン卿と遊びに来たのか？」

気を取り直したらしいガヌロンが、ほがらかに呼びかける。

ドレカヴァクと呼ばれた老人は、フードの奥の陰気な表情をわずかも動かさず、手に持っていたらしい何かをガヌロンの足下に放り投げた。

二度ばかり地面に跳ねて転がったそれを見て、ロランは驚きを禁じ得なかった。

それは、薄汚れた人間の生首だったのだ。カロン＝アンクティル＝グレアストという名で、ガヌロンの腹心といわれた男だった。

「なんとまあ」

ガヌロンは、少なくとも表面上は驚きもしなければ、死者を悼む態度も見せなかった。生首を拾いあげてしげしげと眺めるさまは、壊れた玩具を見て残念がる子供のようだった。それから何かを思いついたようにうなずき、ロランに笑顔を向ける。

「ロラン卿、おまえは私を誘いだすための餌として使われたようだな。まったく、私の屋敷に正面から来ればいいものを、手の込んだことをする」

グレアスト侯爵の首を地面に落として、ガヌロンは無造作に踏みつける。力を入れたふうには見えなかったのに、生首は粉々に吹き飛んだ。もはやガヌロンの興味はロランからドレカヴァクに完全に移っており、身振り手振りをまじえて老人を嘲笑する。

「怒っているのか、ドレカヴァク。貴様のバシュラルを、私に横からかっさらわれたことがそれほど腹立たしいか。あれを使って、女神の降臨を早めたかったのだろう？　私の方がもっと上手くできるから代わってやったのだぞ。感謝してほしいぐらいだ」

ドレカヴァクは一言も返さず、ただ昏い目でガヌロンを見据えながら、片手をあげる。

固唾（かたず）を呑んで二人のやりとりを見守っていたロランは、大気がざわめく音を聞いた。自分たちを取り巻く木々の奥に、数十もの気配がいっせいに現れたのだ。何の前触れもなく。

――獣ではない。ひとつひとつが、熊などよりも大きい。

ムオジネル軍が操っていた戦象を思いだし、それとも少し違うと内心で首を横に振る。記憶をさぐり、ようやく思いあたった。

――竜か……！

ザイアン＝テナルディエが駆っていた飛竜（ヴィーフル）の気配に、よく似ている。

おそらく自分たちは、数十もの竜に囲まれているのだ。

ガヌロンも竜には気づいているはずだが、どうでもいいと思っているかのようだった。

「貴様が人間のように感情を露わにするところを見られるなど、長生きはしてみるものだな。だが、数を集めれば私をどうにかできると思ったか？　貴様など、さびれた田舎町を渡り歩いているのがお似合いの、うだつのあがらない猛獣使いでしかないということを教えてやる」

両者の因縁については興味すら持てないが、僥倖（ぎょうこう）に違いない。

ロランは身をひるがえしてガヌロンたちに背を向けると、猛然と走りだす。馬と荷物は置いていくしかない。十歩と進まないうちに複数の凶悪な殺気が襲いかかってくる。

デュランダルを振るう。手応えがあり、獣じみた悲鳴が聞こえ、鮮血が木々を濡らした。

獰猛な輝きを放つ金色の目と、太く鋭い牙、黄土色の鱗が視界に映る。

やはり竜だ。一体や二体ではない。

――だが、デュランダルは通じる。

それだけわかれば、いまは充分だ。

この場を切り抜けることだけを考えて、ロランは森の中を駆けた。

†

ブリューヌ王国の南東に、アニエスと呼ばれる地がある。

大半は水に乏しく、砂岩の崖や丘ばかりが目につく不毛の大地だが、ジスタート、ムオジネルの二国と国境を接しているために城砦が築かれ、三千の騎士に守られていた。

その城砦の上空に、大きな弧を描いて舞う黒い影がある。

鳥ではありえないその巨躯の正体は、竜だった。巨大な翼を持つ飛竜だ。

飛竜の背にはひとりの若者が乗っていた。年は二十前後。厚手の革鎧を身につけ、耳まで覆う形状の革の帽子をかぶっている。手には槍を持ち、腰と脚は飛竜(ヴィーフル)の鞍から伸びている何本ものベルトでしっかり固定されていた。

若者の名はザイアン＝テナルディエ。テナルディエ公爵家の嫡男だ。

「つまらんところだな。何も見るべきものがない」

飛竜の背から灰色の地上を見下ろして、ザイアンは吐き捨てた。

彼の生まれ育ったネメタクムは、春になると鮮やかな色彩を展開する。草原の緑とて一色ではなく無数の濃淡を見せ、その中に白や黄色の花が咲き乱れるのだ。畑では領民たちが動きまわり、羊や水牛の群れが牧草地を闊歩(かっぽ)し、川や湖は豊かな水を湛(たた)えている。

それが、ザイアンの知る春の風景だった。

ひるがえって、眼下の風景は色彩に乏しいことははなはだしい。地面も灰色なら、砂岩で築かれた城砦も灰色で、木造の厩舎(きゅうしゃ)などは茶褐色だが、少なくとも目を楽しませる色ではない。城砦の近くには小さな町や村があるのだが、それらも似たようなものだ。明るい色を使った建物はごくわずかで、神殿でさえ薄汚れた灰色である。

「父上も実の息子にむごい仕打ちをする。ムオジネル軍など影も形も見えないし、あと何日こんなところを飛びまわっていればいいんだ……」

ザイアンがアニエスにいるのは、父であるテナルディエ公爵に命じられたからだ。予想されるムオジネル軍の侵攻に備えて、飛竜でアニエスを飛びまわり、敵の警戒に努めよと。

「父上の言いつけとあらば、すぐにも飛竜を駆って彼の地に向かいましょう。ところで、どのぐらいアニエスとやらにいればいいのでしょうか」

ネメタクムにある公爵家の屋敷で、ザイアンがそう尋ねると、父は次のように答えた。

「ムオジネル軍が攻めてこないという確証が得られるまでだ」

それから一呼吸分の間を置いて、テナルディエ公爵はこう付け加えた。

「昨年の春の戦で、ムオジネル人は竜を恐れている。おまえが竜を駆る姿を見れば、国境に近寄りすらしないだろう。だから身の危険については心配せずともよい。なに、アスヴァールで数十日を過ごしたおまえなら、アニエスで数十日を過ごすことも苦ではあるまい」

台詞の後半が、ザイアンにはこたえた。

昨年の秋、ザイアンはアスヴァールの内乱に参加した。反対した父の目を盗んで、ひそかにネメタクムを発ったのだ。

理想からほど遠い形ではあったが、彼は武勲をたて、ギネヴィア王女から褒美も授かった。そこまではよかったのだが、冬の半ばごろに帰ったザイアンを待っていたのは、当然ながら激怒した父と、父の側近であるスティードの冷淡な視線だった。

文字通り一晩中、二人がかりで説教されて、ザイアンは魂が抜けるかと思ったものだ。夜が明けてようやく解放されたものの、三日間は何もする気になれなかった。

そのような次第で、アスヴァールのことを持ちだされると、ザイアンとしては何も言えなくなる。それでなくとも父は恐ろしい存在なのだ。逆らうことなど思いもよらなかった。

空を見上げて、ザイアンは太陽の傾き具合を確認する。同時に、飛竜(ヴィーフル)が低く唸った。腹が減ったという合図だ。

「よし、今日はこんなものでいいだろう」

ザイアンは飛竜の首を軽く叩く。飛竜は何度も大きく旋回しながら、地上へ降りていった。城砦から離れたところに建っている、粗末な厩舎のそばに着地する。砂煙が舞いあがって、ザイアンは咳きこんだ。

この厩舎は、アニエスに到着した日、城砦の騎士たちに数日がかりで造らせた急ごしらえのものだ。騎士も馬も飛竜を見ておびえるので、城砦を利用することはできなかったのだ。

厩舎のそばには、ザイアンが侮蔑の意味をこめて猟師小屋と呼んでいる小屋もある。こちらも厩舎同様に急ごしらえで、ザイアンと、彼に付き従っている三人の従者たちが寝泊まりするための建物だった。

厩舎から姿を見せた娘が、地上に降りてきたザイアンに気づいて小走りに駆けてくる。侍女のアルエットだ。長い金色の髪は、砂塵をかぶってまだら模様になっていた。

「お帰りなさいませ」

「厩舎の掃除はすんだか？」

口の中に入った砂を吐きだしながら、アルエットに尋ねる。彼女がうなずいたので、ザイアンは腰と脚を締めつけるベルトを外して飛竜の背から降りたった。

「アスヴァールにいたときは平気な顔で地面に寝転がってたくせに」

飛竜の脚を小突いたあと、ザイアンは恨みがましい目をアルエットに向ける。

自分がアスヴァールに行っていた間も、彼女はネメタクムの屋敷にある飛竜の厩舎を丁寧に掃除していたという。その話を聞いたときは、さすがのザイアンも感心したのだが、それもはじめのうちだけだった。

掃除された厩舎の居心地のよさに飛竜が慣れてしまい、汚れていると露骨に不満を表明するようになったのだ。

牙を見せて威嚇(いかく)するようなことはしてこないが、頑なに厩舎に入ろうとせず、唾液を飛ばしてくる。一度、ザイアンは頭から唾液を浴びてしまい、数日は臭いがとれなかった。

――こいつが厩舎を掃除しなければ、飛竜がつけあがることもなかったはずだ。

逆恨みもいいところだが、ザイアンとしてはそう思わずにいられない。だが、アルエット以外に飛竜のねぐらを掃除できる者はいない。父からアニエスに行くよう命じられ、従者はどうすると聞かれたとき、ザイアンが真っ先に連れていくことを決めたのは彼女だった。

「何か？」

視線に気づいたのか、数歩先を歩いていたアルエットが振り返る。その表情から、ザイアンへの敬意や畏怖は微塵もうかがえない。

以前のザイアンなら、このような態度をとる者には容赦しなかった。ただちに殴りつけ、娘であれば乱暴して、その身体に不敬の罪をわからせていたところだ。

しかし、アルエットに傷を負わせては、厩舎の掃除をやる者がいなくなる。

何より、彼女だけは他の二人の従者と違うという思いがあった。二人の従者はザイアンの行動を父に細かく報告するだろうが、アルエットはそのようなことをしないに違いない。

「何でもない。ただ、このあたりの連中は色というものを知らないのかと思ってな」

ザイアンはてきとうに答えて話を終わらせたつもりだったが、意外なことにアルエットは言葉を返してきた。

「外側に気を遣わないのは、砂まじりの風が吹いてすぐ汚れてしまうからだそうです。内装は色使いに凝っていました」

「内装？　おまえ、まさか城砦に行ったのか？」

町や村にまでは行っていないだろうと思って聞くと、アルエットは当然のように答えた。

「食糧や水など、必要なものをいただかなければなりませんから」

ザイアンは顔をしかめた。城砦にいる騎士たちが自分たちを歓迎していないことは知っているし、だからといって、テナルディエ家の人間に何かをするような度胸など彼らにはないという確信もある。それでも、アルエットが何か言われていないか、気になった。

「城砦の連中は何か言ってきたか？」

「飛竜(ヴィーフル)の厩舎の掃除をしていると言ったら、とても驚かれました」

おもわずザイアンは吹きだした。腹を抱えて笑う。

騎士たちには衝撃だったろう。近づくことすらためらわれる竜に、十六、七歳の娘が平然と接しているのだから。彼らの顔を想像するだけで胸のすく思いだった。

「よくやった。ネメタクムに戻ったら、父上に頼んで褒美を用意してやる」

いい加減なことを言いながら、ふとザイアンは父のことを考える。

──父上は、ムオジネルと戦いたくないのだろう。

ムオジネル軍が攻めてこないという確証が得られるまで。テナルディエ公爵はそう言った。弱気からの発言ではない。冬のある日、父とスティードが兵や武器について話しあっているのを見たことがあったからだ。ムオジネル以外の敵を、父は想定している。

──やはりバシュラル王子とガヌロン公爵か。

バシュラルについて、ザイアンはほとんど何も知らない。自分がアスヴァールに行っていた間に、突然現れた存在だからだ。

ただ、ガヌロン公爵が後見役だと聞いて、彼の傀儡(かいらい)に違いないとは思った。あの男なら、どこからか王子をさがしてきて、自分の操り人形にするぐらいのことはやりかねない。

いたずらに手をこまねいていれば、ガヌロンはバシュラルを次代の王にして、強大な権勢を振るうようになる。そうさせないために、父は手を打っているはずだ。

——だが、どう対抗する？　レグナス王子でも担ぐのか？

父と異なり、王家への忠誠心は人並みていどにあるザイアンだが、レグナスに対する印象は柔弱で頼りないというものだった。彼に協力しても、ガヌロンに対抗できる気がしない。

「ムオジネル軍が寄ってこないよう牽制するのも重要だろうが……」

もし戦になるのなら、飛竜(ヴィーフル)で駆けつけたいものだ。

言葉の続きを呑みこむと、ザイアンは飛竜の手綱を引きながら、アルエットとともに厩舎へと歩いていった。

ザイアンが飛竜を厩舎に押しこんだころ、彼の父は王都ニースの王宮にいた。

広くもなければ調度品も少ない薄暗い応接室で、テナルディエはひとりの男とテーブルを挟んで向かいあっている。

その男は、この国の王だった。ファーロン＝ソレイユ＝ルイ＝ブランヴィル＝ド＝シャルルである。年齢は四十三で、テナルディエよりひとつだけ若い。

この日、テナルディエは、自分の領地であるネメタクムを含めたブリューヌ南部の状況と、ムオジネル軍の動向について報告するという名目で、王宮を訪れていた。

嘘ではない。だが、これらは他の者に知られてもいい理由だ。本当の目的は他にあった。

「――では、バシュラル王子は、たしかに陛下の御子であると？」

テナルディエの問いかけに、ファーロンは黙ってうなずいた。その顔は疲労によって少しやつれており、碧い瞳には苦渋がにじんでいる。だが、金色の髪にも身につけている絹服にも乱れはなく、己の責務を果たそうとする意志は失われていない。

「なぜ、そう確信するに至ったか、聞かせていただけますか」

言葉こそ丁寧だが、テナルディエの口調には有無をいわせぬ気迫がこもっている。

テナルディエには野心がある。レグナスを排除し、必要とあれば武力を用いてでもファーロンを退けて、玉座を手にすることだ。

彼の妻はファーロンの姪であり、それゆえにザイアンには王家の血が流れている。むろん、ザイアンより王家の血が濃い者は他に何人もいるのだが、テナルディエは実力で彼らを押しのける自信があった。

最大の障害は、常日頃から対立し、何年にもわたって暗闘を繰り広げているガヌロンだろうと思っていた。彼の権勢はテナルディエと同等といってよく、しかもファーロンの甥を姉婿に迎えている。それでも、最後に勝つのは自分だとテナルディエは考えていた。

だが、バシュラルが正式に王子として認められたことと、彼の後見役にガヌロンがなったことは、テナルディエに強い危機感を抱かせた。

大きく後れをとったどころではない。自分が破滅の沼に落とされかけていることを、彼は正確に認識している。バシュラルかガヌロンのどちらかを、早急に取り除かねばならなかった。

「テナルディエ公は、イフリキアという国を知っているだろう」

　国王の唐突な言葉に、テナルディエは厳つい顔をしかめた。むろん知っている。南の海を十数日ばかり船で進んだところにある王国だ。近隣諸国の中ではアスヴァールとムオジネルの二国とだけ交易をしており、ブリューヌとは関わりが薄い。

　だが、ブリューヌ南部に影響力を持ち、沿岸にあるいくつもの港町から他国の情報を集めているテナルディエは、イフリキアという単語からある出来事を思いだした。

「二十二、三年前、彼の国では政変がありましたな。三人の王弟が兵を集めて国王を討ち、王と親しい者たちは命からがら国外に逃げたとか」

　玉座を奪う野望を内心に抱えながら、王に向かって堂々とこのような話をできるあたり、テナルディエの豪胆さは並みではない。

「バシュラル王子の母親は、イフリキアから逃れてきた貴人であると？」

「そうだ。彼女の話によると、ほとんどはアスヴァールやムオジネルに逃げたそうだが、我が国やザクスタンを選んだ者もわずかながらいた」

「アスヴァールとムオジネルは、逃げてきた者たちをことごとく捕らえて、イフリキアに引き渡したのでしたな。我が国に逃げてきた者たちについてはどうなさったのですか」

「王都まで来た者たちは、父――先王陛下を説き伏せて、ひそかにかくまった。だが、国交もなく、頼れる者もおらず、言葉も文字も異なる国で暮らすことのつらさは、私の想像以上のものだったようだ。自ら命を絶つ者や逃げだす者が続出した」

話を聞きながら、テナルディエは目の前の王に対する評価をわずかに修正した。

ファーロンが即位して王となったのは二十年前、彼が二十三歳のときだ。慌ただしい時期であったろうに、おもいきったことをする。

「それで、残った貴人とやらに情を移したのですか。その女性は？」

「私の子を宿したことを知ると、王都を離れると言った。二度と会わない方がいいと。おたがいの短剣を交換して、それぞれの柄に傷をつけた。並べると文字になるように。彼女とは、それ以来一度も会っていない。私もさがそうとはしなかった」

「その短剣を持ってきたので、御子であると認めたのですか」

「それだけではない。あの子は、彼女しか知らぬはずのことをすべて知っていた。その後、あの子の年齢や、生まれ育った町、そして……母親についても、宰相に調べさせた」

テナルディエは内心で嘆息した。それなら、たしかに認めざるを得ない。バシュラルを王子と認めた経緯について少しでも隙がないかと思ったのだが、難しそうだ。

「今後、陛下はバシュラル王子をどのように扱われるおつもりでしょうか」

この質問については、ファーロンはきっぱりと答えた。

「玉座につけるつもりはない。あの子のためにならぬ」

「その言葉を聞いて安心しました。しかし、レグナス殿下にも王冠はいささか重いのでは」

テナルディエは、王家が隠しているレグナスの秘密を知っている。それを匂わせたのだが、ファーロンは苦笑を返してきた。

「レグナスは、そなたの息子と違って竜を乗りまわすほど活発ではないからな」

「……恐れいります」

ザイアンのことを持ちだされると、テナルディエはこれ以外の返答ができない。

わずかな間を置いて、ファーロンは話題を変えた。

「ときに、そなたはガヌロン公の姉君について、奇妙な噂があるのを知っているかな」

テナルディエは首を横に振る。国王は世間話をするような口調で続けた。

「ドミニク殿といったか……。彼女は、ガヌロン公の実の姉ではないというのだ」

「養子ということですかな」

テナルディエはわざととぼけてみせる。貴族が養子をとることは珍しくない。これと見込んだ平民の地位を引きあげてやるためだったり、正妻との間に子が生まれなかったりなど理由はさまざまだが、周囲の理解や合意を得ることは難しくなかった。

「いや、記録の上では先代ガヌロン公の実子となっている」

「ならば、噂はしょせん噂であったということでしょう」

「そうかもしれん。しかし、ドミニク殿が知人に漏らした話や、ガヌロン家に出入りしている者が言っていたことなどをかき集めると、違う感想が浮かんでくる。ひとの身辺を嗅ぎまわるなど褒められた話ではないが、ガヌロン家は始祖の代から続く名家なのでな……」

放っておくこともできないと言いたいらしい。

急にこのような話をはじめたファーロンの意図を察して、テナルディエは低く笑った。

──私とガヌロンを嚙みあわせようということか。

バシュラルなりガヌロンなりに一撃を与えたいというテナルディエの考えを、ファーロンは見抜いている。そこで、ガヌロンを傷つけられるかもしれない話を持ちだしたのだ。

ドミニクの夫がファーロン王の甥であるというのは、間違いなくガヌロンの持つ強みのひとつだろう。もしかしたら、その強みを潰せるかもしれない。

また、先代ガヌロン公がどうしてドミニクを実子ということにしたのか。その理由次第では、テナルディエは強力な武器を手に入れることになるだろう。

ただ、わずかながら忌ま忌ましさも感じる。このような情報を与えてきたのは、テナルディエとガヌロンが手を組むことはないと、ファーロンが判断したからだ。

──昨年までは、その可能性もあったのだがな。

まず、ガヌロンと協力してレグナスとファーロンを葬り去る。それからガヌロンを倒す。テナルディエにはそのような選択肢もあったのだ。

──まあよい。収穫は充分にあった。

ファーロンも、ガヌロンに対して手を打つつもりでいる。それがわかったのは大きい。

「陛下、ひとつお願いしたいことがございます」

テナルディエは慇懃(いんぎん)に頭を下げる。

「我が国でいちじるしく混乱が起きたとき、我が領地の兵を動かし、また近隣の諸侯にも呼びかけて事態の収拾をはかることをお許しいただきたい」

諸侯は、己の領内であれば兵を自由に動かすことを認められている。ただし、領地の外へ兵を出すには王家の許可がいる。そうしなければ領主同士の争いが絶えなくなるからだ。

テナルディエにとって、このていどの要求は当然のものだった。自分とガヌロンを戦わせようとするなら、むしろファーロンが進んで提示するべきだとすら思っている。

「いちじるしく混乱が起きたときか。多様な解釈を生みだしそうな言葉だな」

ファーロンがいくつか修正案を出し、テナルディエも譲るべきところは譲る。さほど時間をかけずに話はまとまった。

――さて、どうやって王家とガヌロンを噛みあわせるか。

ファーロンに一礼して退出すると、テナルディエはこれからのことに思いを巡らせる。

兵を動かす許可を得たからといって、すぐに戦うつもりはない。テナルディエにとってもっとも理想的な結果は、バシュラルとガヌロンだけでなく、レグナスとファーロンもいなくなることだからだ。せいぜい王家とガヌロンには潰しあってもらわなければならない。

考えごとをしながら廊下を歩いていると、窓のそばにたたずんでいるひとりの男が視界に入った。服装からして自分と同じ諸侯のようだ。相手もこちらに気づいて会釈する。

テナルディエはわずかに目を細めた。男の礼儀に問題はない。ただ、自分に媚びを売ることもせず、かといって敵意を見せてくるわけでもない態度が気になったのだ。

──誰かと思えば、ヴォルン伯爵か。

相手の名を思いだしたのは、会釈をされてから三つ数えるほどの時間が過ぎたころだ。辺境のアルサスを治める小領主で、自分から見れば取るに足らない田舎貴族である。テナルディエがその気になれば、容易に潰せる相手だ。

──不出来な息子の周辺は、ずいぶんにぎやかだそうだが。

ティグルがジスタートの戦姫たちと親しくしており、それゆえに内通の疑いがあるという話を聞いたとき、テナルディエは一笑に付したものだった。親しくしただけで疑われるのなら、テナルディエ家などは近隣諸国すべてとの内通を疑われてしまうだろう。

テナルディエは無言でヴォルン伯爵──ウルスの脇を通り過ぎようとしたが、ある疑問が湧きあがって足を止めた。

「──ヴォルン伯爵」

声をかけられるとは思っていなかったのだろう、ウルスは当惑の表情を見せる。テナルディエはかまわず言葉を続けた。

「四年前、おぬしはどうして息子をジスタートのオルミュッツへ送りだした？　オルミュッツに強いられたからか？」

　とくに親しくもない相手に対して、だしぬけに聞くようなことではない。ウルスはますます混乱したようだったが、怒るそぶりも見せず、冷静に応じた。

「たしかにオルミュッツからそのような話はいただきました。ですが、送りだしたのは息子が望んだからです。広い世界を見て、私に報告したいと」

　テナルディエは目元の皺を険しくして、睨むようにウルスを見つめた。ややあって、うなずきだけを返すと、もう用事はすんだといわんばかりに傲然と歩き去る。

　その背中を、ウルスは不思議そうに見つめていた。

3　妖道

　ティグルたちがオルガやラフィナックたちと別行動をとってから、二日が過ぎた。

　草原はやがて荒野となり、日が傾いてきたので、三人は野営をした。ティグルが仕留めた野鳥と野兎をわけあって食べる。肉はてきとうな大きさに切って、小枝に刺して焼いた。

「昔から気になっていたのですが、殿下にもこんなふうに鳥をお出ししたんですか？」

　リュディの質問に、ティグルは困ったような笑みを浮かべる。

「あのときはもっと大雑把だったと思う。少なくとも、枝に刺すようなことはしなかったな。しかし、殿下がいまでも覚えていてくださったとは思わなかった」

　できれば誰にも話さないまま忘れてほしかったというのが本音だが、さすがにそれを口にするほど無思慮ではない。

「殿下にお会いしたら、ぜひ鳥を振る舞ってあげてください、こっそりと。そのときは私も同席させてもらいます」

「抜け目ないな……。ほら、焼けたぞ。塩はかなり上等なものだ」

　ティグルは笑って焼けた肉を差しだす。それを火傷しないようにかじりながら、リュディは顔をほころばせる。

「ザクスタンの岩塩ですね？　以前、何度か味わったことがあります」

さらりとリュディは答えて、ティグルとミラを驚かせた。彼女の言う通り、ザクスタンを去るときにアトリーズ王子から贈られたものだ。

「あの国の岩塩は、我が国のものより鋭さがありますから。こういったものにはとくに合っていると思い……」

不意にリュディは言葉を途切れさせて、ティグルを軽く睨んだ。

「ティグル、そうした行為ははしたないと思います」

突然たしなめられて、ティグルはわけがわからないという顔になる。ミラも当惑の表情をつくった。リュディはおおげさにため息をつく。

「いま、指を舐めたでしょう。食事の最中にそういうことをするのはどうかと思います」

一呼吸分の間を置いて、ティグルはようやく彼女の言いたいことを理解した。たしかに鳥の肉をかじったあと、指についた脂を舐めとった。

「何が問題のある行為かわからないが……。君も昔、やってたぞ」

ティグルの言葉に、リュディは「えっ」と、短い叫びを発して動揺した。

「そ、そんなはずはありません……」

否定してみるものの、自信がないのか声は小さく、消え入りそうである。

「礼儀作法を身につける傍らで、忘れちゃったんじゃないかしら。たしかに屋敷で食事をするときなら私も行儀が悪いと思うけど、ここでは気にすることじゃないわよ」

ミラが横から助け船を出す。ティグルもリュディを説得した。

「リュディ、脂はうまいんだ」

「おいしいかどうかは問題ではありません」

「そう言わずに、一度でいいから舐めてみてくれ」

頼みこむと、リュディは渋々という顔で左手の指を口に運んだ。

彼女の表情がわずかに変わる。それをティグルは見逃さなかった。

「どうだ？」

「おいしいかどうかは問題ではありません」

憮然とした顔で、リュディはさきほどの言葉を繰り返す。しかし、その口調からは強さが失われていた。彼女の目は自分の左手に向けられている。

「見聞きしたことを何もかも覚えておくのが無理だというのは、もちろんわかっています。それでも、あのころのことは忘れていないつもりでしたが……。気がつかないうちに抜け落ちてしまっているんですね」

「仕方ないだろう。俺だって、すべてを記憶しちゃいない」

なぐさめるように、ティグルは言った。

リュディのことだけではない、ミラと会ってから体験したさまざまな出来事の中にも、細部がぼんやりとしているものがいくつかある。父や母、アルサスでの生活にしてもそうだ。

リュディは右手の指を口に運んで、脂をそっと舐める。何かを思いだしたのか、自分の指を凝視した。勢いよく顔を上げて、ティグルに指を突きつける。

「ティグル、私の指を舐めてください！」

「いきなり何を言いだすんだ？」

「昔、あなたに指を舐めてもらった気がします！　思いだせるかもしれません！」

ほとんど口の中に突きこまれるようにして、ティグルは彼女の指をくわえこんだ。戸惑いながらも歯をたてないように気をつけ、舌を這わせる。ミラはといえば、あまりに突然のことで唖然（あぜん）としてしまい、止めなければという思考が働かなかった。

舌をもごもご動かすと、リュディが頬を紅潮させて何度か声を詰まらせる。そろそろいいだろうかと思い、彼女の指にまとわりつく唾液を吸って、指を放した。

「どうだ？　何か思いだせたか？」

「そうですね。たぶん、指を怪我したときに舐めてもらったのではと……」

記憶をさぐるように答えると、リュディはこちらをまっすぐ見つめた。

「ティグル、今度はあなたの指を舐めさせてください」

拒絶を許さない真剣な顔つきだった。ミラの視線に後ろめたさを感じながらも、ティグルは指を突きだす。リュディは一瞬ためらう様子を見せたあと、指先に唇をつけ、少しずつ口を開

けて指の根元まで含んだ。指から伝わってくる舌の感触が妙に艶めかしい。

次の瞬間、指の根元に強烈な痛みが生じた。

ティグルは慌てて彼女の口から指を抜きだす。血がにじんでいた。

「ご、ごめんなさい。よくわからなくて、つい……」

慌てるリュディに「たいしたことじゃない」と、やや歪んだ笑顔で答えていると、ミラがそばに座った。彼女はティグルの手をとって、指の傷を見る。

「本当にたいした傷じゃないわね。それこそ舐めておけば治るわよ」

言うなり、ミラはティグルの手に口を寄せ、傷口に舌を伸ばして丁寧に血を舐めとる。彼女がティグルのそばから離れる際、「馬鹿」と、ささやくようなつぶやきが聞こえた。

落ち着いたところで、ミラが紅茶(チャイ)を淹れる。一口飲んだリュディは目を丸くした。

「おいしい。ミラは紅茶が好きだというだけじゃなくて、淹れるのも上手なんですね。これは淹れるひとの技量によるものでしょう」

「慣れのようなものよ」

ミラは謙遜したが、褒められて嬉しくないはずがない。まして、リュディはベルジュラック家の人間であり、さきほどの話から考えても並のひとより紅茶に詳しいはずだ。

「毎日でもいただきたいぐらいです。ミラの紅茶を飲めるひとは幸せですね」

「それはさすがに褒めすぎよ」

そう言ったものの、リュディの態度には嫌味なところがまったくないので、ミラとしても照れながら聞くしかない。困ったものねと内心でつぶやく。

いろいろな意味で彼女は敵になりそうなのだが、憎みきれそうな気がしなかった。

†

丘を越えて、荒涼とした谷に入っていく。大地は土がむきだしで、草花はほとんどなく、春の気配を感じられなかった。薄暗さと風の強さも、もの寂しい雰囲気を強調している。

「ここがシャルルの抜け道です」

谷の先からこちらへ吹きつけてくる風に髪をなびかせながら、リュディが言った。

「言い伝えによれば、とある戦で大敗を喫したシャルルは、かろうじて戦場を離脱し、側近と二人でこの谷に逃げこんだそうです。そして、妖精に導かれて安全なところへ逃れたとか。その側近は、のちの初代ガヌロン公爵だという話もありますね」

乾いた馬蹄の音を響かせて、ティグルたちは慎重に馬を進める。

ちなみに、新たな馬が手に入っていないので、ティグルはミラの馬とリュディの馬に、交互に乗っていた。いまはリュディといっしょだ。

リュディの顔に緊張が浮かんでいるのを見て、ティグルは声をかけた。

「君は、この谷を抜けたことがあるのか？」

「三年前に、父と二人で歩きました。だから、この谷を抜けるまで村や集落がないのは知っています。――だいじょうぶですよ、ティグル」

ティグルを振り返って、リュディは笑いかける。

「こうしている間も、バシュラルが兵を集め、レ……殿下のいるラニオン城砦に向かっているかもしれない。そう考えると落ち着かない気持ちになりますが、このようなときこそ慌ててはいけないと、父に教わっています」

「それならいいんだが……」

言葉を返しながら、ティグルは内心で首をかしげた。いま、リュディはレグナスと言おうとして、殿下と言い直した。おかしなことではないのに何が気になったのだろうか。

――疲れているのかもしれないな。

精神的な消耗は自分やミラより大きいはずだ。少し考えて、ティグルは彼女に言った。

「リュディ、よかったらベルジュラック家について教えてくれないか」

「かまいませんが、気になることでもありますか？」

色の異なる瞳に不思議そうな輝きが浮かぶ。

「君はヴォルン家のことをかなり知ってるのに、俺は君の家についてほとんど何も知らないからな。今後のことを考えると、知っておいた方がいいかもしれないだろう」

「それはそうですね。ティグルと公の場で会う機会も増えるでしょうし」

「私に聞こえてしまっても問題のない範囲でお願いね」

　隣で馬を進めていたミラが、からかうように笑った。リュディに気分転換させようというティグルの意図を悟って、協力してくれたのだ。

「では、何を話しましょうか……。ベルジュラック家が、王家とたびたび婚姻を結んで、王家の血を濃く留めているのは知ってますね？　その点については、テナルディエやガヌロンに優るでしょう。ですが、それゆえに我々は力を持ちすぎないようにしてきました」

　必要以上に力を持てば、背くのではないかと疑われ、滅ぼされるからだ。

「母によると、王妃になった伯母は、とくに立ち居振る舞いに気をつけていたようです。ファーロン陛下とは政略結婚ながら、おたがいに深く愛しあっていて、ベルジュラックの名を汚さぬよう、それ以上に陛下の足を引っ張らぬよう細心の注意を払ったと。殿下をお産みになってほどなく亡くなられたのは、心身の疲労によるものだろうと言っていました」

　淡々と語るリュディに、ティグルは何を言えばいいのかわからず、口をつぐんだ。

「はい、だめです」

　リュディが笑顔で言った。何のことかわからず、ティグルは当惑した顔で彼女を見る。

「このていどの話はごく自然な受け答えで流してください。私だって亡き伯母のことを自慢したいわけではなく、湿っぽい雰囲気をつくりたいわけでもありません。少し古い家柄の諸侯とつきあうようになると、こういう会話は当然のように出てきますよ」

「親族が王妃だったなんて話はそうそう出るもんじゃないと思うが……」

弱々しい口調でティグルは反論を試みる。

「では、とある大貴族のもとへ嫁いだだの、家を捨てて神々に仕えることを決意し、ある大都市で神官長を務めただのという話ならばごく自然に対応できますか？」

新たな問いを投げ返されて、ティグルは降参した。

「堅苦しいだけのものと思われがちですが、教養や礼儀作法は、こうした場合に相手を傷つけずに対応するためのものでもあるんです。あなたは諸国に友人をつくったそうですが、この機会に身につけておくべきだと思いますよ。私が練習相手になってあげますから」

「もしも不用意な一言で相手を傷つけてしまったらどうする？」

「謝ればいいんです」と、リュディはあっさり答えた。

「もちろん取り返しのつかない事態になることもあるでしょう。ベルジュラック家も、そして私も、そのような失態を犯したことは何度もあります。いまでも悔やむようなことも。でも、だからこそ多くのひとに会って話を聞き、多くのことを学ぶんです」

「しんどそうだな」

ティグルはおおげさに肩をすくめる。ひとと会って話すのは好きだが、学ぶといわれると気が重くなる。リュディは上体を傾けて、ティグルに寄りかかった。色の異なる瞳が、明るい輝きを湛えて見上げてくる。

「そんなことを言ってると、殿下をお助けしたときに何も言葉が出なくて笑われますよ」

「それは少し恥ずかしいな」

「少しではなく、おおいにです」

即座に修正されて、ティグルは苦笑した。ふと、微笑を浮かべてこちらを見つめているミラの姿が視界の端に映る。四年前、ティグルはミラと仲良くなりたくて、積極的に話しかけた。自分でわかっていないだけで、彼女を傷つけてしまったこともあったに違いない。

ミラはこの先も長く戦姫であり続け、諸侯との交流も広がっていくだろう。

立場の問題で彼女の隣に立てないのは仕方ない。だが、礼儀作法の点から隣に立てないという事態に直面したら悔やんでも悔やみきれない。

名門の公爵令嬢が練習相手を務めてくれるのだ。このような機会は二度とないだろう。

「わかった。がんばってみる」

「その意気です。こういうときはお姉さんをいつでも頼ってください」

励ますように、リュディは笑った。

「そういえば、ティグルには縁談や結婚の予定はないのですか？」

何の前触れもなく質問されて、ティグルとミラは同時に吹きだした。

「い、いきなり何を……？」

「いきなりではありませんよ。縁談は、礼儀作法がとくに重視される場です」

言われてみればその通りだった。

「それに、ティグルに定まった相手がいれば、今回のような疑いをかけられても、周囲の反応はまた変わっていたのではないかと思えますし」

「あなたももう十八です。こうしてブリューヌに戻ってきたのですから、身を固めることを真剣に考えるのもいいのではないでしょうか」

ティグルとミラは無言で視線をかわす。その場合、悪い方向に変わった気がしてならない。

「それを言うなら君だって同い年だろう」

ささやかに反撃したが、リュディは笑って受け流した。

「いまの私は、殿下をお守りする一振りの剣です。いつか結婚するとしても、それはだいぶ先でしょうね」

「結婚か。ヴォルン家はそもそも他家とあまりつきあいがないからな」

ティグルは話を終わらせようとした。言えないだけで、相手はすでに決まっているのだから続ける意味がない。ところが、そんな態度が面白かったのか、リュディはくすりと笑った。

「では、私の婚約者になってみますか？　結婚自体は先のことになりますが」

散歩に誘うような、気軽な口調だった。ティグルもミラも唖然として彼女を見つめる。くすんだ赤い髪をかきまわすと、ティグルは慎重な口ぶりで尋ねた。

「そんなに簡単に決めてしまっていいのか？」

「心外ですね。簡単に決めたわけではありません」

わざとらしく頬をふくらませて、リュディはティグルに咎めるような視線を向ける。

「ベルジュラックは始祖シャルルのころより、広い交流を志向してきました。信用できる人柄を備え、賞賛に値する資質を持っている者なら、平民だろうと他国の人間であろうと言葉をかわし、まじわってきたのです」

「ずいぶんと高い評価をいただいて恐縮だが、今回は断らせてもらうよ」

やんわりと、ティグルは言った。リュディはからかうような笑みを浮かべる。

「理由をうかがっても？」

「君のことが嫌いだからじゃない。昔の君みたいに、俺も自分の未来を決めかねてるからだ」

それは、嘘ではなかった。ミラを求める気持ちは変わらない。だが、いつかミラと結ばれたとき、自分ははたしてヴォルン伯爵家の当主になっているだろうかという疑問はあった。

「腹違いの弟がいるという話はしただろう。二歳、いや、三歳になったかな。父の意に背くことになるかもしれないが、ディアンがこのまま健康に育ってくれたなら、父のあとを任せるのもいいんじゃないかと思ってる」

「それは、他の国でならあなたの弓の技量を活かせるから？」

おもわず苦笑する。たしかに、自分を弓使いとして使ってほしいと頼めば、ブリューヌ以外のどの国もティグルを求めるだろう。

「弓の技量を活かすなら、ブリューヌにしたいと思ってる。弓のことだけじゃないんだ。上手く言葉にできないが、自分だけの星に、矢を届かせたい」

もう見えなくなった蒼氷星(シズリート)に。

「あなたにしては詩的な言いまわしですね。そういうのもジスタートで学んだのですか？」

興味深そうな視線を、リュディがミラに向けた。ミラはすました顔で答える。

「教えたけど、出来のいい生徒とはとうてい言えなかったわね」

「でも及第点はくれただろう」

ティグルが反論すると、ことさらにそっけない口調でミラは返した。

「あげないと泣きそうに見えたんだもの」

「そういう理由で安心しました。これからもよき友人として、よろしくお願いします」

リュディが笑いかけてくる。ティグルは「こちらこそ」と、うなずいたが、ミラが皮肉っぽい目でこちらを見ていることに気づいていた。

あとでからかわれるのを覚悟しなければならないだろう。


何度か休憩を挟みながら、左右を断崖に挟まれた峡谷を進む。半刻が過ぎた。

見上げれば、細長く切りとられた空が見える。陽光もここまでは届かず、数十歩先は薄闇に包まれていた。吹き抜ける風も冷たい。

「たいした距離ではありません。もう一息です」

リュディがそう言ったとき、ティグルとミラは同時に手綱を引いて、馬を止めた。

前方の薄闇の中に、三十近い数の人影が見える。

──こんなところまで待ち伏せされていたのか？

鞍に差していた黒弓を握りしめて、ティグルは人影たちの様子をうかがう。だが、すぐに彼らの動きがどこかおかしいことに気づいた。

馬蹄の音はもっと早く聞こえていたはずだ。それなのに、なぜ彼らは身構えてすらいないのだろう。酔っ払っているかのように身体を揺らすか、ただ立っているだけだ。

風が吹いて、この世のものではない何かを含んだ奇妙になまぬるい空気を運んできた。肌が粟立つのをティグルたちは自覚する。ミラが緊張をにじませた声で言った。

「ティグル、あいつらはまともじゃないわ」

視線を動かせば、彼女の手にあるラヴィアスの穂先が白く淡い光を帯びている。

「野盗の類ではなさそうですが、何者でしょうか」

剣に手をかけながら、リュディがつぶやいた。さすがに、相手が人間でないらしいことには気づいていない。彼女に手綱を押しつけると、ティグルは矢筒を己の腰にくくりつけた。

「リュディ、しばらく馬を頼む」

人影の群れがゆっくりと歩いてくる。彼らの正体はすぐに判明し、リュディが喉の奥で小さな悲鳴を発した。

それは、錆びた剣や槍を持った骸骨と、まだら模様に変色した死体と思われるものだった。さらに、ひとの形をした黒い霧のようなものが十近く、風に流されるように向かってくる。

「魔物が近くにいるのか……？」

「考えるのはあとよ」

ティグルをたしなめて、ミラが馬を走らせる。怪物たちの群れと瞬く間に距離を詰め、ラヴィアスを一閃させた。薄闇を斬り裂くように、白い光が鋭い軌跡を描く。一体の骸骨が頭部から胸のあたりまでを両断されて吹き飛んだ。

勢いを止めずに、ミラは怪物たちの中に馬を躍りこませ、縦横に槍を振るう。掴みかかってくる死体を薙ぎ払い、黒い霧に冷気を浴びせかけて吹き散らし、突きだされる剣や槍を弾き返すや、間髪を容れずに反撃を行い、ラヴィアスの穂先で骸骨たちの頭部を叩き潰した。

ティグルも黒弓に矢をつがえて、次々に射放つ。ラヴィアスの力を鏃に宿した矢で吹き飛ばされると、怪物たちはもう起きあがってこなかった。

——矢をつくっておいて正解だった。こんな形で使うとは思わなかったが。

安堵の息をつくと、ティグルは呆然としているリュディの腕を軽く叩いた。

「だいじょうぶか」

我に返ったリュディは慌ててうなずき、馬の腹を蹴る。その手がかすかに震えていることに気づいて、ティグルは彼女の手に自分の右手をそっと重ねた。耳元に呼びかける。

「俺もミラもいる。何も心配はいらない」

「はい……！」

両眼に戦意を取り戻して、リュディは表情を引き締める。ティグルもまた黒弓に矢をつがえてミラへの支援に戻った。ティグルとミラで五、六体ばかりあらたに滅したところで、三人は合流を果たす。青い髪をなびかせ、力強い声でミラが言った。

「蹴散らせない相手じゃないわ。このまま突破しましょう」

ミラが先頭に立って馬を走らせ、ティグルとリュディが続く。正面と左右、さらに上空から襲いかかってくる怪物たちを、ティグルが弓矢で射倒し、ミラがラヴィアスで打ち倒した。細かな破片となった骨が吹雪のように舞い、腐った肉片は泥のように地面にへばりつく。

ほどなく、三人は怪物の群れを突破した。薄闇の中、馬を走らせる。怪物たちが追ってきたら厄介だ。一刻も早く、この不気味な谷を抜けるべきだった。

ところが、それから二十も数えないうちに三人は目を瞠ることとなった。前方に、再び怪物の群れが現れたのだ。骸骨と、腐り果てた死体と、黒い霧の群れが。

「第二陣がいたっていうの？」

苛立たしげに、ミラが吐き捨てる。リュディが「待ってください」と、言った。

「すでに何体か倒された跡がありませんか……？」

ティグルとミラは目を凝らして注意深く観察する。彼女の言う通り、地面には砕け散った骸骨の残骸や、両断された死体が転がっていた。

「俺たちの他にも、ここを通ろうとした者がいたということか？」

「いや、違うわ」

ティグルの疑問に答えたミラの声は、呻くようなものだった。

「あれは、さっき倒した怪物たちよ」

その言葉に、リュディがおもわず手綱を引く。馬がいなないて足を止めた。

「どういうことですか？　私たちは、まっすぐ馬を走らせてきたはずなのに……」

「入ってきたからには出してやらないという、強い意志を感じるわね」

ミラが皮肉をとばす。気に障ったのか、リュディが彼女を睨んだ。

「落ち着け、リュディ。君のせいだと言ってるわけじゃない」

ティグルは彼女の肩を軽く叩いてなだめる。リュディはティグルとミラとの間で何度か視線を往復させたあと、ティグルに寄りかかって憮然とした表情をつくった。

「二人ばかり落ち着き払っていて、何だかずるいです」

「俺とミラは何度かこういう目に遭ってるからな」

「不本意ながら、ね。うらやましがられることじゃないわ」

ミラが不満そうに鼻を鳴らして、ラヴィアスを肩に担ぐ。

「私に何かできることは……」

そう言ってから、リュディは己の発言を取り消すように首を横に振った。邪魔をするべきではないと考え直したのだ。「見守っていてくれ」と、ティグルは笑いかけた。

「それで、どうするの？　魔物の気配は感じないけど」

ミラが周囲をぐるりと見回す。彼女の竜具が伝えてくるのは、前方にいる怪物たちの存在だけだ。その言葉を聞いて、ティグルは思案する。

――魔物の仕業には違いないだろうが……。

骸骨だの死体だのがひとりでに動いて襲いかかってくるなど、それ以外に考えられない。

だが、これははたして自分たちを対象としたものだろうか。

ジスタートで戦ったレーシーを思いだす。あの魔物は、森の奥に自分の世界とでもいうべきものをつくりあげ、森に入った人間を誘いこんでいた。それと似たようなものではないか。

――いまの俺の弓なら、破れるかもしれない。

ティグルは腰に下げている袋に手を入れると、黒い鏃をひとつ取りだした。アスヴァールで手に入れたものだ。それだけでミラは想い人の意図を察して、ラヴィアスに命じる。

竜具の穂先から白い冷気が放たれて、ティグルのてのひらに流れこんでいく。冷気が音もなく霧散すると、ティグルの手には黒い鏃を備えた氷の矢があった。

「あの、いったい何が……？」

リュディは混乱も露わに、ティグルとミラを見つめる。取り乱してこそいないが、理解が追いついていないのはあきらかだ。ミラは余裕のある態度で彼女に答えた。

「いまは黙って見ていて」

ティグルは身体をひねり、黒弓をかまえる。

前方の虚空を見据え、氷の矢をつがえて弓弦を引き絞った。黒い鏃を中心に大気がうねり、ティグルたちの周囲で風が吹き荒れる。乾いた地面に土埃が舞いあがった。

これは、この谷のごく一部分に備えつけられた罠のようなものだ。ひとつ穴を開ければ、罠そのものを壊すことができる。

矢を放つ。小さな弓弦の響きを残して、矢は驚くほどの速さで薄闇の奥へとまっすぐ吸いこまれていった。一拍の間を置いて、矢が消えたあたりから強烈な突風が吹きつけてくる。

風に煽られて、骸骨や死体たちがぼろぼろと崩れはじめた。土塊でできていたかのように。

黒い霧たちも風によって無数に引き裂かれ、溶けるように消えていく。

そうして風がおさまると、静寂がティグルたちを包んだ。自分たちを取り巻いていたなまぬるい空気は消えて、冷たいほどの大気が肌を撫でる。

「かたづいたわね」

ミラが肩の力を抜いて、小さく息を吐いた。ティグルも風で乱れた髪をかきあげる。右手の中に違和感を覚えて見てみると、たったいま放ったはずの黒い鏃があった。

――やはり、こいつは俺の手元に戻ってくるのか……。

ザクスタンで怪物を相手に使ったときも、いつのまにか戻ってきていた。人智を超えたものとの戦いを思えば頼もしいかぎりだが、ティグルは同時に恐ろしさも感じている。

この力は、いったい何のためにあるのか。魔物と戦うことができるというだけなのか。

「――ティグル！」

耳元で大声を出されて、驚きとともにティグルは我に返った。あふれんばかりの好奇心を輝かせた碧と紅の目が、自分を見つめている。

「いまのは、いったい何なんですか？　あなたは何者なんですか？」

当然の疑問だ。ティグルはどうしたものかという顔で、ミラに助けを求めた。

ミラは仏頂面をつくったものの、放っておけないと思ったらしく、竜具(ヴィラルト)の穂先をリュディの後頭部に近づける。リュディは馬上で器用にティグルに詰め寄っていて、気づく様子はない。

ラヴィアスから冷気が放たれ、リュディは可愛らしい悲鳴をあげて髪をおさえた。驚いて振り返る彼女に、ミラは呆れた視線を向ける。

「少し落ち着きなさい」

これだけ見せてしまった以上、何も話さないわけにはいかない。それに、ミラのラヴィアスやオルガのムマに備わっている力については、簡単にとはいえ説明してしまっている。あるていどの情報を与えた上で、他言無用を約束させる方向に切り替えるべきだった。

「さっきも言ったけど、私たちは他の国で、ああいう怪物と戦ったことがあるの」

ようやく落ち着いた馬の上で、ミラはリュディに説明する。

「ムオジネル、アスヴァール、ザクスタン……。ジスタートでも、私たちは怪物と遭遇した。これは公に発表されていないことだけど、アスヴァールではティグルと私、もうひとりの戦姫にロラン卿とギネヴィア王女の五人で、町に現れた怪物と戦ったのよ」

もうひとりの戦姫とはソフィーのことで、怪物とはトルバランのことだ。

リュディの目が、ミラの持つラヴィアスに向けられる。

「以前、ロラン卿が妖術の使い手を斬ったという話をしてくれたことがありました。デュランダルでなければ、妖術を打ち破ることはできなかっただろうと。あなたの槍は冷気を操るだけでなく、そういう力も備わっているということでしょうか？」

「たぶんね。ギネヴィア王女の持つ宝剣カリバーンもそんな感じだったわ」

ミラが答えると、リュディはティグルの手にある黒弓へと視線を転じた。

「あなたの弓矢も？」

「そうだ。ただ、どうしてそんな力がこの黒弓に備わっているのかはわからない」

「以前に聞いたときは、たしか家宝の弓ということでしたが……。当主になる者は弓を鍛えよという家訓などはあったのですか？」

「いや」と、ティグルは首を横に振る。

「初代当主は狩人で、だからこの弓が家宝だったんだが……。俺の知るかぎり、二代目以降で弓の扱いを学んだ当主はいない。父も祖父もそうだった。俺が弓を使いたいと父に言ったら、ひどく驚かれたぐらいだ」

「不思議ですね。デュランダルは始祖シャルルが振るっていた宝剣です。ミラの、というより戦姫の武器についても、ジスタートの神話にそのような一節があったはずですから、納得できないことはありません。そんな弓を持っていた初代ヴォルン伯爵は何者だったのか……」

「それについては、いま調べてる。実は、ザクスタンに行った本当の理由はそれでな」

『魔弾の王』について、ティグルは説明した。公爵家で生まれ育ったリュディなら何か知っているかもしれないという淡い期待もあったのだが、彼女は申し訳なさそうに答える。

「ごめんなさい。魔弾の王という言葉は、はじめて聞きました」

「そうか。いや、気にしないでくれ。ちゃんと伝えてくれなかったご先祖様に問題がある」

　台詞の半分はリュディを慰めたいという気持ちによるものだったが、もう半分はティグルの本音である。むやみに語り継いだり、書き残したりできないものだというのはわかるが、そのせいで現在の自分たちが苦労しているのだ。愚痴ぐらいこぼしてもいいだろう。

「言うまでもないことだが、俺やミラの話は誰にも言わないでくれ。ここで怪物たちと戦ったことも。どうせ言っても与太話にしか思われないだろうが……」

「わかりました」

リュディは真面目な顔になって、うなずく。己の剣を垂直に掲げた。

「ベルジュラック家にも、他人どころか身内にすら話せないことがたくさんあります。私たちが見たもの、お二人が話してくれたことは、口の端にのぼらせてはならないものでしょう。決して口外しないことを誓います。――私の剣と、ベルジュラック家の名に懸けて」

ティグルとミラは顔を見合わせると、黒弓とラヴィアスをリュディの剣に重ねる。

「少しおおげさだけど、助かるわ」

ラヴィアスを下ろして、ミラは安堵の息をついた。

「ところで、三年前にあなたがこの谷を通ったとき、さっきのような怪物は出たの？」

「出ませんでした。あんなものに遭遇したら忘れるわけがありません」

リュディは勢いよく首を横に振る。ミラは新たな質問を投げかけた。

「この抜け道のことは、レグナス殿下も知っていたの？」

「もちろんです。この谷を含む一帯は王家の直轄地ですし、これだけ街道から外れたところに来る者など、まずいません。だから抜け道にもなっているわけで……」

そこまで言って、リュディは息を呑んだ。ミラの考えていることを察したのだ。

「あの怪物たちは、殿下がここを通るかもしれないと考えた者が仕掛けたものだと？」

「そう考えると説明がつくというだけよ。王家の直轄地ともなれば、おいそれと諸侯の兵を向かわせることもできない。そこで、妖術師を雇ったと……」

「だとすると、バシュラルが仕掛けたわけではなさそうですね。ナヴァール城砦では、こうした怪物を見ませんでしたから。ガヌロンにはそういう伝手もありそうな気がします」

うなずくと、リュディは微笑を浮かべてミラに礼を言った。

「ありがとうございます、ミラ。おかげで少し安心しました」

彼女の言葉の意味がわからず、ティグルとミラは怪訝そうな顔でリュディを見つめる。

「私はお役に立てませんでしたが、相手が恐ろしい術を使ってきても、対処できるというのは心強いです。精強な騎士たちが守りについていたとしても、ここから抜けだすことができなかっただろうと思うと、私たちがここを通ってよかったと」

「そういう考え方もあるわね」

ミラが苦笑する。敵も、まさか怪物を倒せる者たちがここを通るとは予想していなかっただろう。偶然であれ、敵の狙いを潰したと思えば、いくらか気が晴れた。

ティグルとミラは馬を走らせる。ふと、ティグルは背後を振り返った。

怪物たちや魔物の類の気配はない。視線らしきものも感じない。

――どこかで、次があるかもしれないな。

魔物か、あるいは妖術の使い手かはわからないが、怪物たちを操っている何者かがいるのは間違いない。その何者かは、怪物たちが滅ぼされたことに遠からず気づいて、この妖道を通った者について調べるはずだ。

――おとなしく引き下がってくれたら助かるんだが。

ミラとも話しあって、どちらかはなるべくリュディのそばにいるべきだろう。

三人が谷を抜けたのは、それから半刻ほどが過ぎたころである。

日は傾いて、地面にはティグルたちの影が細長く伸びていた。

月が高く昇っている。

焚き火を囲んで、ティグルたちは夜営をしていた。いまはティグルが見張りをする番で、ミラもリュディも外套に身を包んで寝息を立てている。

周囲を警戒しながら、ティグルは焚き火に照らされているミラの髪と背中を見つめていた。

――ブリューヌに連れてきたと思って、か。

ティグルの口元に微笑が浮かぶ。食事をする少し前、こんなことに巻きこんですまないと謝ったティグルに、ミラは笑顔でそう返してきたのだ。

「昨年、私はあなたをアスヴァールへ連れていったでしょう。今度はあなたがそうしてくれたというわけ。これなら引け目を感じずにすむでしょう」

「だが、俺はすでに君をザクスタンへ連れていったぞ。あれだって個人的な用事だった」

「そうね。じゃあ、この件が片付いたら、あなたをどこへ連れていこうかしら」

屈託のない笑顔を見せるミラを、ティグルは全力で抱きしめたい衝動に駆られた。リュディが少し離れたところにいるので、懸命に耐えたが。

いま、少しぐらいならだいじょうぶだろうか。ミラの背中を見て、ティグルはふと思った。

耳をすませる。人間はもちろん、獣の気配もしない。

だが、結局行動に移すことはできなかった。身体を起こしかけたところで、リュディが寝返りを打ったのだ。おもわず動きを止めて彼女を注視していると、リュディは目を開けた。そのままむくりと身体を起こす。

「どうしたんだ……？」

リュディはすぐには答えず、焚き火をぼんやりと見つめる。ティグルに視線を移すと、這うようにしてこちらへ近づいてきた。戸惑っているティグルの後ろへ回りこんで、背中に覆いかぶさる。二つのやわらかなふくらみを押しつけられて、ティグルは身体を強張(こわば)らせた。

その反応に気づかないのか、リュディはささやくような声で言った。

「少しだけ、こうしていていいですか」

「それはかまわないが……」

リュディが微笑を浮かべる気配が伝わってきた。

「昔の夢を見ました」

「昔の？」

「森や丘を駆けまわったあと、疲れて動けなくなって、あなたに背負われてたでしょう」

「ああ、よくあったな」

　ティグルもそのときの光景を思いだして懐かしい気分になる。

「いまこうしてティグルの背中が目の前にあるんですから、不思議なものですね」

　やはり寝ぼけているのか、リュディが頬をすり寄せてきた。さすがに昔もこんなことはやってこなかったはずだが、引き剥がしづらい。

　リュディが手を伸ばしてティグルの手を握った。

「変わらず大きな手ですね。今度はお姉さんが連れていってあげますからね……」

　そういえば十二歳のときは、リュディはよく自分の手をとって、子供を先導するかのように歩いていたものだった。自分の手の大きさに驚いた顔も思いだせる。

　ティグルはあらためて彼女の手を握った。華奢に見えて、それだけではない戦士の手だ。

　不意に、寝息が聞こえてきた。この体勢のままでリュディは眠ったらしい。

　ティグルは仕方なく、彼女を抱きかかえてその場に寝かせる。

　焚き火の中の枝が乾いた音をたてた。

†

ティグルたちがビトレー領内にあるエルネの町に着いたのは、市井の人々が朝食をすませたころだった。シャルルの抜け道を出てから一日が過ぎている。

「では行きましょうか」

リュディはごく自然にティグルの手をとって歩きだそうとする。

「お、おい、リュディ」

ティグルが慌てると、彼女はようやく気づいて手を離したが、恥ずかしがるそぶりを見せるどころか、心配するような口調で聞いたものだ。

「手をつながなくてだいじょうぶですか？　はぐれてしまったりしませんか？」

そんな光景をミラは黙っていたが、あまり面白い気分ではなかった。

それというのも昨日あたりから、リュディがティグルとの距離を縮めているように見えるのだ。そばに寄り添ったり、手を握ったり、頭を撫でたり、からかったりという行動はこれまでにもしていたのだが、どこか違うように見える。

――怪物たちとの戦いが効いたんでしょうけど……。

あれは仕方がないと思う。自分がリュディの立場でも、ティグルのことがいろいろな意味で気になってしまうに違いない。

それに、積極的ではあるが、これまで通りミラを邪険にしているわけではない。

ジスタートの王都シレジアの様子などをミラが話せば感心して耳を傾けてくれるし、彼女は王都ニースの様子や王宮での出来事などを話してくれる。正直な気持ちをいうと、こういう話はティグルとできないので新鮮でさえあった。

ただ、ミラがティグルに声をかけたり、そばに行こうとしたときにかぎって、まるで先手を打つように動いているような気がする。考えすぎといわれればそんな気がするぐらいだが、どうにも引っかかるのだった。

もちろん、リュディの気配がないところでは、ミラはティグルと見つめあい、手を握りあったり、抱きしめあったりしているのだが、その回数が減っているのはたしかだった。

「余裕のある旅ではありませんが、今日と、できれば明日もここで休みましょう。ミラにお願いしたいこともありますから」

町の中を流れる大きな川に沿って歩きながら、リュディはそう言った。

「私に頼みたいことって何かしら」

「今夜、言います。この町の様子を見てから決めたいので」

ミラに聞かれて、リュディはそう答えた。

「ベッドで寝られるのはありがたいな。この時期の野営は鼻にも耳にも土埃が溜まるから」

冗談めかした口調でティグルが言った。土埃が溜まっているのは本当だ。春の地面はやわらかく、土埃が舞いあがりやすい。ティグルたちの場合、馬で旅をしているのでなおさらだ。

「あなたは従者という扱いにしておいた方がいいんじゃないかしら。そうすれば、歩くたびに土が落ちても見逃してもらえるわよ」

ミラがからかうと、リュディが真面目な顔で言った。

「ところで、ヴァタン伯爵に対して、私たちの素性をどう説明するか決めておいた方がいいと思います。ミラが戦姫であることは絶対に隠すとして……」

「俺とミラはそれぞれ従者と侍女でいいんじゃないか」

ティグルはヴァタンと面識がない。だが、弓使いという悪い意味で名前を覚えられている恐れがある。ミラもヴァタンと会ったことはないが、戦姫としての姿をどこかで見られている可能性があった。顔を合わせない方が無難だ。

リュディは足を止めると、真剣な顔でティグルとミラを観察する。

「あなたはともかく、ミラが侍女というのは無理があります。侍女には侍女の作法がありますから。竜具(ヴィラルト)はいまみたいに隠していればいいとしても……」

ミラが肩に担いでいるラヴィアスは、町に入る前に布を何重にも巻かれていた。

「でも、公爵家のあなたに侍女のひとりもついていないというのは、問題じゃないかしら。いかにも孤立無援という雰囲気を出すのはよくないわよ」

ミラの言葉に、リュディは眉をひそめた。ここまで来た以上、失敗はできない。悩みはじめた彼女の肩を、励ますようにミラが叩いた。

「こんなことで深刻に考えない方がいいわ。ヴァタン伯爵も、話を聞かされれば私やティグルどころじゃなくなるもの。食事でもしながら考えましょう」

ティグルたちは、まず宿をとった。厩舎つきの大きな宿を選んで、二頭の馬を休ませる。

「この町なら、馬をもう一頭調達できると思います。買いものがてらさがしましょうか」

大通りへ行ってみると、さまざまな露店が並んでおおいににぎわっていた。食べものや飲みものの店が多いが、革細工やガラス細工、楽器を扱う店もある。客の大半は町の住人で、ティグルたちのような旅人は少なかった。

「葡萄酒とチーズだけを売っている店がいくつかあるわね」

感心した顔をするミラの隣で、リュディは目を輝かせている。

「これは見応えがありますね。北部でつくられているチーズがけっこうあります。馬車で来ていればすべての種類を買っていくのですが」

「そんなに買ってどうするんだ」

不思議そうな顔をするティグルに、リュディは当然のように答えた。

「日ごとにさまざまな味を楽しむことができるでしょう」

「その気持ちは少しわかるわ」

ミラが苦笑まじりに同意する。余裕があるときは、彼女も紅茶やジャムを常に数種類用意するようにしているからだ。

「ちょっとつきあってください。せっかくですし、口に合うものを買いましょう」

リュディはティグルの手を引いて、チーズを売っている露店へ歩きだす。ミラは仕方なく二人に続いた。リュディは店の主に銅貨を一枚渡して、売りもののチーズのかけらを受けとる。見ると、チーズのかけらだけを入れた小さな箱が置かれていた。

「味見のためのものということ？」

「そうです。まずは、これにしましょうか」

リュディがさしだしたチーズをかじって、ティグルは渋面になる。

「俺には少し塩味が強いな……」

ミラも同感らしく、顔をしかめている。ところがリュディは笑顔のままで、「では、これに載せて食べてみてください」とパンをさしだしてきた。

ティグルとミラは顔を見合わせたあと、言われた通りにして、同時に目を丸くした。尖った塩味がパンによって緩和され、ちょうどいい塩梅（あんばい）になったのである。

「こういう食べ方はどうやって覚えるんだ？」

「それはもちろんすべて味わってひとつひとつ覚えるんです」

ティグルに聞かれて、真面目な顔でリュディは答えた。

「あなたも狩りの仕方について私に教えてくれたとき、言っていたでしょう。何度も森を歩きまわれば、自然と花の色や木の違いを覚えていくと。それと同じですよ」

同じだろうかとティグルは内心で首をかしげた。森の中にあるものを覚えるには金などいらないが、各地のチーズを調達するには金がかかる。少なくともアルサスでは無理だ。

「日ごろの積み重ねが大事という点では、同じかもね」

ミラが苦笑まじりにそう言ったので、うなずいておくことにした。

「それにしても、このチーズは炙って肉にかけてもうまいかもしれないな」

パンをかじりながらそう言うと、リュディが眉をひそめた。

「炙るのはいいとして、肉にかけるのはどうかと思います。チーズはチーズ、肉は肉で味わうべきではありませんか」

「肉にかけたことはないのか？」

聞くと、リュディは論外だというふうに首を横に振る。ティグルは楽しそうに笑った。

「よし、さっそく試してもらおう。もし口に合わなかったら、残ったものは俺が食べる」

さきほど見た露店の中には、ティグルが知っているチーズを扱っているところもあった。ミラとリュディをともなってその店に行き、てきとうな大きさに切ってもらって買う。

次に、羊肉の串焼きの露店に行った。串焼きを買うついでにチーズを炙ってもらう。

店から離れたあと、ティグルはチーズを傾けて串焼きに垂らした。その光景にリュディが顔を引きつらせる。彼女は眉をひそめてミラに聞いた。

「あなたは平気なんですか？」

「食べたことあるもの」

ミラは肩をすくめる。それから、彼女は思いだした。四年前も似たような光景があった。

オルミュッツの城下の町で、ミラは火酒（ウォトカ）をたっぷり入れた魚スープ（ウハー）をティグルに勧められ、二人で食べた。そして、酔っ払ってしまったミラはティグルに背負われて、兵たちに見つからないよう公宮に帰ったのだ。

チーズをかけた串焼きを口に運んだリュディが、表情を変える。「どうだ？」と、ティグルに聞かれても答えず、味わうようにゆっくりと咀嚼した。肉を飲みこんで、やっと口を開く。

「好き嫌いのわかれる味ではないでしょうか……」

そう言うと、再び串焼きをかじった。肉を飲みこんでから、ティグルを見る。

「やはり、ティグルは私に未知への扉を開いてくれるんですね」

「おおげさだな。俺にしてみれば馴染みの食べ方だよ」

ティグルの返答に、リュディは考えこむ様子を見せてから、串焼きの残りに取りかかった。

宿に泊まって身体を休めた翌日の早朝。

町の外にある小さな森の中で、ミラとリュディは竜具（ヴィラルト）と剣をかまえて向かいあっていた。

どちらの表情も緊張感に満ちている。両者とも一流以上の戦士であるために、狙いを誤れば怪我を負わせるどころか、相手の命を奪いかねないからだ。

この真剣勝負のような手合わせは、リュディから頼んだことだった。

「バシュラルと戦って、どう思いましたか？」

昨夜、夕食をすませたあとで、リュディがミラに聞いた。

「まともにやりあう相手じゃないわ」

ミラは首を横に振った。バシュラルの強さはあまりに人間離れしている。竜技を正面から叩きつけるならともかく、戦士としての自分では及ばないだろう。

「私もそう思います。でも、私にとっていつかは戦わなければならない相手であり、戦うからには勝たねばなりません。何としてでも倒すために、力を貸していただきたいんです」

真剣で手合わせをしてほしい。

彼女はそう言った。昨日の朝に言ったお願いとは、このことだったのだ。

「真剣って……。私にラヴィアスを使えっていうの？」

驚くミラに、はっきりとリュディはうなずいた。瞳には固い決意がうかがえる。

「ただの棒でもあなたが振るえば充分に危険でしょう。でも、本物の槍の恐ろしさにはやはりかないません。あの男に剣を届かせるには、ただ鍛錬を重ねるだけでなく、より感覚を研ぎ澄ませる必要がある。そう思います」

町の様子を見てから決めたのは、血止めや解熱、刃物による傷にきく薬草の類が充分に確保できるか、確認したかったからということだった。

「わかったわ」

ため息まじりにではあったが、ミラはすぐに答えた。ティグルが気遣う顔で彼女を見る。

「いいのか……？」

「旅の途中でやることじゃないけどね。ヴァタン伯爵に会うことを考えれば、なおさら」

おおげさに肩をすくめたあと、ミラは青い瞳を戦意で輝かせた。

「でも、バシュラルといつか戦わなければならないというのは、同じ気持ちよ。あなたにかけられた疑いのこともあるもの。少し危ない橋を渡ることで、可能性を少しでも上げることができるというなら、つきあってあげる」

「ありがとうございます。多少の傷なら、諸侯の兵を切り抜けてきたと言えば問題ないと思います。実際、一度は撃退しているわけですから」

嬉しそうにリュディは笑ったものだった。

そしていま、二人は戦士として対峙している。

ティグルは審判役として、離れたところでミラたちを見守っていた。足下には黒弓と矢、それから怪我の手当てをするための布や薬草やらを入れた木桶が置かれている。

「はじめ！」と、ティグルが叫んだ。ミラとリュディは同時に動く。

涼気を唸らせて、ミラが槍を繰りだす。止める気配のない、相手の顔を狙った一撃だ。リュディは上体をそらしてかわし、ミラの腕が伸びきる瞬間を狙って剣を突きだした。ミラは身体をひねって避けながら、後ろへ跳ぶ。リュディは身を低くして突進した。

穂先と刃がぶつかりあう。リュディの豪胆さに、ミラは驚嘆せずにはいられなかった。

——槍を使う私に対して、よく突っこめるわね。

ミラは戦い方を切り替えた。足を止めて、浅い突きを立て続けに放つ。リュディはたまらず距離をとったが、すぐにミラの周囲を駆けまわって、死角をさがしはじめた。

——だいたいの人間はそうするのよね。

あえて隙を見せる。リュディが足を緩めた。

必殺の一撃を叩きこむべくミラは地を蹴る。リュディは右へ跳びながら剣を振りあげた。切られた数本の髪が舞い、数滴の血が飛んだ。ミラの槍はリュディの左耳をかすめ、リュディの剣はミラの左頬を浅く斬る。青と碧と紅の瞳が交錯し、相手の戦意が沸騰していることを二人は同時に感じとった。

足下を狙って放ったミラの突きを、リュディは剣で下からすくいあげようとする。

ミラはすかさず槍を引いて彼女の剣をかわしたかと思うと、ぐるりと回して横から槍の柄を叩きつけた。リュディは空いている右手で槍の柄を受けとめ、気合いの叫びとともに鋭く踏みこむ。ミラの胸元を狙って剣を突いた。

　ミラは槍を手放して地面に伏せ、リュディの剣をかわす。そして、足払いを仕掛けた。驚いたリュディが慌てて横に跳ぶのを見てから、余裕のある顔で落ちてきた槍をつかみとる。

「いまのは卑怯ではありませんか？」

　額に張りつく前髪をかきあげ、呼吸を整えながら、リュディが苦情を述べた。手で汗を拭いながら、ミラは笑みを浮かべて応じる。

「真剣勝負がしたいんでしょ？　バシュラルは元傭兵だそうだし」

　リュディは赤面した。「そうですよね」と、小さく頭を下げて、剣をかまえ直す。

　二人は間合いをはかって、正面から槍と剣をまじえ、おたがいに位置を入れ替え、すぐにまた刺突と斬撃を放つ。相手の呼吸を読み、視線を観察し、わずかな動きにも注意を払う。

　鮮血。今度はミラの額とリュディの肩から。審判役のティグルは険しい表情で目を凝らし、続けさせようと決めて口を真横に引き結ぶ。

　突く。叩く。薙ぎ払う。斬る。弾く。打ち落とす。二人は知るかぎりの技術を駆使して槍と剣を振るい、さらにわずかな可能性を見出して体当たりを仕掛け、蹴りを放った。槍の石突きや剣の鍔でさえ攻撃と防御に用いた。

　少しずつ、相手の動きが読めてくる。雑念が消え、どうすれば目の前の相手に勝てるかということだけを考える。攻撃を予測し、対応を考え、それに相手がどう反応するかを予測して、武器を振るう。大気の唸りから、相手の攻撃の軌道をつかむ。

槍と剣をせめぎ合わせて、おたがいに後ろへ飛び退る。その瞬間、ティグルが叫んだ。

「そこまでだ！」

ティグルは持ってきた黒弓に矢をつがえている。なおも戦いを続けるようなら、彼女たちの足下に矢を放って制止しようと考えていた。

二人はかまえを崩して武器を下ろす。ミラはリュディに笑いかけた。

「少しは何かの足しになりそう？」

「わかりません」

素直すぎる返答を、リュディは笑顔でした。「でも」と、続ける。

「私とあなたが二人がかりで挑んだら、勝てるんじゃないかと思えてきました」

「それは楽観的すぎるわ」

ミラは肩をすくめた。ティグルが走り寄ってきて、水に濡らした布でミラの傷を拭う。

「大きな怪我がなくてよかった。見てる側としては肝が冷える思いだったよ」

「ごめんなさい」

謝罪の言葉を口にしつつ、ミラはティグルにだけ見えるようにくすりと笑いかける。

「あなたに手当てをしてもらえるのなら、またやってもいいかもしれないわ」

「俺としては勘弁してほしいところだが……」

薬草を取りだして傷口に押し当てながら、ティグルは困った顔になる。何度も危険な行動をとっている手前、強く言えないのだ。

薬草が傷口に沁みて、ミラは顔をしかめる。傷はすべて浅いが、思っていた以上に多い。戦士として全力で戦ってこうなのだから、やはりリュディはそうとうな使い手だ。

――勝てるかしら？

あらためて、考えてみる。二人がかりで挑んで、バシュラルに勝てるだろうか。

あの男は恐ろしく強い。ミラの知っている中では、ロランと同等か、それ以上の力量の持ち主だ。自分とリュディにロランを加えて、ようやく勝てるのではないか。

――何が起こるかわからないのが戦いだけれど。

もっとも、戦う前から幸運を期待すべきではない。それなら、自分とリュディでバシュラルの注意を最大限に引いて、ティグルに矢で狙ってもらう方がよほど建設的だ。

「これで、とりあえずはだいじょうぶだな」

考えごとをしている間に、手当てが終わったらしい。ティグルはミラの肩を軽く叩くと、今度はリュディの手当てをするために駆けていく。リュディは待ちかねたように笑顔でティグルを迎えた。こちらに歩いてくる気力もないほど疲労していたのだ。

頰を緩ませてティグルの手当てを受けているリュディを見ていると、やはり面白くない気分になってくるのだった。

エルネの町に浴場はない。だが、ティグルたちが泊まっている宿には浴室があり、代金を払えば湯浴みができる。

浴室といっても、それほど上等なものではない。大人でも楽に入れる大きさの水瓶が二つ、湯を満たした状態で置かれているだけだ。利用者は獣脂を煮込んだ石鹸と木桶を渡されて、手前にある更衣室で服を脱ぎ、浴室に入る。

浴室の床は石造りで、かすかな傾斜があり、四隅に穴が開けられていて、水瓶からあふれた湯は穴に流れていくという仕組みだ。

窓はなく、更衣室と浴室をつなぐ扉の内側には閂が設置されている。

宿に戻ったミラとリュディは、早々に湯浴みをすませることにした。着ていた服は宿の主人に洗濯を頼んである。替えの服は買ってあるので問題はなかった。

蒸気が濛々(もうもう)とたちこめる中、二人はそれぞれ水瓶に肩まで浸かり、髪を手で梳いた。湯が傷口に沁みるが、痛みの加減でたいした傷ではないともわかる。

しばらくは湯のはねる音と、水瓶からこぼれ落ちる音だけが響いた。

ミラが水瓶から出て、身体を軽く洗っていると、湯煙の奥から声をかけられた。

「ちょっといいですか、ミラ」

「どうしたの」

「ティグルのことですが、何かおかしなことはありませんか？」

唐突な上に、漠然としすぎていて、ミラとしては「さあ」と、反応するしかない。

「私の思い過ごしならいいんですが、どうもティグルはミラをじろじろ見ているような、そんな気がしてしまって。ジスタートにいた間も、何か失礼なことをしていないかと」

そういうことか。ミラは安堵の息をつく。とりあえずごまかしておこう。

「どうかしら。私はとくに気にならないけど」

「その、そういう目で見られても、ですか？」

ためらいがちに、リュディは聞いてきた。相手がティグルなら当たり前よと答えたくなるのをこらえて、あたりさわりのない返事をする。

「知らないひとならともかく、ティグルのことはよくわかってるから、呆れたり、腹が立ったりはするけど、それだけね。あなたはどうなの？」

わずかな間を置いて、苦笑まじりのリュディの声が聞こえた。

「何度かティグルの目が胸元や脚に向いていることに気づきはしましたが、恥ずかしいとは思っても、いやとは思わなかったですね。男の子だから仕方ないというか」

あとで想い人を詰問しようとミラは決めつつ、こう言っておくのは忘れなかった。

「現場をおさえたときはしっかり叱った方がいいわ。調子に乗る、気がするから」

「そうですね。次はそうします」

それから五つ数えるほどの間を置いて、再びリュディの声が聞こえた。

「すみません。もうひとつ、相談したいことが」

こちらが本題ということだろうか。ミラは、「どうしたの」と返して先を促した。

「ティグルのあの弓の力は、戦場で使うことはできるんでしょうか」

「やめておいた方がいいわ」

ミラは即答した。あれを見たら、ふつうはそう考えてしまうだろうと思いながら。

「なぜですか？　そういえば、あなたも竜具の力は諸侯の兵に使っていませんでしたが」

「バシュラルには使ったわ。不意を打つために、少しだけね」

苦笑したが、ミラはすぐに笑みを消して真剣な表情になる。

「これは母の受け売りだけど、強すぎる力を見せると、それを求め続けられてしまうのよ。そのうち、誰もがその力に頼りきるようになる。力しか見なくなり、使い手を顧みなくなる」

身体を流し、水瓶に浸かりながら、ミラは言葉を続けた。

「ティグルの場合、ティグルではなく、弓の力を使う道具として求められ、それ以外のすべてを不要なものとして扱われるようになるわ」

わずかな沈黙を先立たせて、苦い声が聞こえた。

「それは、ジスタートが長い時間を培って得た教訓ですか」

「そんなおおげさなものじゃないわ。それと、力に頼りきるようになると、何らかの理由でそ

れが失われたとき、総崩れになる。これはわかるでしょう？」

「ええ」と、か細い声が聞こえた。ややあって、ため息まじりにリュディが言葉をこぼす。

「ティグルにどう報いればいいのか、それを考えていたんです」

「先走るわね」

「わかっています。あの力を目にして、ちょっと冷静さを失っていたみたいですね。この戦いが終わっても、我が国における、弓を臆病者の武器として蔑(さげす)む風潮はなくならないでしょう。でも、ティグルにかぎっていえば、あの弓の力を見せればと……」

　いま、この話を聞いてよかったとミラは思った。

　リュディが誰にも相談せず、先走っていたらどうなっていたか。

「ティグルは絶対に充分な武勲をたてるわ。誰も異論を唱えられないほどの。濡れ衣だって晴らす。だから、いまから気にする必要はないわよ」

　力強く、ミラは断言する。そのために自分はここにいるといってもいいのだ。

――そうでないと、蒼氷星(シズリート)に矢が届かないもの。

　正当な評価は期待できないとしても、せめて一定の賞賛は与えられるべきだった。

「ありがとうございます」

　安心したような声で、リュディが言った。

「私は、ティグルの力になりたいんです。ティグルはいつも私を助けてくれた。昔、二人で野山を駆けまわったから、私の世界は広がった。馬を乗りまわそう、剣も学んでみようという気になって、殿下が護衛にしてくださった」

私もそうよ。声には出さず、ミラはつぶやいた。

ティグルに会って、公宮を、城下の町を、オルミュッツの大地を二人で歩き、駆けた。

ミラの世界はどれほど広がり、鮮やかに彩られただろう。幸せな想いが、喜びが、悲しみや怒りの記憶が、かけがえのない宝物として心に刻まれてきただろう。

だが、ミラはそれを口にせず、水瓶から立ちあがる。湯が波打って床に流れ落ちた。

「私はもう出るけど、あなたはどうするの？」

「もうちょっとだけ浸かっています」

「湯あたりしないようにね」

ミラが浴室を出て、扉を閉める。リュディは水瓶に浸かって、考えごとにふけっていた。

ティグルが更衣室に現れたのは、それから一千を数えるほどの時間が過ぎたころだ。

部屋で弓の手入れをしていたら、隣室の扉が開き、閉まる音が聞こえたので、ミラたちが湯浴みをすませたと思ったのだ。

浴室の閂についてはわかっているので、扉を軽く押してみる。

閂がかかっている様子はない。誰もいないと判断して、服を脱いだ。

水瓶に浸かっていたリュディが、浴室の外にひとがいることに気づいたのは、このときだ。ミラが出たあと、閂を放っておいたままであることを思いだしたのも。

ティグルが浴室に足を踏みいれたのと、水瓶から勢いよく飛びだしたリュディが慌てて扉に駆けてきたのは、ほとんど同時だった。

目が合って、ティグルはぎょっとした顔になる。

リュディも驚きのあまり、とっさに声が出せないようだった。手に持っている布でとっさに身体を隠そうとしながら、混乱しているのか意味もなく布を上げ下げする。

ティグルもどう反応したものかわからず、白い裸身から目を離すこともできずに、その場に立ちつくした。昔、見たときよりも、リュディは女性としてはるかに成熟した身体つきをしている。過去の情景と目の前の光景が頭の中で交差して、身体中が熱くなるのを感じた。

「だ、だっ、だめ、だめっ……!」

ティグルに背を向け、リュディが水瓶に向かって駆けだす。一歩目で獣脂の石鹸を踏みつけて勢いよく体勢を崩した。手にしていた布が空中に舞う。

ティグルは両手を伸ばして、とっさに彼女の腰をつかんだ。支えようとして引き寄せると、白い尻に自分の腰がぶつかる。熱くなった身体の一部が、彼女の太腿をかすめた。

「ひゃっ⁉」と、可愛らしい悲鳴をあげて、リュディが身体をひねる。空中に飛んでいた布が彼女の尻に落ちた。自分が尻を押しつける格好で、全身をあますところなくティグルにさらけだしていることを理解すると、顔が真っ赤に染まる。

「は、は、はな、はやや……」

放してくださいと言おうとして、舌をもつれさせながら、リュディは脚をばたつかせた。ティグルとしては彼女から手を離すこともできず、どうにか落ち着かせようとするのだが、こちらも混乱していて上手くいかない。

そのとき、更衣室からミラの声が聞こえた。

「リュディ、まだ入ってるの？」

心配になって、様子を見にきたらしい。ティグルはおもわずリュディから手を離し、リュディは弾かれたように床を駆けて、勢いよく水瓶の中に飛びこんだ。

「す、すまない……」

ティグルは謝ると、覚悟を決めて更衣室に戻る。

湯の中に顔の半分近くまで浸かりながら、リュディは答えない。彼女の顔を火照らせている熱は、なかなか引いてくれなかった。

†

太陽が西の果てに達して空を朱色に染めあげたころ、ひとりの若い騎士が、全身を引きずるように草原を歩いていた。

兜はなく、髪は乱れ、顔は土と汗とで汚れている。拭う余裕もないほど消耗しているようだった。手にしている剣は半ばから折れ、身につけている甲冑は傷だらけだ。

時折、立ち止まり、肩を落としてため息をついては、気を取り直して懸命に足を動かす。

彼は、ナヴァール騎士団に所属する騎士だった。ロランが城砦を捨てた夜、レグナス王子を守って北へ駆けだした者たちのひとりである。だが、暗がりの中で味方からはぐれ、さらに敵の目から逃れてさまようち、見知らぬ草原に出たのだった。

最初に立ち寄った村が、バシュラル率いる連合軍の支配下に入っていたのが、彼の不運だったといってよい。

捕まりそうになったところをかろうじて逃げだしてから、彼は食糧を手に入れるとき以外、なるべく村や集落に立ち寄らないようにしていた。

遠くに兵の影が見えただけですぐに身を隠し、あるいは大きく離れて、寝るときは木の上など目立たないところを選んだ。そのような経緯から、彼はいまだにラニオン城砦にたどりつくことができず、草原を歩いている。

ふと、彼は足を止めた。十の人影がこちらへ近づいてくる。

野盗かと思って剣を握りしめたが、力が入らない。逃げようにも、見晴らしがよすぎる。何より、疲れきった身体は思うように動いてくれなかった。体勢を崩して尻餅をつく。

人影は、諸侯の兵たちだとまもなくわかった。彼らは獲物を見つけた喜びに口元を歪め、まっすぐ歩いてきて騎士を見下ろす。彼らの目には獰猛な光が輝いていた。

ひとりに顔を蹴られる。形式的な尋問をするつもりすらないらしい。騎士は地面にうずくまって、無意識のうちに頭を抱えた。

だが、二撃目はこなかった。草を蹴る軽快な足音が近づいてきて、自分のそばで止まる。

「よってたかっていじめちゃ駄目！」

子供のような言葉遣いの、若い娘の声がした。

次いで、金属同士を擦りあわせる涼やかな響きが耳に届く。

「どのような理由があるのかは知らないけれど、見過ごすこともできないわね。何もせずに帰るなら、見逃してあげるわ」

落ち着いた、それでいて凛とした強さを感じさせる声が、頭上から聞こえた。複数の下卑た笑声が、周囲に広がる。これは自分を囲んでいた諸侯の兵たちのものか。

顔をあげる。自分をかばうように、二人の女性が立っていた。

ひとりは金色の髪を腰まで伸ばし、緑と白を組みあわせたドレスをまとって、黄金の錫杖らしきものを持っている。護身用の武器にしてはいささか派手に思えた。

もうひとりは鮮やかな赤い髪をした旅装の娘だ。右腕の袖が風に揺れている。どちらも息を呑むほどの美貌の持ち主だった。

　まさか、二人で十人もの兵に立ち向かおうというのか。いくらなんでも無謀すぎる。

「に、逃げろ」

　必死に声を絞りだして、彼女たちに呼びかけた。二対十でかなうわけがない。彼女たちが捕らえられたら、口にするのもおぞましい結末が待っているだろう。

「だいじょうぶ」

　赤い髪の娘がこちらを振り返り、地面に膝をつく。左右で色の異なる瞳が印象的だった。

　直後、鉄がひしゃげ、肉と骨の砕ける鈍い音が響いた。騎士は顔をあげ、視界に飛びこんできた光景に目を疑う。二人の兵が、金髪の女性の錫杖をくらって倒れるところだった。

　倒れた兵たちは、それぞれ鼻と顎を砕かれて痙攣している。

　金髪の女性がこちらを振り返った。緑柱石の瞳が優しげな光を湛えている。

「大きな怪我はなさそうね。もう少し待っていてちょうだい。リーザ、彼をお願い」

　リーザと呼ばれた赤い髪の娘は、こくりとうなずいた。

　他の兵たちは呆然とし、次いで色めきたって剣を振りあげたが、金髪の女性は動じることなく錫杖を振りまわす。一閃ごとに二人か三人の兵士が地面に叩きつけられ、まさしく瞬く間に彼らは一掃されてしまった。およそ戦いと呼ぶようなものではない。

　不思議としか言いようのない光景だった。十人もの兵を打ち倒したというのに、金髪の女性は前髪を直したぐらいで、呼吸ひとつ乱れていなかった。

「はじめまして。わたくしはソフィーヤというの。あなたは？」

　騎士は答えようとしたが、死ぬという絶望感が、助かったという安堵感に変わったせいか、声が出てこない。のしかかってきた疲労感に、意識を手放した。


　気を失った騎士を、ソフィーは気の毒そうに見下ろした。何があったのかは知らないが、傷つき、疲れ果てた姿から、休むことなく歩き続けてきたのだろうということはわかる。

「でも、このひとからは話を聞けそうね」

　ブリューヌに着き、王都に向かうべく南下をはじめた二人だったが、旅ははかばかしくなかった。いくつかの街道が洪水によって通れなくなっていた上に、それ以外の街道ではブリューヌ軍の姿をよく見かけたからだ。

　一度など見つかってしまい、茂みの奥へ連れこまれそうになった。もちろんそういった手合いには触れることすら許さず、竜具（ヴィラルト）である光華（ザート）でひとり残らず打ち倒したが。

　ともあれ、戦姫である自分たちがブリューヌにいることを知られるのは問題がある。野盗や獣に襲われる危険を承知の上で、二人は街道から離れた。それが昨日のことだ。

　ここを通りかかったのは偶然だが、騎士を助けたのはリーザ――エリザヴェータの意志によるものだ。こうしていっしょに旅をするようになってわかったが、彼女はたったひとりの人間が集団で暴行を受けている場面に遭遇すると、何も考えずに飛びこむようだった。

もちろん囲まれている側が悪いという場合もあり、何度か揉めごとになったこともあったのだが、彼女の優しさはソフィーにとって好ましいものだった。

「ソフィー、どうするの？」

リーザが騎士を心配そうに見つめながら聞いてくる。今日までの間に、彼女とソフィーは愛称で呼びあう仲になっていた。

「ひとまず、ここから離れましょうか。悪いけど荷物を持ってちょうだい」

ソフィーの言葉に、リーザは「わかった」と、素直に答えた。

──先のことはわからないわね。

いまのソフィーは、何とかしてリーザに記憶を取り戻させ、戦姫である彼女とあらためて言葉をかわしたいと思うようになっていた。

かつて、ジスタートで目にしていたリーザは、ひとを寄せつけようとしない娘だった。

いまのリーザから受ける印象はまったく違う。彼女は素直に笑い、怒り、動きまわる。

自分が知らないだけで、もしかしたら戦姫であったころの彼女にもこのような一面があったのかもしれない。そう思うと、自然と笑みがこぼれた。

騎士が身につけている甲冑をすべて外して、ソフィーは彼を背負う。

自分たちの荷袋はリーザが持った。ソフィーとしては、右手のないリーザにあまり力仕事をさせたくないのだが、彼女は意外にも力持ちで、二つの荷袋を左手で苦もなく持ちあげる。

夕陽を横目に、二人は歩きだした。

リーザの鼻歌を聴きながら、ソフィーは考えを巡らせる。

──今日までに聞き集めた話をつなぎあわせると、ずいぶん大きな網が張られているようね。

誰かを捕らえようというかのように、街道ごとに兵士が配置されている。さきほどの兵たちもその類だろう。

──先走りは危険だけど、ブリューヌが想像以上に不穏なのは間違いなさそうね。

隣のリーザを見る。この娘だけは守らなければならない。

彼女をここへ連れてきたのは自分だ。それに、彼女に何かあればルヴーシュが混乱に陥る。

ブリューヌとジスタートの関係にも歪みが生じるだろう。

──それ以上に、わたくしはリーザに傷ついてほしくないわ。

苦笑する。自分がそんなことを思うようになるとは、世の中はわからないものだ。

リーザがきょとんとした顔でこちらを見た。ソフィーが不意に笑ったのを不思議に思ったのだろう。「あなたがいてくれて助かるわ」と、礼を言うと、リーザは微笑を浮かべた。

暗くなっていく空の下、二人の戦姫とひとりの騎士は、草原を歩いていった。

4 裏切りと信頼と

ヴァタン伯爵の屋敷は、エルネの町から一刻ほど馬を進めたところにある。

ティグルたちはエルネで新たに一頭の馬を買い入れ、それぞれ馬に乗って伯爵の屋敷に向かった。ただし、屋敷が見えてきたところで侍女役のミラだけは自分の馬から下りる。侍女が単独で馬に乗るのは不自然だからだ。こちらはリュディの予備の馬ということにした。

そして、ミラはティグルと同じ馬に乗る。

ごく短い時間ではあったが、ミラはささやかな幸福を味わうことができた。

伯爵の屋敷は飾り気こそないが、屋敷を囲む塀は厚く、前庭は手入れがなされており、兵たちの動きもしっかりしている。

リュディはすぐにヴァタンの部屋に通されたのだが、意外にもミラの同席が認められた。

「予備の馬まで用意するとは、重要な話のようだ。供の者がそばにいた方がいいだろう」

そのように伯爵が気遣いを見せたのである。

小姓役のティグルは別室で待機することになったが、むしろ安心した。ミラがそばにいてくれるなら、リュディの身にめったなことは起こらないだろう。黒弓にはラヴィアスの位置をさぐりあてる力がある。何かが起きても自分が動ければ合流は難しくない。

こうして、ミラとリュディは応接室でヴァタンと顔を合わせた。

ヴァタンは今年でちょうど四十になる。中肉中背で、顔つきといい服装といい地味な印象を与える男だが、こちらへの配慮などを考えると、温厚な人柄の持ち主のようだ。

リュディは挨拶もそこそこに、さっそく本題に入った。

レグナス王子とロランがいるときにナヴァール城砦が襲われたことを話し、バシュラル、ガヌロンと戦うべく力を貸してほしいと頼みこむ。

そこまでは事実だったが、彼女の話はここから大きくふくらみはじめた。

まず何人かの諸侯の名をあげ、彼らとはすでに話をして、協力を取りつけてあると言い、さらにいくつかの騎士団もラニオン城砦に集結する手はずになっていると付け加え、彼らの兵を借りて王都に伝令を放ったので、数日中に国王はすべてを知るだろうとまで言ったのだ。

しかもロランが行方不明であることは伏せている。

「いま、殿下はナヴァール騎士団と行動をともにしています。この国において、ロラン卿のそばほど安全なところはないと言っていいでしょう」

ミラは内心で呆れながらも、伯爵に違和感を抱かれないよう精一杯神妙な顔をつくった。

――さすが公爵家だわ。普段はともかく、いざとなればこれぐらい言えるのね。

話を聞き終えたヴァタンは、さすがに慎重な反応を見せた。

「リュディエーヌ殿の言うことが事実であれば、ガヌロン公爵のやっていることは、王国の臣として許されるものではない。だが、この場で即答できるものではないな……」

一晩考えさせてほしいと言い、ヴァタンはリュディに泊まっていくよう勧めた。

「ありがとうございます。ですが、私は他にも話をすべき方がいまして……」

「それはわかる。だが、長旅で疲れているだろう。遠路はるばる来てくれたあなたに粗末な対応をしたなどと思われては、あなたの母上に申し訳がたたないのだ」

そこまで言われると、リュディとしても断りづらい。礼を述べて善意を受けいれた。

ティグルとミラは、屋敷で働く従者たちの部屋のそばに、一室を割り当てられる。

夕食も出された。パンと小さな炙り肉、野菜くずと豆のスープだ。突然やってきた客の従者への食事としては妥当なものだろう。

夕食をすませて一刻以上が過ぎたころ、ティグルとミラはリュディに呼びだされて、彼女の部屋に向かった。リュディは伯爵の用意した夜衣ではなく、いつもの服を着ていた。

「屋敷を出ましょう」

開口一番、リュディは寂しそうな笑みを浮かべた。ティグルたちに頭を下げる。

「ごめんなさい。私では伯爵を説得できませんでした」

「断られたのか？」

ティグルが聞くと、リュディは首を横に振る。

「まだお返事はいただいていません。ですが、この時間までにないということは、おそらく断るつもりでしょう。それはそれで正しい判断です」

「盛りすぎたんじゃない？」

ミラがなぐさめるように笑った。リュディはいつものように得意げに胸を張る。

「あれぐらいは当然です。伯爵の反応も見られますから。母への義理を通したいという伯爵の要望に応えて、食事と一夜の宿をいただきましたが、これで充分です」

「よし、次はロアゾン城砦だな」

彼女を励まそうと、ティグルはことさらに明るい声を出した。リュディも気を取り直し、銀髪を揺らしてうなずく。落ちこむよりも、次の手に移るべきだった。

「ロアゾン城砦は、ここから北東に二日ほど行ったところにあります。ロアゾン騎士団は八百ほどで、味方にできれば心強いですね」

「じゃあ、そこへ向かいましょうか」

三人はそっと部屋を抜けだす。ティグルとミラの荷物を回収するため、従者用の客室へ戻った。すばやく荷物をまとめたとき、部屋の外で複数の足音が聞こえた。

三人は無言で視線をかわす。何が起きているのかを、ティグルたちは瞬時に悟った。

リュディは苦い顔をして、腰に下げた剣を抜き放つ。ミラはラヴィアスをかまえ、ティグルは二人の後ろに立って、黒弓に矢をつがえた。

勢いよく扉が開け放たれる。そして、剣を持った兵士が三人、猛然と飛びこんできた。

彼らは異変に気づいてすぐに足を止める。だが、遅かった。

ティグルが矢を射放って先頭の兵士の喉を貫き、リュディとミラが床を蹴って一息に間合いを詰め、それぞれひとりずつ打ち倒す。リュディは兵士を盾にしながら廊下へ飛びだした。

怒声とともに、二人の兵士がリュディに襲いかかる。

リュディは盾代わりの兵士を彼らに向かって突き飛ばしながら、剣を振るった。ひとりが兵士を受けとめてたたらを踏み、もうひとりはリュディに斬り伏せられて床に倒れる。それを確認してから、ティグルとミラも廊下に出た。

「伯爵！　これはどういうことですか！」

暗闇に包まれた廊下に向かって、リュディは叫んだ。廊下には松明の炎がいくつかゆらめいている。そのうちのひとつが前に向かってきた。ティグルたちから十歩ほど離れたところで前進を止める。剣と甲冑で武装したヴァタン伯爵が姿を見せた。

「残念だ、リュディエーヌ殿。おとなしく捕まってくれれば、こちらとしてもいろいろと配慮ができたものを」

「私の話を信じてくださらなかったのですか」

色の異なる瞳に純粋な怒りをこめて、リュディは伯爵に叩きつける。ヴァタンは笑った。

「いや、信じたとも。だからこそ好機だと捉えた。あなたの言う通りにレグナス王子が味方を集めているとしても、バシュラル王子とガヌロン公がそう簡単に追い詰められるはずはない。

そして、あなたの身柄ほど価値のある手土産もないだろう」

「王家に刃を向ける覚悟ができていると？」

「バシュラル王子も王家の一員ではないか。つまり、二人の王子が争っているだけのこと。ならば、いまや名ばかりの公爵家であるベルジュラック公爵と、北部の支配者であるガヌロン公爵のどちらにつくのが正しいか、子供でもわかる話だ」

ヴァタンの嘲笑に、リュディはあからさまな落胆の目を向けた。

「伯爵、あなたには失望しました」

大きくため息をついて、軽蔑した顔で言葉を続ける。

「客人としてもてなしながら闇討ちを仕掛ける卑劣さ、時勢の読めない愚かさ、我がベルジュラック家を名ばかり、などと罵倒する性根の醜さ。非常のときこそひとの本性が出るとはよくいったものですね」

「権威だけの存在に礼儀を払う状況ではなくなったということだよ」

話は終わったとばかりに、ヴァタンが手を挙げる。暗がりの奥で甲冑の音が鳴った。

同時に、ティグルの放った矢がヴァタンの手を貫いた。短い悲鳴をあげて手をおさえるヴァタンに、黒弓に新たな矢をつがえながら、ティグルは冷酷に告げる。

「次は額を貫く。あなたが逃げたり身を隠したりするより、俺の矢の方が早い」

ヴァタンの背後でざわめきが起こった。ヴァタンは苦しそうに顔を歪めながら、憎々しげにティグルを睨みつける。

「貴様、何者だ……？」

「ベルジュラック家に仕える弓使いの小姓だ」

このような相手に素性を明かす必要はないだろう。ティグルは淡々と続けた。

「あなたは売るものと、売る相手を間違えた。ガヌロンにベルジュラックを売るのではなく、ベルジュラックにあなたの武勇を売るべきだった」

「小姓ごときが何を偉そうに」

ヴァタンの後ろにいる兵たちの中から、ひとりの男が進みでた。

大柄で、先端が棘のついた球状になっている鎚矛を持ち、円形の盾をかまえている。身につけている甲冑もだいぶ質がよく、首や脇なども覆っていた。

「弓矢ごときでこの俺をどうにかできるか。やってみるといい」

やってやろうかとティグルは思ったが、それより先にミラが前に進みでた。

床を蹴ったかと思うと一瞬で間合いを詰め、鋭く槍を繰りだす。一撃目はあえて相手の盾を狙って体勢を崩し、二撃目は鎧の隙間を狙って太腿を突いた。三撃目で男の右手を叩いて、武器を落とさせる。反撃どころか、身をかわす余裕すら与えなかった。

「弓矢だけじゃないわよ、こちらは」

兵たちを見据えて、ミラは居丈高に言い放つ。ヴァタンは驚きと衝撃に身体を震わせた。

あらためてティグルは彼に狙いを定め、弓弦を引き絞る。

「――ここまでにしましょう」

ティグルを手で制しながら、リュディが進みでた。

「母はあなたを評価していました。母に免じて、一度は見逃します」

一瞬ためらったものの、ティグルは弓を下ろす。小姓と名のった以上、この場では彼女に従うべきだった。リュディはヴァタン伯爵を見据えて告げる。

「伯爵は計算ができる方でしょう。兵士をこれ以上死なせるよりも、私たちを黙って逃がす方がいいとおわかりになるはず。通してもらえますか」

ヴァタンの目が、リュディとミラ、ティグルの間を忙しく往復した。ミラに打ちのめされた兵士は、戦意をくじかれて座りこんでいる。他の兵たちも動揺していた。

「わかった。ただし、あなたはこの屋敷に来なかったことにしてほしい。それが条件だ」

「むしのいい要求ね」

冷淡な視線と口調でミラが応じる。だが、リュディはうなずいた。

ヴァタンが兵たちに道を開けさせる。リュディを先頭に、ティグルたちは堂々と廊下を歩いていき、屋敷を出た。厩舎で自分たちの馬を出し、鞍を載せてまたがる。

真夜中の草原を三頭の馬が駆ける。しばらくして、ヴァタンの兵が追ってこないことがわかると、誰ともなく馬足を緩めた。

「すみません。まさか、あのようなひとだったなんて」

力のない声でリュディが言った。さきほどは痛烈に伯爵を弾劾してみせたが、やはり衝撃は小さくないようだ。

ティグルはなぐさめの言葉をさがしたが、すぐに必要ではないことがわかった。

「人間が全部チーズだったら、もう少し目利きもきくのに……」

冗談だとしても、まだ余裕はありそうだ。ティグルは馬を寄せて、彼女の肩を叩いた。

「ああいう人間だとわかったのは収穫だ。それに、三人とも無傷で切り抜けることができたからな。リュディも夜中のうちに俺たちを呼んでくれて助かった」

「ありがとう、ティグル」

気を取り直して、リュディは強気な笑みを浮かべる。

「そうですね。前向きに考えましょう。伯爵に会えたおかげでわかったこともあります」

「わかったこと？」

ティグルは不思議そうな顔でリュディを見た。ミラは黙って二人を見守っている。

「まず、伯爵が私たちの敵にまわったのは、天秤にかけた結果ということです。ガヌロンに忠誠を誓っているわけではなく、私たちが優勢になれば、ガヌロンから距離を置くでしょう」

「たしかにそのようなことは言っていたが、伯爵の言葉を信じるのか？」

「伯爵は、途中まで迷っていたと思います。はじめから私たちを殺すか、捕らえるつもりだったのなら、食事に一服盛るなり、部屋に薬を仕掛けるなりしていたはずです。そして、この行動からもうひとつわかることがあります」

「ああ、わかった」

ティグルがうなずくと、リュディは楽しそうに、答えを促す視線を向けた。

「リュディが伯爵を説得するとき、ずいぶんと話を盛ったけど、伯爵はそれを嘘だと見抜けなかった。見抜いていたら、その直後に仕掛けてきたはずだからな。心のどこかで本当かもしれないと思ったんだ。北部の諸侯たちが一致団結しているわけじゃないのがわかった」

状況次第では、北部の諸侯の多くがガヌロンから離れるかもしれない。

楽観的に過ぎる考えだろうか。だが、切り崩しは有効だと信じる材料としては充分だった。

「さすがティグルです」

リュディは手を伸ばして、ティグルの頭を撫でる。それからはっとして、慌てて手を引っ込めた。気を取り直して、彼女は言った。

「ありがとう、ティグル。私に勇気を与えてくれて」

「俺は思ったことを言っただけで、勇気が湧いたとしたら、それは君自身のものだ」

ティグルはそう言ったが、リュディは首を横に振った。

「そうだとしても、気づかせてくれたのはあなたです、ティグル」

リュディは両手でティグルの手を包みこむ。色の異なる瞳に、万感の想いが輝いていた。

「ティグル、あなたに誓います。殿下をお助けして無事に王宮へ連れて帰り、殿下を脅かす敵を打ち倒すまで、私は諦めません。ええ、必ず成し遂げてみせます」

「その意気だ」

ティグルもリュディの手を握り返す。リュディは頬を赤く染め、表情を緩めたが、ミラの視線に気づいて慌てて手を離した。

「では、ロアゾン騎士団の城砦へ急ぎましょう」

右手を胸にあてて、左手で手綱を操りながら、リュディは馬を走らせる。ティグルとミラは顔を見合わせると、彼女に続いた。

リュディの背中を見て、ミラは不意に憮然とした顔になる。ティグルの手を握っているときの彼女の目が、少し気になったのだ。思い過ごしであってほしいと思った。

†

二日後の朝、ティグルたちは予定通りロアゾン城砦に到着した。

ここにいる騎士の数は約八百で、城砦としての規模は小さく、城壁も低い。だが、東と南には川が流れ、北と西には土塁が築かれており、手堅いという印象を感じさせる。

城門の前でリュディが名のると、すぐに騎士団長のブレソールが現れた。

中年の痩せた男で、顎に無精髭を生やしている。騎士というよりも小さな町の役人を思わせる冴えない風貌の持ち主だが、口の端に草をくわえた姿にはどこか愛敬があった。

「麗しいご令嬢がおいでになったかと思えば、リュディエーヌ殿ではありませんか」

「ブレソール卿、おひさしぶりです」

二人は親しいようで、ブレソールは三人を応接室に通してくれた。応接室は丁寧に掃除がされているようだが、テーブルと椅子が置かれているだけで、飾り気が一切ない。ただ、窓が大きいので室内は明るかった。

ブレソールは葡萄酒（ヴィノー）を満たした青銅杯をティグルたちに出したが、自身は水ですませた。

リュディはティグルをヴォルン家の嫡男（ちゃくなん）だと紹介する。ただし、ミラについては「友人のミラ」とだけ言った。さすがに戦姫であることは明かせないようだ。

人払いを頼んで四人だけになると、リュディはナヴァール城砦がバシュラルに攻められたことや、レグナスとナヴァール騎士団がラニオン城砦へ逃げたこと、ロランの行方がわかっていないことまで、すべて説明した。彼をかなり信用していることがうかがえる。

話を聞き終えたあと、ブレソールは小さく唸（うな）った。

「バシュラル王子はずいぶんと活発な方のようですな。冬に一度お会いしましたが」

「彼が何か言ったのですか？」

リュディが眉をひそめる。ブレソールは顎の無精髭をかきながら答えた。

「この城砦が何のためにあるのか、リュディエーヌ殿はご存じでしょう？」

「周辺の治安を守るためだと、前にうかがったことを覚えています」

「ええ。具体的には三つ。野盗やら獣がのさばらないようにする。東と南に流れている川で洪水が起きたら助けに行く。最後に、揉めごとの仲裁です。この城砦は、三人の諸侯の領地に囲まれていますからな。我々の仕事の大半は三つめです」

「十人の戦士を打ち倒せる騎士より、話しあいで揉めごとを解決できる騎士の方がよほど望ましいと、父は常々言っていました」

「あの方らしいおっしゃりようだ」

リュディの父を知っているらしいブレソールは苦笑したが、すぐに笑いをおさめた。

「ところが、バシュラル王子はこうおっしゃったのです。次の冬が来るまでに、この城砦は役割を終えるだろうと。なんでも婚姻政策によって、三人の諸侯の中でももっとも年長の子爵殿に強力な権威を与えるというんですな」

「それだけ聞くと、不思議なこととは思えませんが」

リュディは首をかしげた。対立している二人、ないし三人の諸侯がいるとき、ひとりに権威を与えてまとめ役に任じたり、それぞれの家の息子や娘を結婚させたりして和解させるのは珍しいことではない。公爵家の娘であるリュディは、そういう話を数多く見聞きしている。

しかし、ブレソールは首を横に振った。

「うちだけならともかく、他の城砦の者からも似たような話を聞きましてね。どうもバシュラル王子は、というか、ガヌロン公は、騎士団の仕事をすべて諸侯にやらせることで、我々を排除するつもりらしい」

「そんな……」

リュディは口ごもり、顔を青ざめさせた。ティグルとミラはいまひとつわからず、顔を見合わせる。「どういうことでしょうか」と、ティグルが聞いた。

「国境を守るナヴァール騎士団のような者たちは別として、我々のような小さな騎士団が国内に点在している理由は、おもに諸侯の仲裁にあります。監視といってもいいですが」

ブリューヌの騎士は王家によって任命され、王国に仕える。俸給も王国から支払われる。

そして彼らは王宮や、国内に点在する城砦の守りにつく。

国境に築かれた城砦は大きく、配置される騎士も多いが、主要な街道や、複数の領地がぶつかる位置にある城砦や騎士の数は、求められる役割によってまちまちだ。そして、国内の治安を守るという役目から、諸侯と衝突することは避けられなかった。

諸侯としては、「揉めごとの解決ぐらい自分たちでできるので、王家の代理人面して干渉しないでほしい」というわけだが、騎士としても「無用な争いを起こさせてはならない」と、命じられているので簡単に引き下がるわけにはいかない。

では、騎士と諸侯が険悪な仲なのかというと、必ずしもそうではない。諸侯の人柄や領民の気質を知っている騎士や、騎士の役目に理解のある諸侯は、おおむね相手の顔を立てるように事態を処理するからだ。むろん、そうでない者たちも少なくないが。

「騎士団がいなくなると、二つのことが起きます。ひとつは、諸侯同士の対立が増える。これについては、力のある諸侯が上からおさえればまあまあ解決できます。もうひとつですが、王家の影響力が弱くなる。——ガヌロン公の狙いは、それのように思えてならないのです」

「北部を完全に手中におさめるため、ということですか。ですが、あなたがたをここから永久に排除しようとしても、陛下が承知なさらないでしょう。テナルディエ公も反対するはず」

リュディがそこまで言ったところで、「待って」と、ミラが横から口を挟んだ。彼女は難しい顔をしてブレソールに尋ねる。

「バシュラル王子は、あなたがたに新たな役割を与えると言いませんでしたか？」

なぜわかったのかというふうに、ブレソールは顔をしかめた。

「どうしてそのようなことを？」

「リュディエーヌ殿が言ったように、騎士団を排除しようとしても、ファーロン王が反対なさるでしょう。では、他の役目を与える形をとって、北部から追いだせばいい。彼らがナヴァール城砦を狙ったのは、それもあったのではないかと考えられたので」

「ナヴァール騎士団を殲滅したあとで、城砦を他の騎士団に守らせようというわけか？」

驚愕を隠せない顔で、ティグルはミラを見る。

　バシュラルは、ロランとレグナス王子が自分を暗殺しようとしたと訴えているが、このような状況となったからには、ナヴァール騎士団を放っておくはずがない。ナヴァール騎士団も、団長のためにバシュラルと戦うことを望むだろう。

「それじゃ半分ね。及第点はあげてもいいけど」

　つい、いつもの調子で答えたあと、リュディとブレソールの視線に気づいてミラは表情を引き締める。二人を見ながら続けた。

「状況次第では、もっと積極的に動くと思います。ナヴァール城砦を拠点として、ザクスタンかアスヴァールへ侵攻し、領土を広げるというような。ザクスタンも、アスヴァールも、混乱から立ち直ったばかりですから、勝機はあります」

「……なるほど。バシュラル王子も、ガヌロン公も、自分たちが勝ったあとのことを考えて動いていると。バシュラル王子が我々にそのような命令を下すときは、レグナス王子を討ち、王位継承権を持たないという問題を乗り越えて、玉座を目前にしたときでしょうからな」

　ため息をつくブレソールに、ミラは控えめな口調で聞いた。

「現実味がないとお思いでしょうか」

「いえ、充分にありますとも」

　ブレソールは感心した顔でミラを見つめると、くわえていた草を指ですり潰した。

「リュディエーヌ殿はあなたのことを友人とだけおっしゃったが……。ただの友人というわけではなさそうですな」

ミラはティグルと、次いでリュディとも視線をかわす。ブレソールに向き直った。

「他言無用のこととしてください。私はリュドミラ＝ルリエ。ジスタートのオルミュッツ公国を治める戦姫です。わけあって、リュディエーヌ殿に力を貸しています」

騎士団長を務めるぐらいだから、ブレソールもそうとう肝の据わった男である。だが、さすがに唖然（あぜん）として、無精髭を意味もなく何度も撫でまわした。

「あなたの存在を喧伝できないのは残念なかぎりですな……。ところで、たったいま思いだしたのですが、ティグルヴルムド卿はジスタートに内通しているとか」

「そのような事実はありません。私が保証します」

リュディが力強く断言する。ミラもうなずいた。

こちらを値踏みするようなブレソールの視線を受けとめて、ティグルは口を開く。

「たしかに私はジスタートの戦姫たちと親しくしています。ですが、私の心から故郷が消え去ったことはありません。常にブリューヌのために行動してきたとは言えませんが、ヴォルン家のことは考えてきました。そして、父は王家に忠誠を誓っています」

「諸侯のご子息らしい答えですが、正直すぎる。もっと修辞を習った方がよろしい」

ブレソールの視線から冷ややかさが消えた。口元に笑みを浮かべる。

「はじめて会ったお二人を信用するとは言いませんが、リュディエーヌ殿の言葉を疑う気はありません。この方のひとを見る目を信じていますので。それで、私に何をせよと？」

リュディは笑顔になり、「ありがとうございます」と、深く頭を下げた。それから自分たちがやろうとしていることについて説明する。ブレソールはうなずいた。

「わかりました。近隣の諸侯や騎士団に使者を走らせましょう。ヴァタン伯爵を警戒する必要もありますな。まったく、あの方も頭が悪いわけではないのだが、欲がからむとな……」

呆れたような彼の言葉で、ティグルは気づいた。ヴァタンの領地は、ロアゾン城砦に接している。揉めごとの仲裁で二人はよく顔を合わせ、言葉をかわしているのだろう。

ブレソールにヴァタンを説得してもらえないだろうかと思ったが、リュディの様子をそっと横目でうかがって、やめておくことにした。

「ところでティグルヴルムド卿、戦姫殿。不躾な質問だが、あなたがたの得意なことは？」

だしぬけに問いかけられて、ティグルは戸惑った。

「弓矢なら自信があります。あと、狩りも。戦の経験もいろいろと」

「ほう、狩り。それはいい」

ブレソールは、それまで見せたことのないほがらかな笑みを浮かべた。

「こう言ってはなんですが、あなたがたが人柄、能力ともに信用に足る者であると示してほしいのです。具体的には、我々の仕事を手伝っていただきたい」

「私に手伝えるようなことでしたら、もちろんやらせてもらいますが」

ティグルはうなずいた。彼らの力を借りようというのだから当然のことだ。

「獣が人里に現れて畑を荒らしているという訴えが、三件ばかりありましてね。この時期にはよくある話です。本来なら諸侯が兵を出してかたづけるんですが、今年は洪水の被害への対処に追われているようで――」

それ以上、ブレソールは言葉を続けられなかった。ティグルが目を輝かせて、勢いよく身を乗りだしたからだ。

「やります！　ぜひ、やらせてください！　今日中に出発します！」

ミラとリュディは無言で視線をかわし、それぞれ苦笑をこぼした。

ベルジュラック遊撃隊（ファルタス）は、ようやく味方を得たのである。

†

宣言した通り、ティグルはその日のうちにロアゾン城砦を出発した。

ひとりではない。案内と護衛を兼ねて、ブレソールが十人の騎士をつけてくれた。

「全部かたづけるとなると、早くても九日か十日はかかるでしょう。無理はなさらずに」

そう言ってブレソールは送りだしたのだが、ティグルたちは五日後の昼過ぎに帰ってきた。

しかも、三つの訴えをすべてかたづけて。

　ティグルと騎士たちの報告を聞いたブレソールは面食らったあまり、口の端にくわえていた草を床に落としたものである。騎士のひとりなどは、ティグルのことをこう評した。

「赤狼(ルージュルー)ですよ、この若いのは。山の急斜面だろうが、道の途切れた森の奥だろうが、かまわず進んでいって、獣を仕留(しと)めて無傷で帰ってくるんですから」

　赤狼はブリューヌのおとぎ話に出てくる狼の妖精で、森や山を自在に駆けまわるといわれている。彼にとっては最大級の褒め言葉のようだった。

　また別の騎士は、呆れた顔で首をすくめた。

「弓矢ってのはあんなに遠くまで飛んで、しかも思い通りに当たるものなんですかね？　私の知っているものとだいぶ、いや、かなり違う気がするんですが……」

　この日までに、ブレソールはリュディとミラからティグルの弓の技量について話を聞いていたのだが、ブリューヌ騎士らしく、もともと弓に対する評価が低いということもあって、あまり信じていなかった。だが、成果を見せられれば信じざるを得ない。

「あなたを見誤っていたようだ。よろしく頼む」

　騎士たちの前で、ブレソールはティグルに握手を求めた。それは、ティグルをひとりの客人として扱うという意味だ。リュディの付き人という扱いでなく。

　はにかむような笑みを浮かべて、ティグルは彼の手を握りしめた。

自分に与えられた客室で一刻ほど休んだあと、ティグルはブレソールに呼ばれて応接室に向かった。先日と変わらず殺風景なその部屋には、冴えない風貌の騎士団長だけでなく、ミラとリュディの姿がある。椅子に座ったところで、隣のミラが笑いかけてきた。

「聞いたわよ。大活躍だったそうじゃない」

「私も鼻が高いです。さすが我が遊撃隊の副長ですね」

テーブルを囲むリュディも満面の笑みを浮かべている。

話を聞くと、二人もこの五日間、ブレソールを手伝っていたそうだ。

ミラは騎士団に持ちこまれた陳情のいくつかに助言を与え、また騎士たちの訓練につきあって武勇を認めさせた。素性を隠しているため、ベルジュラック家に縁のある謎の女騎士という扱いを受けて、評判になっているという。

「リュディが優れた剣士で助かったわ。おかげで、その点ではあまり怪しまれなかったの」

一方、リュディは近隣の諸侯や騎士団に手紙をしたため、他にも騎士たちをともなって近くの町や村を訪ねて、味方になるよう頼みこんだということだった。

「その結果、二つの騎士団と七人の諸侯が協力を約束してくれました。今夜にはこの城砦に到着するでしょう。ロアゾン騎士団と合わせれば、総勢五千になります」

「すごいじゃないか。たった五日でよくそんなに集められたな」

素直に驚いた。リュディは可愛らしく舌を出して、種明かしをする。

「実は、ブレソール卿が冬の間から他の騎士団や諸侯と連絡をとりあっていたんです。バシュラル王子が危険な行動に出たら、団結して対抗しようと。私は最後のひと押しをしただけで、ブレソール卿の功績です」

「そのひと押しが大事なのですがね、交渉では」

口にくわえた草を指で揺らしながら、ブレソールが皮肉めいた笑みを浮かべる。

「ベルジュラック家の名を出さなかったら、彼らも首を縦に振ることはなかったでしょう。危機感だけでは手を取りあえません。保証されるものがないと」

そのとき、ひとりの騎士が扉の外からブレソールを呼んだ。

彼は立ちあがって部屋の外へ出たが、すぐに戻ってきた。

「とんでもないことが起きました」

ブレソールの顔は青ざめ、その手は無精髭を盛んに撫でている。

「バシュラル王子の使者がやってきて、リュディエーヌ殿とティグルヴルムド卿の引き渡しを要求してきました。断れば、この城砦を攻めることも辞さないと。おそらく、もう軍をこちらに向かわせているでしょう」

ティグルたちは息を呑んだ。ミラが疑問を呈する。

「バシュラルは、どうやって二人がここにいることを知ったのですか？」

ブレソールの顔を暗い影がよぎった。

「昨日、王子は軍勢を率いてヴァタン伯爵の屋敷を襲ったそうです。伯爵やそのお身内、兵士や従者らをことごとく斬り捨てて、屋敷を焼き払ったとか……。どうもそのときに、お二人がここにいることを知ったようですな。もっとも、少し調べればすぐにわかったでしょうが」

冷静であろうと気力を奮いたたせたのか、台詞の後半からはとぼけた口調に戻っていたが、ブレソールの顔には険しさがにじみ出ている。

「彼らがヴァタン伯爵の屋敷を焼いた理由はいくつかあるでしょうが、我々に対する脅迫も含まれているでしょう。こうなりたくなかったら従え、とね。我々は以前から、バシュラル王子にもガヌロン公にも非好意的ですから」

「バシュラルはどのような理由で私たちを捕らえようというのですか」

怒りに顔を紅潮させながら、リュディが聞いた。

「リュディエーヌ殿はバシュラル王子に対する叛逆、及びロラン卿との共謀。ティグルヴルムド卿はジスタートへの内通というのが王子の主張です」

「一気に追い詰めてきたわね」

ミラが悔しげな表情になる。ヴァタン伯爵を訪ねたことも、この城砦に来たことも遠からず知られるだろうと思ってはいた。だが、これほど早いとは思わなかった。

「それにしても、バシュラルはラニオン城砦を攻めるつもりじゃなかったのか」

　ティグルは首をひねった。ラニオンが陥落したとは思わない。それなら、バシュラルはそのことも伝えて揺さぶりをかけてくるだろう。なぜ、急にこちらへ兵を向けてきたのか。

「攻めるのが難しいと考えて、北部の掌握を優先したのかもしれないわ」

「そんなところかな……」

　ミラの言葉に相槌を打って、ティグルはブレソールに尋ねる。

「敵の数はどれほどでしょうか」

「伯爵の屋敷を襲った兵は一千ほどだそうですが、すぐに引きあげるならともかく、我々と戦うつもりであるということは、全体で四、五千はいると思っていいでしょう」

　ブレソールの両眼に、熱い戦意がにじんでいることにティグルは気づいた。

　騎士としての矜持を傷つけられたというだけではない。おそらく、ヴァタンの死に対する怒りもあるのだ。ティグルと異なり、ブレソールは彼と長いつきあいがあったのだから。

「戦いましょう。ベルジュラック遊撃隊として」

　リュディが立ちあがって、まっすぐブレソールを見つめた。

「明日には、ここに五千の兵がそろいます。バシュラルはラニオン城砦を攻めるために主力を温存するはずですから、こちらに大軍を差し向けることはできません。勝算はあります」

「俺はリュディに賛成だ」

　ティグルもまた立ちあがり、ブレソールに歩み寄る。彼は自分を認めてくれた。いや、それ以前から配慮してくれた。狩りに同行してくれた騎士たちは、ティグルの弓をあからさまに馬鹿にする真似(まね)はしなかったからだ。人選に気を遣ってくれたのだろう。

バシュラルを討つという思いはもちろんあるが、この男の力になりたかった。

「もちろん私も協力します。謎の女騎士として、それなりに役に立ってみせましょう」

冗談めいた口調で、ミラが笑いかける。緊迫していた空気がやわらかいものになった。

「いまのうちに言っておきますと、私以外にもうひとり戦姫のあてがあります」

ミラが言葉を続ける。ややこしくなると思って、オルガのことは隠していたのだ。

「オルガ＝タムという者で、王都へ向かってもらっています。彼女は馬術に優れていて、予定通りならもう着いているころでしょう」

「身だしなみというのは、毎日整えておくべきですな」

くわえていた草を床に捨て、無精髭を撫でると、ブレソールは真剣な顔になる。

「ロアゾンの団長として、この日、このときにあなたがたがいてくれたことに感謝する」

深く頭を下げ、それからティグルたちとひとりずつ握手をかわした。

†

灰色の雲が空に薄く広がって太陽を隠し、地上の色彩を暗いものにしている。昼をだいぶ過ぎた頃合いだ。

焼き払われたヴァタンの屋敷から二十ベルスタ（約二十キロメートル）ほど東へ行ったところに、幕営が築かれている。バシュラルとタラードに率いられた北部諸侯の連合軍のものだ。紅馬旗（バヤール）と諸侯たちの旗が何本も掲げられ、風を受けてはためいていた。

総指揮官の、金糸をふんだんに用いた豪奢（ごうしゃ）な幕舎で、バシュラルは葡萄酒（ヴィノー）を呷（あお）っている。彼のそばには、憤然とした顔のタラードが腰を下ろしていた。葡萄酒を満たした硝子杯に手をつけようとせず、地面に敷かれた絨毯の模様を睨みつけている。

「いつまでそんな酒のまずくなる顔をしている」

空になった硝子杯を逆さに振りながら、バシュラルが仏頂面をつくった。

「ヴァタンの屋敷を焼いたのは、俺たちの意志じゃないだろう」

「だが、兵たちに焼けと命じたのは俺たちだ。女子供を斬るように命じたのも」

膝の上に置かれたタラードの拳は、やり場のない怒りに震えている。

十日前まで、バシュラルたちはナヴァール城砦に留まっていた。要請していた増援がやっと到着して、彼の指揮下にある兵の数は八千を超えたところだった。

ラニオン城砦を攻めるのであればともかく、城砦を包囲して孤立させるならこの数でも可能だと判断して、バシュラルは出兵の準備を命じた。

そこに、ガヌロンの使者が現れたのである。

暗い顔の使者は、暗い口調でガヌロンの「頼みごと」を伝えてきた。

ひとつ、ヴァタン伯爵の屋敷を襲い、そこにいる者を皆殺しにし、すべてを奪って屋敷を焼き払うこと。ひとつ、ロアゾン城砦を守る騎士団と、彼らに味方する者たちを討つこと。

使者が去ったあと、「ついに来たか」とバシュラルとタラードは陰鬱な声で吐き捨てた。

ガヌロンの禍々しい残酷さと、吐き気を催すような暴虐ぶりについて、二人はさまざまな話を聞いている。ガヌロンに逆らったために捕らえられ、大量の汚水を飲まされて死んだ男や、屋敷から逃げようとして見つかってしまい、野犬といっしょに鉄製の檻に閉じこめられて食い散らかされた娘の話など、おぞましいものばかりだった。

何より恐ろしいと思ったのは、ガヌロンがそうした行為を部下に強要するという話だ。だから、いつかはそのような「頼みごと」がくるのだろうと覚悟していた。

自分たちが、彼の忠実な操り人形であることを確認するために。

バシュラルは主だった諸侯を集めて、ヴァタンの屋敷を攻めることを告げた。

そして、約二千の兵を城砦の守りに残し、自分たちは六千の兵を率いてナヴァール城砦を発ったのである。

城砦を発ってからほどなく、バシュラルは連合軍を六つの部隊にわけ、自身はその中の一隊を率いてヴァタンの屋敷へ急いだ。諸侯たちの指揮能力を見たかったのと、六千もの大軍が混乱せずに進める街道がなかったからだ。

二日前に、バシュラルとタラードはヴァタンの屋敷に到着した。

「伯爵、おまえはガヌロン公爵に従おうとしない。平和なときであればそれもよいが、不穏な状勢にあってその態度は、国を脅かすものと判断する」

ガヌロンの使者が伝えてきた口上を、バシュラルはそのまま伯爵に告げた。

戦いは一方的にはじまり、一方的に終わった。

バシュラルはヴァタンを斬り、彼に従う兵たちも斬り捨て、降伏した者やヴァタンの家族さえも斬った。財貨の類をすべて奪って、屋敷に火を放った。

その後、バシュラルは屋敷から離れたこの地に幕営を築かせたのである。

「おまえは平然としているが、以前にも屋敷を焼いたことがあるのか？」

絨毯から視線を移して、タラードは庶子の王子を睨みつけた。バシュラルは笑みさえ浮かべて応じる。

「そうだとしたら？　俺が傭兵だったことは知っているだろう」

「おまえは、俺が名もなき漁村の生まれだったことを知っているだろう。海賊に襲われたこともあれば、ごろつきのような兵どもに女たちを連れていかれたこともあった」

「ありふれた話だ」

突き放すように鼻を鳴らして、バシュラルは続けた。

「俺に言わせれば、ヴァタンにも非はある。やつは長いことガヌロンに従わず、かといって対抗できる味方もつくらなかった。それに、あの面を見ただろう。ガヌロンに従うと言っていたが、俺たちが隙を見せたら、躊躇せずに全力で背中を刺しに来るぞ」

「ヴァタンについては同感だ。いまも中立の態度をとっている諸侯への見せしめという意図もわかる。だが、ひとり残らず斬る必要が本当にあったのか？」

「この軍に、やつの放った監視役がまぎれこんでいることはわかっているだろう」

バシュラルが声を潜めた。両眼に、野心の光が陽炎のごとく揺らめいている。

「やつの寝首をかくには力が足りない。いま逆らえば、俺たちはヴァタンと同じ目にあう」

「……わかってる」

タラードは硝子杯に手を伸ばして、葡萄酒を呷る。バシュラル以上に声を低くした。

「ブリューヌを手に入れても終わりじゃない。こんなところでつまずくわけにはいかない」

その言葉に、バシュラルは安心したように表情を緩めた。タラードの硝子杯に新たな葡萄酒を注ぎながら、真剣な表情で話題を変える。

「それより、もうひとつの頼みごとだ。ちっぽけな騎士団と諸侯をてきとうに潰すという話だとばかり思っていたのにな。ずいぶんと雲行きが変わっちまった」

ティグルたちがロアゾンに身を寄せていることをバシュラルが知ったのは、ヴァタンの屋敷を襲う直前のことだった。偵察隊を派遣し、町や村に兵を放ってロアゾンに関する情報を集めていたら、その話を聞いたのだ。

「ガヌロンはわかっていて、俺たちに命令してきたと思うか？」

「考えすぎだ」

タラードは頭を振って、バシュラルの疑問を打ち消した。

「ヴァタンからも、ヴォルンたちの話を聞いただろう。そこから考えると、俺たちがナヴァール城砦を発ったころ、やつらはヴァタンの屋敷を去ったばかりでロアゾン城砦に到着していなかった。それに、ひとつ噂がある」

バシュラルから視線を外して絨毯の模様を見つめながら、タラードは続ける。

「グレアスト侯爵が死んだらしい。もともとヴァタンを斬るのも、ロアゾン城砦を攻めるのもやつの役目だったという話だ」

「本当か？」と、バシュラルは盛大に眉をひそめて身を乗りだした。

「やつとは一度だけ会ったことがある。ガヌロンに心酔してるだけあって、拷問好きの薄気味悪いやつだったが、そう簡単にくたばりそうにも見えなかったぞ」

「ガヌロンの腹心というだけでも敵が多いだろうに、あの性格だ。いつどこで死んでもおかしくはない。ガヌロンが、レグナス王子とラニオン城砦を後回しにしてまで俺たちに命令してきたのは、俺たちの忠誠心を試すだけでなく、グレアストの死が広まることで起きる混乱を防ぐためというのもあるんだろう」

バシュラルは不機嫌そうに鼻を鳴らした。

「一石二鳥とかいったか、貴族ってのは小狡(こずる)い連中ばかりだ。ところで、ロアゾン騎士団とはどう戦う？　ベルジュラックの名でかなり兵をかき集めているようだが」

そばに置いていた革袋をつかむと、バシュラルは中に入っていた銀貨や金貨を絨毯の上にぶちまける。何枚かを指でつまんで、自分とタラードの間に並べた。

「向こうはだいたい五千という話だったな。こちらは四千から六千」

四千から六千という言い方をしたのは、まだ二千の騎兵が合流できていないからだった。

タラードは膝立ちになり、隅に放りだされている地図を手にとった。

「ティエルセの野で戦うことになるだろうな。向こうもそう考えるはずだ」

そこは、この幕営から北東へ一日半、ロアゾン城砦からだと南へ一日ほど行ったところに広がっている草原だ。この近くで、数千もの兵を動かせる場は他にない。

「ほぼ同数というのが気に入らん。もっと楽に勝ちたいものだ」

バシュラルはおおげさにため息をついた。

「問題は数じゃない。ヴォルン、ベルジュラック、そして二人の戦姫だ」

オルガが別行動をとっていることは、タラードもバシュラルも知らない。

「ヴォルンは今度こそ俺がおさえるとして、おまえは勝てるか？」

タラードに鋭い眼差しを向けられて、バシュラルはこともなげに答えた。

「勝てる。ベルジュラックも戦姫もたいしたものだが、ロランには及ばない。俺の首をとりたいなら、あの黒騎士を二人連れてくるぐらいじゃないとな」

　バシュラルの顔には、覇気と自信に満ちた笑みが浮かんでいる。

「俺としては、黒騎士が二人もいるなんて悪夢以外の何ものでもないがな」

　タラードは呆れた顔でバシュラルを見たが、すぐに表情をあらためた。

「この戦で、おまえの力を諸侯たちの目に刻みつけろ。まだ多くの諸侯は、ガヌロンを恐れておまえに従っているだけだからな。やつらを、おまえ自身に従わせるんだ」

「任せておけ。いつもそれぐらい単純だと助かる」

　葡萄酒（ヴィノー）の瓶をつかみ、急に面倒になって瓶に口をつけて飲むと、バシュラルは傍らに置いている白い大剣を見た。ガヌロンから渡されたもので、鉄の甲冑を叩き斬っても刃こぼれひとつしない一振りだ。オートクレールという名だそうだが、名前に興味はない。

　傭兵をやっていたころにも、このような剣を見たことはなかった。

――人間につくれるものではないように思える。

　ガヌロンは、いったいどこでこの大剣を手に入れたのか。

　あの男は、ただの大貴族という範疇（はんちゅう）におさまらない、恐ろしい存在なのではないか。

　心の奥底に浮かびかけた不安を、バシュラルは葡萄酒を呷って消し去った。いま考えるべきは戦場のことだ。ガヌロンについて考えるのは、力をつけてからでいい。

「バシュラル、使者を用立ててくれ。いますぐにだ」

不意に、タラードが言った。

「俺にひとつ考えがある。少しは楽に勝てるかもしれん」

不敵な笑みを浮かべるタラードに、バシュラルは笑みを返してうなずいた。

†

落日の陽光が窓から射しこみ、床の一部を朱色に照らしている。

ティグルは自分の部屋で、弓の手入れをしていた。さきほど湯を絞った布で身体を拭いて、気分はだいぶ落ち着いている。

戦うことが決まって城砦の中は活気づきはじめたが、部隊の編制や武具、食糧の管理にティグルは関わっていない。自分自身のことに専念する時間がとれたのだった。

弓の手入れが終わったころ、外から扉が叩かれた。ミラだと思い、「開いてるぞ」と気軽に呼びかける。扉を開けて入ってきたのは、リュディだった。

「ティグル……いえ、ティグルヴルムド卿。お話があります」

真剣な表情で、リュディはティグルを見つめている。愛称ではなく、敬称をつけて呼んできたのは、冗談抜きに話したいということだろうか。

弓を横に置いて、リュディを部屋の中に招き入れる。室内はそれほど広くないので彼女をベッドに座らせ、ティグル自身は床に座った。

「お話というのは、この一件が解決したあとのことです。ティグルヴルムド卿、あなたさえよければ、殿下にお仕えしませんか。直属の従者として」

「ずいぶん先の話じゃないか」

さすがに少し呆れた顔で、ティグルはリュディを見上げる。バシュラルとガヌロンの二人を退けなければ、この事態は解決したといえない。いつになるのか見当もつかなかった。

「わかっています。それでも、早いうちにお話しした方がいいと思ったんです」

リュディは表情を微塵も変えず、生真面目な態度を崩さない。

「殿下にとって、確実に味方といえる者は多くありません。ベルジュラック家、ロラン卿、それ以外ではごくわずかです。殿下ご自身はもちろん、ファーロン陛下もこの状況を変えようと苦心しておられますが、いまのところは上手くいっていないと言うべきでしょう」

そういうことかとティグルは納得して、反省した。

自分のことばかりで、レグナス王子を取り巻く状況については考えなかった。

この戦いの中で、リュディはレグナス派とでもいうべき陣営をつくりたいのだろう。テナルディエやガヌロンに対抗できるように。レグナスはティグルと同じ十八歳で、この一件が解決したあとも、王子として幾度となく大貴族たちと対峙しなければならないのだから。

「だが、君も知っての通り、俺は弓以外に取り柄がない。殿下にお仕えしたら、かえってご迷惑になるんじゃないか」

「そんなことはありません！」

身を乗りだして、リュディは叫んだ。色の異なる瞳に、熱い想いが満ちている。

「あなたの実力は近隣諸国で示されました。私も、何度もこの目で見た。ブリューヌは変わらなければならない。あなたのようなひとこそ殿下のおそばに必要なんです」

「君がそう言ってくれるのは嬉しいが……」

彼女の熱意に圧倒されて、ティグルはうろたえた。これほどまっすぐ賞賛されると、さすがに嬉しさがこみあげてくる。だが、わかったとは言えなかった。

「しかし、殿下は、また違う考えをお持ちなんじゃないか」

「私が殿下を説得します。公爵家の名を使ってでも」

ティグルは何度か瞬きをする。言葉を紡げずにいると、リュディが静かに続けた。

「あなたの弓の技量がこの国で評価されるようになるまでに、もちろん時間はかかります。一朝一夕にとはいかないでしょう。ですが、あなたも、私も、それに殿下も、まだ二十歳にすらなっていません。何年も、何十年もかかるようなことでも取り組めるんです」

その言葉は、この日、もっともティグルを動揺させた。

このブリューヌで武勲をたてることができたら、すごいと思いませんか？

かつて、ティグルはロランにそう言ったことがあった。冗談で言ったわけではない。

それぐらいのことができなければ、ミラの隣に立てないと思っていたからだ。

誰もが納得せざるを得ないほどの武勲を、弓の腕で得る。

自分がブリューヌで認められるには、それ以外にないと思っていた。

だが、リュディが言ったように、内部から動かしていく手もあるのだ。むろん、人々に働きかけていくために武勲は必要となるが、ティグルが孤軍奮闘するよりははるかにいい。

それに、リュディの言うことが実現できれば、自分のように弓の才能を持ちながらそれを活かせずにいる者が、世に出ることがかなうだろう。

もちろん成功するとはかぎらない。現在の弓矢を蔑む風潮を、変えられないかもしれない。

だが、やる前からできないと決めつけるべきではない。

いつのまにか、ティグルは自分が拳を握りしめていることに気づいた。

彼女の話に乗れと、心の奥底で訴える声がある。自分で未来をつくりあげろと。

「——考えさせてくれ」

しかし、ティグルの口から出たのは承諾の言葉ではなかった。

それでも、リュディは落胆するそぶりを見せなかった。微笑を浮かべてうなずく。

「ええ。私もいますぐ返事をもらおうとは思っていません。ただ、私の思いをあなたに聞いてほしかったんです」

リュディはベッドから立ちあがると、会釈して部屋から出ていった。

　扉が閉まってから三つ数えるほどの時間が過ぎたあと、ティグルはそっとため息をつき、手元に置いた黒弓を見つめた。

　薄暗い廊下に立って、ミラは放心したようにぼんやりと天井を見上げている。ティグルの部屋から十歩と離れていない場所だ。

──どうして聞いちゃったのかしら。

　後悔と不安が、彼女の胸のうちで渦を巻いていた。

　少し前、ミラはティグルの部屋に向かっていた。ひさしぶりに二人きりで話をしたかったのだ。だが、ティグルの部屋の近くまで来たとき、リュディが入っていくのを見た。

　ティグルを信用しなかったわけではない。しかし、いったい二人がどんな話をするのか、興味をおさえられなかった。もしもブリューヌの政治に関するような話題であれば、すぐに耳を離して聞かなかったことにしよう。そう決めて、ミラは扉に耳を寄せた。

　聞こえたのは、ミラにとっても衝撃的な話だった。

　レグナス王子に仕えてほしいという願い自体は、驚くほどのことではない。いまのティグルは近隣三ヵ国の要人に顔が利く。それだけでも得難い人材だ。

　加えて、ティグルは戦に強い。領主としても多くのことを学んでいる。戦場でも領地でも成果をあげるはずだと、ミラは確信している。

リュディがティグルを誘うのは、当然のことといってよかった。

ミラを驚かせたのは、ブリューヌを変えたいというリュディの言葉だ。

意識してのことかはわからないが、彼女はティグルの急所を的確に突いてきた。

——あれは断れないわ。

自分の生まれ育った国で己の技量を認められ、栄達できる方がいいに決まっている。ティグルの父やアルサスの領民たちも喜ぶだろう。

ミラの想いを別にすれば、オルミュッツにとってもその方がありがたい。ティグルがいずれ王の側近となれば、ミラはブリューヌの政治の中枢とつながりを持つことができる。

ティグルがレグナスに仕えて得られるだろう多くのものを、ミラもオルミュッツも与えることはできない。ミラは喜んで彼の背中を押すべきなのだ。

そこまでわかっているのに、はっきりと断ってほしかったと、ミラは思っている。

蒼氷星（シズリート）に矢を届かせるのだと、言ってほしかった。

リュディが話を終えて部屋を出ようとするとき、ミラは慌てて扉から離れ、ここに身を隠した。それからずっと、聞いてしまった会話を頭の中で繰り返してはため息をついている。

ふと、遠くからにぎやかな声が聞こえた。ブレソールの言っていた近隣の騎士団か諸侯の軍が到着したのだろう。

目を閉じる。笑顔、笑顔とつぶやいて、口の両端を意識的に吊りあげる。その状態でゆっくり五つ数えたあと、目を開けた。ティグルの部屋に向かい、扉を叩いて呼びかける。

「援軍が到着したみたいよ。行ってみましょう」

すぐに扉が開いて、ティグルが姿を見せた。二人は並んで廊下を歩いていった。


その日の夕食は、城砦の一階にある広間で行われた。

ブレソールは気前よく食糧庫を開き、到着した騎士団や諸侯の兵らに振る舞った。羊肉や鶏肉の丸焼きがいくつも運ばれ、葡萄酒(ヴィノー)や麦酒(ビエレ)の樽が隅に置かれ、空になるたびに新しいものが用意された。塩漬けの魚のスープや、チーズを使ったジャガイモの煮込みも好評だった。

もっとも、ティグルはあまりそれらの食事を口にすることができなかった。ブレソールとリュディとともに、主だった人々への挨拶に追われたからだ。

ティグルが無名に近いこともあり、最初のうちこそ彼らの反応は鈍(にぶ)かったが、ブレソールが三つの狩りの件を普段のとぼけた口調で話すと、何人かは感心した表情になった。

「次の戦で、あなたの力を見せつけてやりましょう」

リュディがティグルに微笑みかける。彼女は白と黒を組みあわせた軍衣を身につけていた。

「君はドレスで着飾ったりしないのか？　ほとんど宴のようなものだろう」

冗談めかして聞いてみると、彼女はからかうように片眉を吊りあげた。

「そんなことが言えるようになるなんて成長しましたね、ティグル。でも、戦勝の宴までお預けです。あなたの頑張り次第では、ドレスを選ばせてあげてもいいですよ」

　そのとき、離れたところからひとりの男が近づいてきた。年齢は三十を過ぎているだろう。厳つい顔つきで、がっしりした身体つきをしている。

「おお、やはりティグル様だった」

　親しげに声をかけてきた男を見て、ティグルは顔をほころばせる。その手を握りしめた。

「ロイクじゃないか。ひさしぶりだな。マスハス卿はお元気か？」

「ええ。ご自身で近隣の諸侯を訪ねまわって味方を集めようとするぐらいに」

　ロイクはマスハス＝ローダントの部下のひとりで、ティグルとも面識があった。

　彼の話によると、十日以上前にラフィナックとガルイーニンがマスハスの屋敷を訪ねてきたのだという。二人が無事なことがわかって、ティグルは胸を撫でおろした。

　事情を聞いたマスハスは一も二もなくうなずき、ひとまずロイクを指揮官とする五十の歩兵をこちらへ送って、自分は味方を集めることにしたという話だった。

「ラフィナックたちは二日休むと、アスヴァールという国に向かいました」

「ありがとう、ロイク。おまえたちが来てくれたのも心強いが、ラフィナックたちのことを教えてくれたのも嬉しい」

「ティグル様ならそう言ってくれると思いました。肩の荷が下りた気分です。この戦が終わったら、ぜひオードに来てください。マスハス様がお喜びになるでしょう」

「もちろんだ。必ず行かせてもらう」

ティグルはもっと彼と話していたかったが、ブレソールとリュディに呼ばれて、切りあげざるを得なかった。肩を叩きあい、「あとで酒を飲もう」と約束して、その場から離れる。

ふと、オルガのことを思いだし、彼女の無事を心の中で神々に祈った。ラフィナックたちがオードに着いたのだから、彼女もきっと王都にたどりついたはずだ。

そのように忙しく動きまわるティグルを、ミラは壁に寄りかかって葡萄酒(ヴィノー)を口にしながら、ぼんやりと眺めていた。戦姫であることを明かすわけにはいかないので、目立たない服装をしておとなしくしているのだ。誰にも話しかけず、話しかけられても相手にしなかった。

ブリューヌ人のティグルが、ブリューヌ人たちに囲まれ、交流を深めていく。

そう考えれば当たり前の光景だが、そこに自分の居場所がないことを自覚させられる。

自分が戦姫であることを隠さなくてもいいのなら、隣に立てるだろうか。笑顔をかわし、同じものを食べ、手をつないだり、腕を組んだりできるだろうか。

客観的に考えて、親しすぎるように見えてしまう気がする。

何度目かのため息をこぼすと、ミラは広間を出た。

　その日の夜、ミラはなかなか寝つけなかった。

　真っ暗な天井を眺めて、何度も寝返りを打つ。まいったわねと、声に出さずつぶやいた。

　──葡萄酒を飲みすぎたかしら。それとも、戦いを数日後に控えているから？

　てきとうに理由を考えて、否定する。そんなものではないことはわかっている。

　心の奥底にあるのは、漠然とした不満と不安だ。

　大きく息を吐いて、身体を起こす。夜衣の上に外套だけを羽織って、ミラは部屋を出た。扉を閉める際、壁に立てかけているラヴィアスが視界に入ったが、何かあったら呼びだせばいいと考えて、取りに戻ることはしなかった。

　春とあって、夜気はそれほど冷たくない。廊下もあまり暗くなかった。壁に一定の間隔で松明がかかっているからだ。見張りの兵たちに会釈をして、ミラは廊下を歩いていく。

　窓から中庭を見下ろすと、いくつもの篝火が見えた。ロアゾン城砦の規模では、援軍に来たすべての兵を収容できないので、数千もの兵が中庭や城砦の外で夜を明かしているのだ。

　中庭から視線を外して、廊下を歩く。つきあたりについたとき、ミラは人影に気づいた。声をかけようとして、暗がりに慣れた目が相手の正体を捉える。おもわず声を発していた。

「リュディ……？」

「ミラ、ですか？」

人影が戸惑ったような声を返して、近づいてくる。窓から射しこむ月明かりに照らされて姿を見せたのは、思った通りリュディだった。

「どうしたんですか？　こんな夜中に」

「なんとなく眠れなくて。あなたは？」

「私もです」と、リュディは苦笑まじりに答えた。

「緊張して眠れなくなるなんて、ひさしぶりです」

「それは、戦いに対して？」

ミラが尋ねると、リュディは「そうですね」と、答えて窓に目を向ける。

「でも、怖いとは感じないんです。私の後ろにティグルがいてくれると思うと何もかも安心できて、前だけを見て戦える。言葉にするとおかしいんですが、そんな気分で」

素直な心情の告白が極小の棘となって、ミラの心の一点を刺激した。外套の中で右手を軽く握りながら、ミラは壁にもたれかかる。何気ない口調で聞いた。

「あなたは……ティグルのことをどう思ってるの？」

リュディは身体ごとこちらを振り返る。胸に手をあてて、うつむきがちに答えた。

「不思議なひとだと、思います」

その答えに、胸がざわめくのを感じる。息を潜めるミラの前で、リュディは続けた。

「ナヴァール城砦で再会したときは、守ってあげなくてはと思っていたんです。ティグルは慎重ですが、あまり自分を大事にしないところがありますから。地下通路から脱出して、仲間のところへ行くと言ったとき、変わってないなと思いました」

リュディの声がかすかに熱を帯びたのを、ミラは正確に感じとる。

「遊撃隊に組み入れたのも、私の名を使ってティグルを守ろうと思ったからです。でも、私は思い違いをしていた。彼は、守らなければならないようなひとじゃなかった。疑われて、追われる立場になったのに、堂々と前を向いていられるぐらい、ティグルは成長していた」

窓から吹きこんできた夜風が、白銀の髪を揺らす。リュディは続けた。

「シャルルの抜け道を出たあとぐらいから……彼の顔を見て、声を聞いて、元気になるようになりました。このひととなら、どこまでも行ける。殿下を助けることだってできる。そう思えるようになったんです。自分でも不思議に思うぐらいに」

外套の下で、ミラは右手を強く握りしめる。爪がてのひらに食いこむぐらいに。どうしてそんなに焦りを覚えるのか、わからなかった。真夜中で気が昂ぶっているのだろうか。

「私が、ティグルにしてあげられることは多くありません。でも、もし受け入れてくれるなら彼のもとに嫁ぐことも考えています」

もう少しでミラは、大声を出してしまうところだった。声を出さずにすんだのは、驚きが大きかったからだ。目を大きく見開き、強張った顔で、ミラはリュディを見つめた。

その顔は薄闇に包まれて見えなかっただろうが、さすがにミラの反応には気配で気づいたらしい。恥ずかしがるように、リュディは両手で自分の頬をおさえた。

「す、すみません。先走りすぎていると自分でも思います。でも、私が嫁げば、ヴォルン家が複数の戦姫と交流を続けても、違和感を緩和することができると思って。それに――彼の隣に立ちたいから」

ミラは声を出せなかった。さきほどとは別の意味で。

その考えは、ミラには決して持ち得ない、まさに公爵家の娘のものだ。貴族諸侯にとっての結婚は、政略のために行われるものだという原則を一歩も踏み外していない。

リュディとティグルの結婚は、ブリューヌにとってもジスタートにとっても文句のない話だろう。ブリューヌは戦姫たちに顔のきくティグルを自国の臣下として従え、ジスタートは王や公爵家に信頼されている人物と親交を結べる。

ヴォルン家にとっても、公爵家の娘というこの上ない立場の者が嫁ぎにくるのだ。名誉なことといっていい。

何より、隣に立ちたいというリュディの台詞は、ミラにかつてない衝撃を与えた。一瞬とはいえ、足下が崩れたような感覚すら抱いた。

――蒼氷星(シズリート)に、矢は届いた？

ティグルが自分の隣まで来てくれるのを、ミラは待つ立場だった。いままでもそうだ。

自分からティグルの隣に行こうとしたことはない。何もかもを捨てて、アルサスの次代の領主の妻になろうと思ったことはない。

もちろん、わかっている。自分とリュディではあまりに立場が違いすぎる。

ミラがティグルと結ばれるには、乗り越えなければならないものが多く、そしてひとつひとつが大きい。リュディの方がずっと容易だ。

その割に、ミラがティグルに与えられるものはあまりに少ない。リュディは間違いなく、多くのものを与えられるだろう。

想いの強さでは負けないといっても、それが何になるだろう。

「貴族らしい考えね」

呆れているとも感心しているともとれる曖昧な態度と、非常に抑制のきいた声で、ミラはどうにかそれだけを言った。

ティグルへの想いだけは、絶対に口にできない。ティグルへの疑いを深めることになるし、最悪の場合、ブリューヌとジスタートの双方によって引き離される恐れがある。

何より、絶対に彼女に明かしたくはない。

「そうですね。自分でもそう思います」

リュディは微笑を浮かべて答える。それからミラに言った。

「すみません、長々と話してしまって。でも、おかげですっきりしました。自分の心をしっかり整理できたというか、想いを言葉にできたというか。それでは、あの、お休みなさい」

最後は口早(くちばや)に言って会釈し、銀髪をなびかせてリュディは歩き去る。ミラは暗がりに消えていく彼女の後ろ姿をぼんやりと見送った。

リュディの姿が見えなくなり、さらに三十を数えるほどの時間が過ぎたあと、ミラは暗闇の中で深いため息をつく。少し話しただけだというのに疲労感を覚えた。

——私はどうすればいいのかしら。

頭の片隅では、冷静な自分が笑っている。戦を前に考えることなのかと。

別の自分はこう言っている。明日にでもティグルと話をすればいいと。

また別の自分は、こう言った。奪われる前に動け。身体でも何でも使えるものは——。

頭の中にいくつもの光景が浮かぶ。全裸といっていい格好でティグルに抱きしめられている自分や、眠っているティグルに馬乗りになっている自分の姿が。顔が真っ赤になる。

慌てて首を左右に振って、ミラはそれらを打ち消した。でも、と思い直す。

もしもリュディが同じような行動に出たら、ティグルはどうするだろうか。

いつか見た奇妙な夢を思いだす。ティグルがエレンやソフィーをはじめ、数多くの女性に囲まれている夢だ。ティグルはどの女性とも睦まじくしていた。

無言で見つめあうティグルとリュディの姿が浮かぶ。どちらからともなく手を伸ばしておたがいを抱きしめようとしている。自分はそれを黙って見ている。

「——ミラ?」

怪訝そうなその声が、ミラを現実に引き戻した。

見れば、目の前にティグルが立っている。ミラは口をぱくぱくと動かしたが、声が出るまでに一呼吸分の時間がかかった。

「ど、どうしてここに……？」

「目が覚めちゃってな。少し歩いたら部屋に戻ろうと思ったんだが。ミラは？」

「私は、その、なんだか寝つけなくて」

そう言うと、ティグルの手が肩に触れた。

「だいじょうぶか？　体調は？」

気遣ってもらったことよりも、ティグルとふつうの会話ができたことに、ミラは安心する。

そっと、ティグルの手に自分の手を重ねた。

「身体は問題ないの。ありがとう」

「それならいいんだが……。ナヴァール城砦に着いてから今日まで、いろいろなことがあったからな。ミラには苦労をかける」

「苦労なんかじゃないわ」

その思いは即座に言葉となって、ミラの口から出た。

「あなたはいままで私を何度も助けてくれたけど、それを苦労だと思ったの？」

するとティグルは少し考えるように首をひねる。

「思ったことがないといえば嘘になるが、好きでやってることだからな。見返りもでかい」

「見返り……？」

ミラは眉をひそめる。夜気がかすかに動いた。ティグルが一歩進みでたのだ。

鍛えられた両腕に、ミラは抱きしめられた。頬と頬が触れあい、てのひらが背中へとまわされる。ティグルの熱がいたるところから伝わってきた。

「はじめて会ったころは、とてもこんな真似はできなかったからな」

声が、ゆっくりと心の中に溶けこんでくる。熱が、身体を温めてくれる。

「そうね」

身体の力を抜いて、ミラはティグルに体重を預けた。

強張っていた表情が緩むのがわかる。硬くなっていた心が解れていくのを感じる。この幸せなぬくもりに、いつまでも包まれていたいと思った。

「さっきの話だけど」と、ティグルを抱きしめながらミラは続ける。

「苦労と思いたくない。そう考えてたの。好きでやってるというのはあなたと同じだけど、好きでやってるからこそ苦労と思っちゃいけないって」

「君らしいな」

苦笑が耳元をくすぐり、背中にまわされている手が、優しく撫でてくる。

「こいつは俺に狩りの仕方を教えてくれた者たちの受け売りだが、好きなことでも、ところどころで、なんでこんな面倒でつらいことをやっているんだと思うのは、おかしなことでも何でもないんだ。思った上で、まあ仕方がないか、ぐらいの結論を出した方がいいとさ」

ミラはうなずいた。言われてすぐに、そう考えることはできない。だが、いまの言葉はしっかり胸のうちに刻みこむ。

そして、心の奥底にわだかまっていた言葉を夜気に滑らせた。

「悩んでいたの。あなたが内通を疑われたことで」

ティグルを抱きしめる手に、自然と力がこもる。ミラは言葉を続けた。

「あなたと結ばれるのが、あなたにとって本当によいことなのか」

リュディと話したことは、口にしない。彼女がティグルに言うべきことだ。

「何だ、そんなことか」

ティグルが笑う。この反応にミラはむっとした。

「おかしい？　あなたはこの先も疑われ続けるかもしれないのに」

率直に不満を伝えると、ティグルはなだめるようにミラの背中を軽く叩く。

「俺も、考えたことはある。ただ、アトリーズ殿下から聞いたことを思いだしてな」

ミラは不思議そうな表情になった。ザクスタンの王子は、ティグルに何を言ったのか。

「殿下と別れる前日だったな。いろいろ話してるうちに、俺がミラのことを好きだというのを打ち明けたんだ。殿下は真剣に話を聞いて、理解を示してくださった」

アトリーズは、ザクスタンの有力な土豪（レンツヘル）であるレーヴェレンス家の当主ヴァルトラウテと想いあっている。だが、王家と土豪はつい最近まで非常に険悪な間柄だった。二人が結ばれることは難しく、またその先にも困難が待ち受けているだろうことは容易に想像できる。

「それで、殿下は俺にひとつの手を教えてくださった。それは『祝福』されることだ」

「祝福……？」

首をかしげる。祝福とは、結ばれた際に周囲から受けるものではないだろうか。

「つまり、『私は二人の仲を祝福します』と発言力のあるひとにどんどん言ってもらうという手だ。外堀を埋めるわけだな。ちなみにアトリーズ殿下は、その気になったら手紙をよこしてくれればすぐに言うと約束してくださった」

唖然とした。おもわず呆れた声が出そうになった。

理屈はわかる。愛しあっている市井の男女がいるとして、その親たちが強硬に反対しているとする。そこで、親の友人や仕事仲間、その町の有名人や影響力のある人物などが二人の仲を認めるような発言をして、親の態度を軟化させるわけだ。

「殿下によると、そういうことを言うだけなら、特定の人物を説得するより楽だから、承知してくれるひとはそれなりにいるそうだ」

ミラは舌を巻く思いだった。ティグルには思いつかないだろう政治の手法だ。やはりアトリーズも一国の王子であり、次代のザクスタンを支えるひとりなのだ。

　そして、たしかに有効だろうと思う。ティグルはいままでにいくつもの武勲をあげている。多くのひとと知りあい、信頼を得ている。

「ただ、欠点もあると殿下は言ってた」

　冗談めかした声で、ティグルは付け加える。

「俺たちの仲が上手くいかなくなったら、祝福してくれたすべてのひとの顔に泥を塗ることになるから、そこだけは気をつけろ……だそうだ」

「そう考えると大変ね」

　そっけない声でミラは返す。抱擁を解いて、ティグルをまっすぐ見つめた。

「大勢のひとから祝福された仲、っていまから言うと、少し恥ずかしいわね」

「でも、俺はいい手だと思う」

　微笑を浮かべて、ティグルは言葉を続ける。

「いままで俺は、俺自身の力だけで蒼氷星（シズリート）に矢を届かせないといけないと思っていた。でも、大勢のひとたちの声が、俺を高く押しあげてくれるなら……」

　ミラはうなずいた。

　蒼氷星に矢を届かせるのは、ティグル自身でなくてはならない。だが、ティグルを助けるための声を集めるのならば、自分もできる。ただ待つだけではなく。

　視線がまじわり、二人は唇を重ねる。月明かりによって浮かんだ二人の影も重なった。

影は、しばらく離れることはなかった。

翌日の昼、リュディとブレソールは、ロアゾン城砦の前にすべての兵を集めた。

紅馬旗(バヤール)をはじめとする無数の旗が風を受けてはためいている。リュディは木製の台の上に立って、騎士と兵たちを睥睨した。

「ベルジュラック家のリュディエーヌが、あらためてお話しさせていただきます」

バシュラルがレグナスとロランに濡れ衣をかけてナヴァール城砦を攻めたこと、そしてヴァタンの屋敷を襲撃して多くのひとを斬ったことを、リュディは冷静に、しかしよく通る声で語った。兵たちの間からどよめきがあがり、何人かが怒りの声をあげる。

「いずれ、バシュラルの手は私たちに、私たちの家族や友人にまで伸びるでしょう。そうなる前に彼を討って、ブリューヌに正義と平和を取り戻さなければなりません！」

リュディが剣をまっすぐ掲げる。兵たちは声をそろえて叫び、拳を突きあげた。

ティグルとミラは、騎士や兵たちから離れた場所に立って、彼らを眺めている。

「士気は高いな。それはいいんだが……」

ティグルの声には、騎士と兵たちに対するごく微量の不安があった。

「急造の混成軍というのは隠せないわね」

ティグルにだけ聞こえるように、ミラは辛辣な評価を返す。万単位の大軍を指揮したこともある彼女の目には、整列している騎士と兵たちの足並みの乱れがはっきり見えていた。

「でも、その点は相手もそう変わらないはずよ。やはり、私とリュディがどれだけバシュラルをおさえておけるかで決まると思う」

「頼む。俺もできるかぎりのことをする」

そうは言ったものの、ティグルはいまひとつ自信が持てなかった。

――もう少し時間がほしかった。

より多くの人々の信頼を得て、一部隊を率いることができるようになるだけの時間が。

「こういうこともあるわよ」

ミラがティグルの脇腹を軽くつつく。励ますように笑った。

「焦らないで、ティグル」

ティグルはうなずくと、そっと彼女の手を握った。

そして、リュディを総指揮官とするベルジュラック遊撃隊(ファルタス)五千はロアゾン城砦を発つ。

南に広がるティエルセの野へと向かった。

5 道半ば

ティエルセは、ロアゾン城砦から街道を一日ばかり南下したところに広がる起伏のゆるやかな草原だ。木は非常にまばらで、南には川が流れている。騎士の機動力と突撃力を活かすのにはうってつけの場所だった。

ロアゾン城砦を発った翌日の朝に、ベルジュラック遊撃隊(ファルタス)はティエルセに到着した。

ちなみにベルジュラック遊撃隊の名は、この軍に加わったすべての騎士団や諸侯からとくに異存なく受け入れられている。格においてガヌロンとバシュラルに対抗できるのは、ベルジュラック家しかないからだ。他の諸侯の名では大きく見劣りしてしまう。

また、ベルジュラック家がバシュラルに公然と立ち向かう意志があるということを広く知らしめ、かつラニオン城砦にいるレグナス王子に自分たちの存在を伝えるのに、これ以上のものはなかった。

その分、リュディへの重圧は大きなものとなるが、彼女は明るい態度を崩さず、普段通りに振る舞っている。

一方、バシュラルに率いられた諸侯の連合軍はすでに姿を見せていた。

この戦に先立って「バシュラル軍」と、彼らは称するようになっている。北部の平定を進めていく中で、バシュラルの名を印象づけることが目的だろうというのがミラの見解だった。

こちらにも無数の旗がひるがえっているが、紅馬旗(バヤール)の次に目立っているのは、緑地に金色の一角獣(リコルヌ)を描いたガヌロン公爵家の旗だ。

空は蒼く、雲のかけらすら浮かんでいない。大地を覆う緑の鮮やかさは、降り注ぐ陽光によっていっそう際立っていた。

遊撃隊の本陣には、ティグル、ミラ、リュディ、ブレソールが顔をそろえている。ティエルセの地図を囲んで話しあっていた。無精髭を撫(な)でながらブレソールが発言する。

「昨日から何度か斥候を放っていますが、敵の数は四千で、とくに増えたり減ったりということはないようですな。騎兵が一千、歩兵が三千と」

遊撃隊の総指揮官はリュディだが、実際に指揮をとっているのはブレソールだ。騎士団と諸侯の混成軍を動かすのに、彼らと面識があるブレソール以上の適任者はいなかった。

「敵は、昨日の夕方にこの地に到着したと聞いていますが、何か仕掛けてはいませんか？」

リュディが尋ねると、ブレソールは渋面をつくった。

「南に流れている川をせきとめ、水をあふれさせて、周辺を泥濘(でいねい)にしたのがわかっています。騎兵を封じる常套手段ですな」

ティグルは地図上に置かれた駒を見た。遊撃隊はティエルセの東側に、バシュラル軍は西側に布陣している。こちらの左翼と敵の右翼が、戦場を迂回できなくなったわけだ。

「こちらは騎士が二千、歩兵が三千。敵より数が多いのはありがたいわね」

ミラが笑った。彼女はリュディの補佐を務めることになっている。二人がかりでバシュラルをおさえるためだ。ミラの肩に担(かつ)がれているラヴィアスは、ひさしぶりに布を取り去られた解放感からか、いつもより燦然(さんぜん)と輝いているように見えた。

「バシュラル王子はそんなに強いのですか？」

とぼけた口調で訊いてくるブレソールに、ミラは真剣な口調で答えた。

「強いわ。あの男はロラン卿と同じで、ひとりで戦況を一変できる」

昨年の、ムオジネル軍との戦いをミラは思いだす。ロランは単騎で戦象を葬り、多数のムオジネル兵をたじろがせたのだ。敵にしたくないと、心からミラは思ったものだった。

「私とリュディで何とかするから、あとはお願いという感じね」

ミラにうなずくと、ブレソールは申し訳なさそうな顔でティグルを見た。

「すまない、ティグルヴルムド卿。何度か話しあってはみたのだが……」

「いえ、気になさらないでください」

ティグルは首を横に振る。城砦を発つ際、ブレソールにひとつの提案をしていたのだ。

自分が騎士の一隊を率いて敵に突撃し、指揮官を狙い撃ちにするというもので、ムオジネル軍との戦いで使った手だった。ここでもできればと思ったのだが、ティグルに従ってくれる騎士が百騎に満たなかったので見送りとなった。

「私が活躍してみせれば、考えを変えてくれる者も出ると思います。次の機会を待ちますよ。この戦ですべてをかたづけられれば、それに越したことはありませんが」

「武勲を狙って気負いすぎないようにね」

ミラがからかい、リュディとブレソールが苦笑した。

さらにいくつかのことを確認すると、四人は馬上のひととなる。視線をかわし、それぞれの持ち場へと馬を進めていった。

ほどなく草原に角笛が響き渡り、両軍がどちらからともなく陣形を整える。

ベルジュラック遊撃隊（ファルタス）は中央、右翼、左翼にそれぞれ一千の歩兵を配置し、中央部隊の後方に一千五百の騎士を並べた。さらにその後方に、予備兵力として五百の騎士を待機させる。

全体の指揮をとるのは、一千五百の騎士とともにいるブレソールだ。

ティグルはロイク率いるオード兵らにまじって右翼に身を置き、ミラとリュディは中央部隊の先頭に立った。

バシュラル軍の兵の配置は、遊撃隊とほとんど同じものだ。中央と両翼に歩兵を一千ずつ配置し、一千の騎兵は後方に待機する。予備兵力はない。

「どちらも考えることは同じということね」

リュディのそばで、相手の布陣を知ったミラが顔をしかめた。

まず歩兵をぶつけ、中央、右翼、左翼のいずれかで自軍が優位に立ったら、そこに騎兵を投入して一気に勝負を決しようというのだ。当然ながら数の多い方が有利な手である。数に劣る敵があえてその戦い方で挑んでくるのは、バシュラルの強さを信頼しているからだろう。

「ミラ」と、リュディがミラを振り返った。色の異なる瞳に戦意があふれている。

「私たちで勝利をつかみましょう」

「ええ」と、ミラは短くうなずいた。

紅馬旗（バヤール）が打ち振るわれ、両軍は少しずつ距離を縮めていく。ブリューヌ軍同士なので矢戦はないが、先頭にいる歩兵たちは手ごろな大きさの石をいくつか用意していた。

そのとき、バシュラル軍の中央から、ひとりの男が馬に乗って進みでてきた。

色が抜け落ちたような白髪は短く、痩せ気味の長身を、白を基調とした軍衣に包み、白い大剣を肩に担いでいる。バシュラルだった。

彼は悠然と馬を進ませ、遊撃隊に向かって大音声を張りあげる。

「王家の者に槍を向ける愚かな騎士たちよ！　貴様らに一度だけ機会を与える！」

遊撃隊の兵たちがざわめいた。いったい何を言おうというのか。

「俺に許しを乞う機会を与える！　武器を捨て、兜を脱げ。地面に膝をつき、己の罪を大声で叫べ。貴様らは罪人だ。俺の暗殺をたくらみ、刃を向け、徒党を組んで王国の平和を乱す。その所業、断じて許すわけにはいかん！」

「勝手なことを」と、呆れるミラの前で、リュディが動いた。歩兵たちをかきわけて前に進みでる。さすがに黙っているわけにはいかなかったようだ。

「確たる証拠もなく、王家の者や忠臣を罪人扱いするのが、王子としてのあなたのやりようですか！　己の正しさを信じるなら、堂々と陛下に訴えでるべきでしょう。しかし、あなたは兵を集めて城砦を襲った。断じて許されない所業を行ったのはどちらですか！」

「誰かと思えば、逃げ足だけは速いベルジュラック家のご令嬢ではないか」

バシュラルが嘲弄した。

「陛下もひとの親。庶子の王子の涙の訴えなど届くはずもない！　ゆえにこそ、俺は剣を持たねばならなかった！　何不自由ない暮らしを送ってきた身にはわかるまいが」

バシュラルの言葉は、リュディではなく兵たちに向けたものだった。多数の兵にとって、国王も、ベルジュラック家のような大貴族も、「偉いお方」以上の想像を持ちにくい。反面、庶子の王子はわかりやすい。最近まで自分たちと同じ立場だったと思えばなおさらだ。

「いかなる立場の人間だろうと、虚言と暴走を咎められるのは当然のこと！　あなたは場末の酒場の片隅でほらを吹きながら酒瓶を振りまわしている酔っ払いです。南の川に行って頭から水をかぶってきたらどうですか」

俗なもの言いで切り返されて、バシュラルは目を瞠る。遊撃隊の兵たちがどっと笑った。

「こいつは失礼。少々見くびっていたようだ。では、刃で決着をつけようか！」

すぐに気を取り直して、バシュラルは大剣をまっすぐ振りあげ、振りおろす。

雄叫びをあげて、バシュラル兵たちが猛々しく前進した。

リュディもまた剣を振りあげる。刀身が陽光を反射して輝き、軍旗がはためいた。遊撃隊の兵たちの喊声は、バシュラル軍のそれにまったく劣らない。

大気を震わせる咆哮を聞いて、左右両翼の兵たちも怒声をあげながら動きだした。土煙をまきあげ、おたがいに石を投げあいながら、両軍は正面から衝突する。

ティエルセの戦いが、ここにはじまった。

遊撃隊の歩兵は右手に武器を、左手には盾を持ち、鉄兜をかぶって鎖かたびらを着こんでいる。バシュラル軍の歩兵はそれより軽装だった。武器と盾については同じだが、革の帽子をかぶって、鉄片で補強した革鎧を身につけている。

相手の顔がわかるほどに肉迫すると、彼らは容赦なくおたがいの武器を叩きつけあった。剣で斬りつけ、槍で突き、手斧を叩きつける。盾で殴りつけたり、体当たりで相手を突き飛ばそうとする者もいた。鮮血が飛び、悲鳴があがり、倒れた者は敵と味方に踏みつけられる。

彼らにまじって圧倒的な強さを見せつけたのは、バシュラルだ。

彼は遊撃隊の歩兵たちの中へ果敢に飛びこみ、大剣を横殴りに振るった。兵士の首が二つ、血の尾を引きながら宙を舞う。さらにひとりの歩兵が鉄兜ごと頭部を両断され、続けてもうひとりが鎖かたびらごと肩から胸まで斬り裂かれた。

凄惨な光景と圧倒的な強さに、歩兵たちが青ざめて後ずさる。

「どうした、どうした。王子様の相手をさせてやるというんだぞ。かかってこい」

挑発するバシュラルの前に、馬を駆ってリュディが現れた。もっと早く彼と相対するつもりだったのだが、バシュラル兵が群がって彼女の行く手を阻(はば)んだため、遅れたのだ。

「あなたの相手は私がします、バシュラル！」

「もう来たのか、ご令嬢。さきほどの口上は見事だったぞ。褒めてつかわす」

おどけた口調で言って、バシュラルは肩に大剣を担ぐ。鐙から足を外した。

リュディが剣を握りしめて馬を走らせる。

バシュラルは己の馬の背を蹴って、跳躍した。頭上からリュディに斬りかかる。リュディは剣で受けとめようとしたが、直前に判断を変えて、馬上から身を投げだした。

馬の悲鳴が大気を引き裂く。肉を骨ごと砕く激しい音とともに、流血が柱のごとく噴きあがった。バシュラルの大剣は、リュディが乗っていた馬の背を鞍(くら)ごと両断したのだ。

「いい判断だ」

着地したバシュラルは、地面を転がって身体を起こしたリュディを短く褒める。リュディ以外の誰も、恐怖に縛られてその場から動けなかった。およそ人間業ではない。

気合いの叫びとともに、リュディは地面を蹴った。バシュラルが大剣で迎え撃つ。

二本の剣がかみあい、鋭い刃鳴りが生じた。かすめるだけでも肉がちぎれ飛ぶ剛剣が、唸(うな)りをもってリュディを襲う。リュディは銀髪の何本かを犠牲にしながら、暴風をともなう大剣をかいくぐった。バシュラルの顎を狙って跳躍し、斬撃を叩きこむ。

だが、リュディの刃は何かにぶつかってそらされ、バシュラルの軍衣の襟を切り裂くに留まった。着地して飛び退ると、バシュラルはわざとらしく大剣の柄頭を撫でる。

「いまのは惜しかったぞ。少し前に、ここを使って剣を弾かれたことがあってな、いつか真似してやろうと思ってたんだ。そのことを思いださなかったら顎を割られていた」

リュディは驚きに奥歯を噛みしめた。剣を戻す余裕を与えない必殺の一撃だった。それが、まさか小さな柄頭で防がれるとは。

「ナヴァール城砦でやりあったときよりいい動きだな。では続けようか、ご令嬢」

バシュラルは両手を広げてリュディを挑発する。

言われるまでもない。リュディは小さく息を吸い、吐くと、まっすぐ挑みかかった。

バシュラルが大剣を叩きつけてくる。頬に風圧を感じるほどの近さでそれをかわすと、リュディは鋭く踏みこみ、相手の頭部を狙って剣を振りあげた。

バシュラルは驚異的な柔軟さで上半身を後ろに倒す。リュディの剣をかわし、大剣を下から上へと猛烈な速さですくいあげた。

剣と剣が擦れて火花が散る。リュディの身体は弾かれたように飛んで、地面に転がった。普通にかわそうとしたら間に合わないと直感で悟って、大剣に己の剣で斬りつけたのだ。

姿勢を整え、あらためて両者は激突する。今度は熾烈な斬撃の応酬を繰り広げた。何度も位

置を入れ替え､閃光と火花を周囲にまき散らす。ひときわ高い金属音が響きわたった。リュディの手から剣が飛んで、回転しながら空中に放物線を描く。

だが、彼女はひるむどころか、驚くことさえなく次の行動に移った。地面に転がっている槍をすばやく拾いあげて、突きかかったのだ。

硬質の音が響いて、バシュラルが大剣を取り落とす。

「覚悟っ！」

バシュラルの喉を狙って、リュディが二撃目を見舞う。

しかし、槍の穂先はあとわずかのところで届かなかった。

バシュラルが、槍の柄を握りしめて止めたのだ。恐るべき膂力だった。リュディは愕然として槍を引こうとしたが、まるで固定されたかのようにびくともしない。

バシュラルが笑って腕を持ちあげる。リュディは槍を離すべきだったが、反射的に両腕で抱えこんだ。彼女の足が地面から離れて宙に浮く。

兵たちが呻き声をあげた。バシュラルは槍ごとリュディの身体を持ちあげたのだ。

槍の柄が半ばで折れて、リュディが地面に落下する。そこへ、バシュラルが折れた槍を投げつけた。かわすことなどできず、リュディは顔を強張らせる。

新たな金属音が響いた。折れた槍をはね返して、彼女の前に一本の槍が突きたつ。

氷塊を削りだしたような穂先、芸術品も同様の装飾、見えざる冷気の波動を備えたそれは、凍漣の雪姫だけが振るうことを許された竜具ラヴィアスだった。

「ここから先は私も相手になるわ」

兵たちをかきわけるようにして、ミラが歩いてきた。こちらもバシュラル兵たちの猛攻を受けたのだが、ラヴィアスを振るって退け、駆けつけてきたのだ。馬に乗っていないのは、バシュラルに対して馬がおびえるかもしれないと考え、直前で乗り捨ててきたのだった。

竜具を地面から引き抜くと、ミラはリュディをかばうようにバシュラルを睨みつける。バシュラルもまた、地面に落としたままだった大剣を拾いあげた。

「どうも諸侯の兵たちは、傭兵と違って戦意が足りんな。おまえたち二人には、それぞれ金貨一千枚の賞金をかけていたんだが。細かい特徴を教えてやったし、生け捕りにすれば好きにしていいとも言ったのに」

問題児について語る教師のような口ぶりで、バシュラルはため息をこぼした。

「賞金の桁が三つほど足りなかったせいじゃないかしら」

嫌味を返しながら、ミラは油断せずに身構える。血溜まりの中にいくつもの死体が転がっているこの状況を見るだけで、バシュラルの恐ろしさがあらためてわかった。

「ところで、ナヴァール城砦ではもうひとり戦姫がいただろう。そいつもここにいるのか？」

さぐるようなバシュラルの言葉に、ミラは眉をひそめる。

いつのまに、自分たちが戦姫であることを知ったのだろうか。

ふと、ラヴィアスの穂先に飾られた紅玉が輝きを増していることに、ミラは気づいた。竜具（ヴィラルト）がバシュラルを警戒している。

「何のことかしら」

「とぼけるなよ。ここにいるなら、おまえを斬れば出てくるかな」

言い終えたときには、バシュラルは地面を蹴っている。一瞬でミラの目の前に迫った。

ミラはとっさにラヴィアスを両手で水平に持つ。すさまじい速さと勢いで真上から振りおろされる刃を受けとめようとした。

次の瞬間、ミラは強烈な衝撃に襲われる。身体を支えられずに背中から倒れた。

もしも倒れなかったら、脚か背骨が折れていたに違いない。また、受けとめたのが竜具でないふつうの武器であったら、それごと真っ二つにされていただろう。アスヴァールで戦った魔物トルバランを彷彿（ほうふつ）とさせる怪力だった。

——ラヴィアスはこの男を魔物だとは言ってない。でも……！

ミラの視線が、手袋に包まれているバシュラルの右手に向けられる。理由はいまひとつわからないが、彼の手はラヴィアスを混乱させているようだった。

シャルルの抜け道で遭遇した怪物たちを思いだす。敵には、そうした力を持つものたちがいるのだ。バシュラルの右手に何らかの力が備わっているとしても、おかしくはない。

バシュラルが大剣を押しこもうとする。そこへ、己の剣を拾ったリュディが斬りつけた。バシュラルはすばやく飛び退る。

リュディに支えられて、ミラはどうにか立ちあがった。

――二人がかりで、いつまでおさえておけるかしら。

戦慄と不安に包まれながら、ミラは血まみれの庶子の王子を見据えた。

†

ミラとリュディがバシュラルを相手に苦戦を強いられはじめたころ、ティグルは遊撃隊の右翼で焦りを募らせていた。

序盤の激突がすむと、敵の左翼は隙間なく盾を並べて守りに入ったのだ。こちらの兵が石を投げ、剣や槍で突きかかってもほとんど反撃せず、耐え続ける。

むろん、ここでも血にまみれた敵と味方の死体が草むらを埋め、折れた槍や割られた盾が転がっているのだが、その数は中央よりも少なかった。

ティグルはオード兵とともに何度か接近して矢を射かけたが、目に見えるような効果は得られなかった。たしかに敵の指揮官を討ちとり、多少の混乱を起こしてはいるが、それでもバシュラル軍左翼は十数歩ほども後退してすぐに態勢を立て直し、決して崩れないのだ。

――あるていどの騎兵がいれば、突撃して、より内側に矢を届かせることができるんだが。

オード兵たちを率いてそのような真似をしても、五十人の歩兵では相手に押し返されてしまうだろう。その上、後退するときに強烈な反撃をくらうに違いない。

――彼らは、バシュラルがどこかを突き崩すのを待っているんだろうが……。

漂ってくる血と土の臭いに顔をしかめながら、不安に奥歯を噛みしめる。

自分もミラとリュディの補佐にまわるべきだったろうか。あの二人とバシュラルが刃をまじえたら、矢を射る隙などないとわかっているので、右翼にいることを選んだのだが、誤りであったかもしれない。

そのとき、他の部隊と連絡をとりにいっていたロイクが戻ってきた。

「他の部隊で、積極的な行動に出る者はいないようです。自分たちが目の前の敵を食い止めている間に、中央か左翼で変化が起きるのを待つと」

「そうか。ありがとう……」

ティグルは礼を述べる。その判断を責めるのは難しい。間違ってはいないからだ。

――もう一度、攻勢をかけてみるか？

今度こそ変化を起こせるかもしれない。あるいは、中央部隊か左翼に移ってみるか。オード兵たちなら連れていっても問題ないだろう。

――それに、川辺を泥濘にしたというのがどうも引っかかる。

そのことについての違和感も、ティグルをかすかに苛立(いらだ)たせていた。

騎兵の動きを封じるものだとブレソールは言い、ミラもリュディも納得していた。自分もそれ以外の答えを見出せなかった。だが、本当にそれだけなのだろうか。

どうすべきか考えていると、歩兵たちを左右に退かせて、見覚えのある騎士が現れた。ブレソールの部下だ。深刻な表情で、彼は訊いてきた。

「ティグルヴルムド卿、この場を離れて左翼へ向かうことはできますか」

「何かあったのですか？」

青ざめた相手の顔からただならぬ事態が起きたと察して、ティグルは問いかける。

「左翼がかなり混乱しているようです。何でも遠くから矢を放たれて、小部隊の指揮官を次々に射倒されていると……」

冷気をまとった驚愕が背筋を貫いた。それは、自分がやろうとしていたことではないか。

最初の衝撃が過ぎると、ティグルの脳内にひとつの疑問が浮かびあがった。

「……待ってください。矢で、やられたんですか？」

ブリューヌ人が軽蔑し、戦場ではせいぜい罪人などにしか使わせようとしない弓矢で。

この戦場でも、歩兵たちは投石を用いたというのに。

「そうです」と、騎士は苦しそうな表情で答える。

「団長は、あなたなら何かわかるかもしれないと」

ブレソールの驚きと戸惑いが、手にとるように理解できた。

「わかりました。ただし、オード兵たちも連れていきます」

そう言ったのは、いざというとき、自分の頼みで動いてくれる兵がほしかったからだ。

騎士の承諾を得ると、ティグルは緊張した顔でロイクを振り返った。

「俺は先に行く。あとから追いついてくれ」

わかりましたというロイクの声を受けて、ティグルは騎士とともに馬を進ませる。右翼を抜けだすと、猛然と走らせた。中央部隊の隙間を横切る。一千五百の騎士たちは、戦う前と同じ位置でたたずんでいた。視線を転じれば、先頭では激しい戦いが行われているようだ。

――ミラとリュディがバシュラルと戦っているんだ。

手綱を握る手に汗がにじむ。ティグルは騎士に戦況を尋ねた。

「中央では、バシュラルが先頭に立って攻勢をかけてきましたが、ベルジュラック殿と騎士殿が受けとめています。右翼はご存じの通り膠着状態で、左翼はこちらが押されています」

左翼部隊にたどりつくまでに、ティグルは二回、てのひらの汗を服で拭った。

左翼を構成する歩兵たちをかきわけて、馬を進ませる。前に進むほど隊列が乱れており、そこかしこで悲鳴があがっていた。右往左往している兵たちが目につく。

前方に目を向ければ、土煙をまとって積極的に攻めよせるバシュラル兵の姿が見えた。兵の強さはほぼ同じのようだが、敵には勢いがあり、こちらは崩れかけている。

ティグルは黒弓に三本の矢をつがえて、弓弦を引き絞った。ひとまず敵の先頭集団を押し返さなければならない。馬を進めながら放った矢はそれぞれ別の方向に飛んで、三人のバシュラル兵を同時に射倒した。敵と味方の双方からどよめきがあがる。

「予備の矢を用意するべきだったな」

　つぶやいて、新たに三本の矢を射放ち、やはり三人の敵兵を葬り去った。

「狩りのときにも見ましたが、恐ろしいものですな……」

　ティグルの隣に馬を立たせている騎士は、それ以外に言葉が出てこないようだった。

　新たな矢を用意しながら、ティグルは周囲に視線を巡らせる。矢によって倒された死体を三つ見つけた。二つは額に矢を受け、もうひとつは首筋を貫かれている。

――並の技量じゃない。一矢で仕留めに来てる。

　額に汗が浮かんだ。ほぼ同時に、全身が危険を訴える。それは、風を切るかすかな音を耳が捉えたのかもしれなかった。ティグルは右手に持っていた矢を放り捨てて、傍らにいる騎士の腕を引きながら馬の首に身を隠す。

　直後、飛んできた二本の矢が自分と騎士の頭上を通過した。

――もう気づいたか！

　恐るべき手練れだ。新たな矢を矢筒から取りだして、黒弓につがえる。身体を起こして弓を引き絞り、ティグルは懸命に目を凝らした。

――来る！

飛んでくる矢を発見するや否や、弓弦から指を離す。

空中で二つの矢が激突し、乾いた音を発しておたがいに砕け散った。

「い、いったい何が……？」

突然のことに理解が追いつかず、騎士が頭をあげる。それを待っていたかのように矢が飛んできて、彼の口に突き立った。騎士の身体がぐらりと傾いて、頭から地面に落ちる。

助けられなかったことに歯がゆさを覚えながら、ティグルは新たな矢を用意した。

——俺しかできないわけじゃないと思ってはいたが。

三百アルシン（約三百メートル）先から矢を射放って、確実に仕留める。

どの国でも驚愕と賞賛をもって迎えられてきた、非凡な弓の腕だ。

その技量を、弓を蔑むブリューヌで見られるとは。しかも、敵の中に。

——そういえば、ナヴァール城砦でやりあったやつがいたな。

いまさらになって、ティグルはそのことを思いだす。あのときはバシュラルの強さに圧倒されたのと、牽制の矢を放ったら反撃がこなかったのとで、とくに気に留めなかったのだ。

再び矢が飛んでくる。矢を放って打ち落とす。ティグルは視界のある一点を睨みつけた。さきほどといまの二本の矢で、軌道はだいたい読みとった。

——見極めてやる。

歯を食いしばって恐怖を押し殺し、馬を進める。距離を縮めれば、矢に気づく時間も当然短くなる。だが、この恐ろしい弓使いがどこにいるのかを、知らなければならない。

――こいつはここで俺が倒すか、最低でも逃がさないようにしないと。

ミラもリュディも、この弓使いの存在を知らないはずだ。彼女たちを狙わせてはならない。

敵の弓使いの意識を自分に向けたからだろう、周囲で歩兵同士の戦闘が再開した。

怒号と叫喚がとびかい、剣が盾を叩き、手斧が腕や脚をえぐる。味方の兵士が、三方向から槍を突きこまれて息絶える。敵の兵士が、ちぎれかけた右足を引きずりながら逃げようとして頭を叩き割られる。草原は死者の血を吸って、赤黒く染まっていった。

その中で、ティグルはさらに一歩、前進する。

馬に乗ったひとりの男が、目に留まった。年齢は二十前後。金髪で、整った顔だちの持ち主だ。青を基調とした軍衣をまとい、甲冑はつけていない。

そして、手に弓を持っている。

「タラード……？」

その名を、ティグルはすぐに思いだすことができた。アスヴァールの敵将で、ソフィーを狙って矢を射かけてきたことがあり、マリアヨの海戦では自分たちを苦しめた男だ。

――どうしてあいつがここにいる？

目が合って、彼が笑ったように見えた。それは錯覚だったかもしれない。だが、彼が弓に矢をつがえてこちらに狙いを定めてきたのは、まぎれもない現実だった。

衝撃と疑問を意識から消し去り、ティグルは戦意を奮いたたせる。応戦し、彼を打ち倒さなければならない。考えるのはそのあとだ。

二本の矢を黒弓につがえる。同時にではなく、短い間隔で一本ずつ射放った。一本目で相手の矢を潰し、二本目でタラードを射倒そうとしたのだ。

しかし、その考えは読まれていた。一本目も二本目も、相手の矢によって吹き飛ぶ。

まずいとティグルは思った。小部隊の指揮官を狙い撃ちにしてくるほどだ。タラードが予備の矢を用意している可能性は高い。

足止めされているのは自分の方だと、ティグルは気づかされた。

こちらの矢が尽きれば、タラードは再びこちらの指揮官たちを狙ってくるだろう。それがわかっていながら、ティグルは彼の放ってくる矢を打ち落とさなければならない。

心が軋む音に顔を歪めていると、遠くで角笛の音が鳴り響いた。右翼のあたりだ。

「右翼で何か起こったのか……？」

そのとき、後ろの方から呼びかけてくる声があった。

「ティグル様、ご無事ですか」

ロイクのものだ。ティグルが何かを言う前に、彼は息を弾ませながら言葉を続けた。

「ここに来るとき、騎士たちが右翼に向かっているのが見えました」

中央にいた一千五百の騎士たちのことだ。ブレソールが勝負に出たということか。戦場全体を見ることができないのが、もどかしく思える。

ティグルの推察は正しかった。このとき、ブレソールは予備兵力を除く騎士たちをすべて右翼に投入して、一気にことを決しようとしていたのだ。右翼を選んだのは、その時点で兵の損害がもっとも少なかったからだった。

「ロイク、盾をかざして後ろにいてくれ。兵たちも下がらせろ。矢が飛んでくる」

口早に命令しながら、ティグルはタラードを迎え撃つ。

一本、二本、また二本と、あたかも技を競うように矢を射放ちあう。

残り少なくなってきた矢に絶望感を覚えたころ、ティグルは顔をしかめた。

タラードが後退をはじめたのだ。弓に矢をつがえて、いつでもこちらに反応できる体勢はとっているが、射放とうとはしてこない。

──矢が尽きたわけじゃないだろう。何を考えている？

もう矢が五本しか残っていないこちらにしてみればありがたい話だが、どういうつもりなのか。悩んでいると、左から「敵だ！」という大きな悲鳴がいくつも聞こえた。

見ると、戦場の南側──泥濘となっているはずの一帯を駆けてくる騎兵集団の姿がある。その数は、おそらく二千。彼らは槍を持ち、革鎧を身につけ、緑地に金色の一角獣を描いた旗を掲げていた。

「バシュラル軍……！」

その瞬間、ティグルは敵の狙いを悟った。

バシュラル軍の右翼から離れたタラードは、額の汗を拭いながら得意げな笑みを浮かべた。

「――勝ったな」

確信に満ちた声で、つぶやく。中央部隊の後方に向かうと、彼に気づいた騎士たちが駆けてきて次々に状況を報告した。

「ご命令通り、敵が投入してきた騎士たちに対抗すべく、左翼に騎兵一千を残らず向かわせました。歩兵たちが守りを固めていることもあって、食い止めています」

「中央ですが、バシュラル殿下と二人の騎士の戦いは続いております」

「右翼は、別働隊と呼吸をあわせて攻勢に出ます」

それらの報告に満足そうにうなずき、新たな指示を出す。

――どうだ、ティグルよ。

タラードの策は、二日前までさかのぼる。彼は一部の兵をこの地に先行させ、川をせきとめて水をあふれさせた。騎兵の迂回行動を阻むつもりだと、敵に思わせるために。

さらに、まだ合流していなかった二千の兵に伝令を放って、遅れて来るように命じた。敵に気づかれないよう、西から来るのではなく、南西から来て、せきとめたことで水がなくなっている川を渡ってくるようにとも付け加えた。

　そうして昨日、一帯が泥濘になっているのを確認すると、そこに厚い樫の板を何枚も敷いて道をつくり、泥濘に浸した草で覆って偽装をほどこしたのだ。その位置が味方にわかるように目印として石をいくつか置いておくことも忘れなかった。

　この仕掛けを敵に気づかれる恐れはあったが、その場合は自分の指揮能力とバシュラルの豪勇で持ちこたえればいいと割り切った。二千の味方が到着すれば、数ではこちらが優る。

　それでも懸念は二つあった。

　ひとつは、戦姫たちが完全にバシュラルをおさえこむ可能性。もうひとつは、自分がやった手を、ティグルも使ってくるのではないかという恐れだった。

　それらを捨てることができたのは、バシュラルに言われたからだ。

「そのときはさっさと撤退戦に移れ。俺も逃げるから。負け戦には慣れてる」

　傭兵らしいもの言いだったが、タラードが決意を固めるには充分だった。

「しかし、勝利してもまだ道半ばか。先は遠いな……」

　ため息まじりにつぶやくと、タラードは鞍に差していた弓の弦を軽く弾く。

　それだけの余裕が、いまの彼にはあった。

†

地鳴りかと思うほどに馬蹄(ばてい)を轟かせて、バシュラル軍別働隊はベルジュラック遊撃隊(ファルタス)の左翼に迫る。槍先をそろえて、強烈な横撃を叩きこんだ。

彼らの突撃に気づいた歩兵たちは、盾を並べて防ぎ止める姿勢をとったが、耐えられた者はいなかった。槍で貫かれ、馬蹄にかけられ、勢いに吹き飛ばされて地面を転がる。血溜まりの上に血の雨が降って川となり、死体の上に死体が積みあげられた。

ただでさえ、タラードによって何人も指揮官を射倒され、混乱していた左翼は、この一撃でほとんど息の根を止められた。

そこへ、バシュラル軍の右翼が猛然と攻勢に出る。

三倍の敵に二方向から襲いかかられて、耐えられるわけがない。遊撃隊の兵たちは必死に抵抗したが、複数の敵に斬りつけられ、突きかかられるとどうしようもなかった。

味方が倒れてできた空白は、たちまちのうちに敵兵に埋められる。恐怖を感じた味方が一歩退けば、敵が剣や槍を振りあげて前進してくる。

遊撃隊の兵たちは、武器を捨て、盾を捨て、ひとり、またひとりと敵に背を向けて逃げだしはじめた。バシュラル兵たちは彼らに容赦なく追いすがり、槍で突き刺していく。

遊撃隊の指揮をとっているブレソールは、予備兵力である五百の騎士を左翼の救援に向かわせる一方で、全軍に後退を命じた。

「無理なことだとはわかっちゃいるがね……」

彼は二十騎の部下をともなって、中央部隊の後方にいる。その顔は疲労と後悔によって憔悴しきっていた。敵と交戦している状況での後退ほど困難なものはない。

だが、整然と戦場を離脱するには、後退して隊列を立て直さなければならない。兵たちが浮き足立って一気に潰走につながるからだ。

「だが、我が軍のこの態勢は、不幸中の幸いだったかもしれんな」

ブレソールは部下のひとりに声をかけ、あることを命じた。

遊撃隊の左翼で、ティグルはオード兵たちを指揮して懸命に味方を支えている。

だが、五十人の歩兵ではできることに限界があった。矢はもう一本しか残っておらず、補充することもかなわない。

しかも、一部の諸侯はこの期に及んでティグルと連係をとることを拒んだ。

「弓しか使えない若者の指示を聞けというのか」

わかっていたことだが、この戦に参加した諸侯のすべてがリュディやブレソールの言葉に心を動かされたわけではなかった。

飛び散る鮮血も、地面を埋める死体も、味方のものばかりになっていく。

ブレソールが発した後退の命令を聞いたとき、ティグルは顔といわず手といわず土にまみれ、身体のそこかしこに傷を負っていた。

「——ロイク」

オード兵たちのまとめ役に呼びかける。彼の厳つい顔は、己の血と敵の返り血とで真っ赤に染まっていた。肩や腕にも浅いものながら傷を負っている。

「兵は全員いるか？」

その質問には、かすかなためらいがあった。自分の命令につきあわせて、彼らを過酷な状況に縛りつけたという思いがあったからだ。

「いまのところは」

ロイクの返答が短いのは、疲労のためだろう。申し訳なさと、よかったという思いを胸に抱きながら、ティグルは彼に告げた。

「できることはやった。後退してくれ。左翼から抜けて、そのまま戦場を離脱するんだ。誰かに問われたら、俺が命じたと言ってかまわない」

ブレソールの意図を、ティグルは正確に把握している。この後退は、撤退につなげるためのものだ。左翼全体でまとまった行動がとれない以上、自分たちの判断で動くしかない。

「ティグル様はどうなさるので？」

顔の血を乱暴に拭って、ロイクが尋ねる。厳つい顔が凶悪さを増した。

「俺も後退する。中央部隊に行ってからな」

戦場を離れるとしても、ミラとリュディといっしょでなければ意味がない。二人がどうなっているのかも気になる。

ロイクは呆れた視線をティグルに向けた。

「もう矢は一本しかないんでしょう」

「ああ、次は予備を必ず用意する」

強い決意をこめて答えると、ロイクは小さく笑った。

「お供します。負け戦で見捨ててきたなんて、とてもマスハス様に報告できませんから」

ティグルは目を瞠った。何を言いだすんだと言おうとしたが、先にロイクが続ける。

「さすがティグル様だ。当たり前のように次、と言ってくださった。そういうひとについていくのが生き延びる秘訣なんですよ。――もう一戦いくぞ！」

最後の台詞は、オード兵たちを振り返ってのものだ。兵たちは怒号で応じた。

ティグルは黒弓を強く握りしめることで、こみあげてくる熱い思いに流されまいとする。この戦場を離脱したら、彼らに報いなければならない。もちろんマスハスにも。

そうして落ち着きを取り戻すと、指揮官としての顔でロイクに告げた。

「力を借りるぞ」

馬首を巡らすと、オード兵たちがティグルを守るように囲んだ。

ひとりと五十人は、逃げ惑う味方を押しのけ、追撃をはじめた敵を蹴散らして、中央部隊へ急ぐ。前だけを見据えて、決して振り返らなかった。


中央部隊の先頭で、ミラとリュディはいまなおバシュラルと対峙している。

二人の顔には疲労の色が濃い。土で汚れた髪は汗によって顔に張りつき、何度も地面を転がったために軍衣は泥だらけだった。ともに肩で息をしており、バシュラル以外の相手に気を払う余裕などない。使い慣れた槍と剣でさえ重く感じるほどだ。

「驚いたな。ナヴァール城砦で戦ったときよりも持ちこたえるじゃないか」

二人を睥睨するバシュラルの顔には、感心するような笑みが浮かんでいる。こちらは無傷というだけでなく、疲れている様子さえ見せない。

——化け物だわ。

内心でミラは悪態をつく。声に出すのも億劫だった。

戦いがはじまってから、ミラとリュディは果敢に攻めたてた。エルネの町で手合わせをしたのは無駄ではなく、視線で合図を送る必要すらなく、息の合った動きで間断なく突きかかり、斬りつけたのだ。

だが、バシュラルは大剣一本でそれらをことごとくしのいだ。

しのいだ、という言い方は正確ではないかもしれない。すさまじい膂力で退けた。

彼の斬撃を受けとめれば、身体ごと吹き飛ばされる。受け流そうとしても、勢いに流されて体勢を崩す。刃の先端がかすめるだけでも腕や脚を持っていかれると、肌で感じる。

しかも、かつては傭兵として剣を振るっていたからか、決まった型がない。隙を見せてこちらの動きを誘う手を、彼はいくつも持っていた。

──でも、やるしかないわ。

耳に入ってくる情報や、周囲の敵兵の動きから、味方が負けたらしいことは知った。

自分の命令に従う兵が一千ほどもいれば、ミラはすぐさま考えを切り替え、バシュラルから逃げて、撤退戦の指揮をとっただろう。しかし、いまのミラに兵はない。

リュディは総指揮官だが、ベルジュラック家の人間だから認められたのであり、指揮能力を評価されたわけではない。彼女に従う者が、この状況ではたしているだろうか。

──だからこそ、ここでこの男の首をとる！

リュディが動く気配を感じとって、ミラも地面を蹴った。左右から同時に挑みかかる。

ミラはバシュラルの足下を狙って、ラヴィアスを右から左へと薙ぎ払う。リュディは相手の頭部を狙って跳躍した。

バシュラルは大きく状態をそらしながら、地面を削るように大剣を振るう。ミラのラヴィアスを弾き返し、そのまま大剣を振りあげてリュディに斬りつけた。反応も速ければ、斬撃の鋭さも尋常ではない。

リュディはやむを得ず剣の軌道を変えて、バシュラルの大剣を受ける。吹き飛ばされ、空中で体勢を崩しながらも、どうにか相手から距離をとって着地した。

今度はミラが先に動く。正面からバシュラルに接近して、立て続けに刺突を繰りだした。

だが、バシュラルは大剣の平を盾代わりにして、それらをすべて受けとめる。かと思うと、突然上から下へ大剣を振るって、ミラの槍を叩き落とそうとする。とっさにそれをかわして、ミラは右へ跳んだ。刹那、リュディが左からバシュラルに襲いかかる。

バシュラルがどちらを見ても、もう一方が彼にとって死角になるはずだった。

しかし、バシュラルはミラを見ながら、左脇の下をくぐらせて大剣を後ろに突きだす。そうしてリュディの斬撃を受けとめ、彼女が二撃目を繰りだすよりも速く身体をひねって反撃の刃を振るった。リュディは地面を転がってそれを避ける。

これが一騎打ちだったら、とうに首をはねられていただろう。ミラもリュディも、そう思わざるを得なかった。

「ところで、気づいてるか？　おまえらのまわりにもう味方がいないことに」

バシュラルの言葉に、ミラとリュディは視線を巡らせる。彼の言う通りだった。バシュラル軍は前進し、死体で地面を埋めながら遊撃隊の中央部隊を大きく後退させていたのだ。

「兵たちから賞金を取りあげると恨まれちまうが、そろそろ終わらせ――」

　そこまで言って、バシュラルは言葉を呑みこんだ。どこからか、雄叫びと馬蹄の轟きが近づいてくる。彼は南の方へと目を向け、口元に凶悪な笑みを浮かべた。

「生きていたか！」

　それはおよそ、敵に向ける表情でも台詞でもなかっただろう。彼の視線の先にいるのは、黒弓に矢をつがえて馬を走らせてくるティグルヴルムド＝ヴォルンの姿だった。

　オード兵たちを従えて現れたティグルは、弓弦を力強く引き絞りながら、バシュラルに狙いを定める。まともに射放っても、大剣で打ち落とされるだけだ。そして、矢はもうこの一本しかない。立ち止まれば敵に囲まれるので前進せざるを得ず、距離は見る見る縮まっていく。

　バシュラルは、もうミラとリュディに興味をなくしたかのように、ティグルに向かって駆けだした。バシュラル軍の歩兵たちが慌てて道を開ける。かすかな混乱が生じた。

　さきほどまではなかったこの変化を、ミラは見逃さなかった。

「ティグル！」

　想い人の名を叫びながら、地面を駆ける。バシュラルに追いすがって、槍で突こうとした。

　バシュラルは反転してミラに向き直ると、大剣を振りあげる。

　ミラは後ろに跳んで地面に膝をついた。己の竜具（ヴィラルト）に呼びかける。

「――ラヴィアス！」

　彼女の意志に応えて、ラヴィアスが穂先にまとった冷気を解き放った。冷気は氷塊となり、鋭い先端を持つ氷の柱となってバシュラルを下から襲う。

完全な不意打ちだったその一撃を、バシュラルはとっさに身体をそらしてかわした。

「残念だったな」

嘲笑するバシュラルに、ミラは笑みを返す。その言葉はそのまま返すというふうに。

ティグルが矢を放ったのは、その瞬間だった。

バシュラルではなく、氷塊を狙って。

氷塊に当たった矢が、乾いた音をたてて軌道を変える。バシュラルに向かって飛んだ。

「なっ」と、短い驚きの声をあげながら、それでも彼は反応した。自分から体勢を崩す。彼の首に届くはずだった矢は、頬をかすめるに留まった。

バシュラルが呆然としていたのは、三つ数えるほどの短い時間だった。しかし、その間にティグルは馬を勢いよく走らせ、地面に座っているミラへと手を伸ばしている。

ミラもまた手を伸ばしてティグルの手をつかんだ。

彼女の身体は空中を舞って、ティグルの前におさまる。

「リュディ！」

ティグルとミラが彼女へと手を伸ばした。そこへバシュラル兵たちが殺到する。彼らにしてみれば、殺してしまったとしてもひとり金貨一千枚の獲物なのだ。見逃せるわけがない。

馬上でミラが槍を振るい、地上でリュディが剣を振るう。

二人の周囲で銀色の閃光が煌めいた。顔や首筋から血を噴きあげて、四人のバシュラル兵がもの言わぬ骸となる。他の兵たちはおもわず足を止めた。まだ戦う力が残っていたのかと、槍を突きだして牽制する。

そんな彼らの側面に、ロイクの率いるオード兵たちが食らいついた。オード兵たちはそうと う疲労していたが、勢いは相手に優った。バシュラル兵たちが押されて後退する。

彼らがつくった時間を無駄にせず、リュディは今度こそティグルの手をつかんで、その後ろに座った。馬が悲鳴をあげたのは当然のことだろう。

「手綱は任せるわ」

ミラが右に左に槍を薙ぎ払って敵兵たちを打ち倒し、道を切り開く。リュディも追いすがってくる敵兵を次々に斬り伏せた。ロイク率いるオード兵たちもまた、敵兵を突き放してティグルたちに付き従う。

馬を進ませながら、ふと背中に視線を感じて、ティグルは後ろを振り返る。

立ちあがったバシュラルが、冷酷な表情でこちらを睨んでいた。幸いというべきだろう、追ってくる気配はない。だが、ティグルは恐怖と、それから違和感を覚えて前に向き直った。

中央部隊を抜ける。視線を転じると、味方の左翼が潰走をはじめていた。

――負けたな。

声には出さず、つぶやく。同じ思いを抱いたのか、後ろに乗っているリュディがティグルの服の裾をつかんだ。手がかすかに震えている。

　彼女の手にそっと自分の手を重ねた。何気ない口調で、二人に尋ねる。

「全軍後退の命令が出たのは聞いてるか？」

「そうだったの」と、答えたのはミラだ。それだけの余裕もなかったらしい。

　次いで、ティグルは覚悟を決めてオード兵たちを振り返る。さきほどまで見た顔が三つ欠けていた。胸が締めつけられる思いに表情を歪めて、ロイクに尋ねる。

「何人やられた……？」

「五人です。六人になるかもしれません」

　あらためて見ると、三人がかりで抱えられている兵がひとりいた。

「あとで名前を教えてくれ。オードのどのあたりで暮らしていたのかも」

　そのとき、馬蹄の響きが近づいてきて、ティグルたちは反射的に身構える。だが、それが味方のものだとすぐにわかって、表情を緩めた。

　東の方から、二十近くの騎士たちが駆けてくる。先頭にいるのはブレソールだ。彼はティグルたちの前で馬を止めると、青ざめた顔に苦笑いを浮かべた。

「よくご無事で」

「申し訳ありません。私の力が至らぬばかりに……」

　沈痛な面持ちでリュディが頭を下げる。そのまま身体が傾いて落馬しそうになったので、ティグルは慌てて彼女を支えた。ブレソールは首を横に振る。

「この戦いですべてが決したわけではありません。まだ道は半ばです。反省会は後日、酒でもかわしながらやるとしましょう。それよりあなたは総指揮官なんですから、早くお逃げください。もちろんティグルヴルムド卿とあなたも」

あなたというのはミラのことだ。ブレソールの背後に控えている部下たちは、彼女が戦姫であることを知らない。

「ですが、まだ兵たちが……」

リュディは戦場を振り返る。怒号と悲鳴、そして剣戟の響きはいまだに絶えることなく、しかも徐々にこちらへ近づいていた。逃げる兵の姿もかなり目立っている。

「そのあたりは私の役目ですな。総指揮官を切り離せる態勢にしたのは、幸いでした」

ブレソールの表情にも口調にも悲壮感はないが、それだけに彼の決意が伝わってくる。ティグルは彼に一礼した。

「ご武運を」

続けてミラも頭を下げる。自分たちがここにいても、もうできることはない。意地を張って留まり、敵に捕らわれたり討ちとられたりすれば、かえって味方に打撃を与えてしまう。ブレソールの好意を受けとるべきだった。

リュディも、ようやく葛藤を切り払う。まっすぐブレソールを見つめた。

「反省会、約束ですよ」

ブレソールが指示を出し、二人の騎士が自分の馬をティグルたちに提供する。留まる方にこそ馬は必要だろうと思ったが、問答している時間も惜しい。

ティグルとミラ、リュディはそれぞれ馬に乗って、東へ駆けた。もっとも、あまり速度をあげることはできない。四十五人のオード兵を置き去りにするわけにはいかないからだが、ミラとリュディが疲れきっているためだ。速度をあげれば落馬しかねなかった。

背後で、戦場が遠ざかっていく。

見上げれば、空には変わらず雲ひとつなく、太陽は中天を過ぎたばかりだった。心地よいはずの陽光にうっとうしさを感じる。

草原を懸命に駆ける。戦場を離れてから一千を数えるほどの時間が過ぎて、もうだいじょうぶだろうと思ったとき、西の方を見る。ティグルの耳はかすかな馬蹄の響きを聞きつけた。

衝撃とともに、西の方を見る。バシュラル軍だろう騎兵の一部隊の姿があった。

数は五十から六十といったところで、間違いなく自分たちを追いかけている。まだかなり距離があるが、百を数える前には追いつかれるだろう。

「ここまで来て……！」

悪態が口をついて出る。おもわず、腰に下げている革袋に視線を移した。そこにはアスヴァールとザクスタンで手に入れた『魔弾の王』に関わる鏃が入っている。

──鏃以外の部分をミラにつくってもらえば、こいつを射放つことができる。

その尋常ならざる威力は、よく知っている。自分たちに迫っている騎兵部隊など、彼らが立っている地面ごと粉々に吹き飛ばすだろう。

その光景を想像すると、心にひるみを覚える。だからこそ戦場では使わなかったし、ここにいるのが自分だけならやはり使おうと思わない。

だが、ミラとリュディ、オード兵たちを守るには、他に手がない。

「──ティグル、あれ」

ミラが緊迫した声をあげたのは、そのときだ。彼女の指が示す先を追って北の方に目を向けると、遠くに二つの人影が見える。

──武装はしていないみたいだ。旅人か？

なんて運が悪いひとたちだと、歯ぎしりをする。だが、放っておくわけにはいかない。バシュラル兵たちは、あの旅人たちをも容赦なく襲うだろう。

「話をして、聞いてくれるようなら俺の馬に乗せる」

「お願い。私はあの目障りな連中をかたづけてくるわ」

何でもないことのように言って、ミラが馬首を巡らした。リュディもだ。

「多少は疲れがとれました。負け戦の八つ当たりにはちょうどいいかもしれません」

ティグルは盛大なため息をついた。いまの二人では半数の敵でも苦しいはずだ。だが、こうなったら言っても聞かないだろう。ひとまず、あの二人組を助けなければ。

旅人たちに向かって馬を走らせる。

相手の顔が見えたところで、ティグルは目を瞠った。二人とも女性なのだが、ひとりは知っている人物だったのだ。

ゆるやかに波打つ金色の髪を腰まで伸ばし、緑と白を組みあわせたドレスをまとって、手には黄金の錫杖を持っていた。

もうひとりは鮮やかな赤い髪をした娘で、つばの広い帽子をかぶり、地味な色合いの服を着て、その上に外套を羽織っている。

ティグルが知っているのは、金色の髪の娘の方だった。

「ソフィー……？」

「あらあら。誰かと思ったらティグルじゃない」

その女性——ソフィーヤ＝オベルタスは、ぽかんと口を開けて立ちつくす。その隣では、赤い髪の娘がきょとんとした顔でティグルを見上げていた。

「再会を喜びたいところだけど、そういう雰囲気ではなさそうね」

ひょいと身体を傾けて、ソフィーはティグルが馬を走らせてきた方向に視線を向ける。数百アルシンは離れているのではっきりとは見えないだろうが、それでも敗残兵の群れと化したオード兵たちはわかったらしい。

「あなたがここにいるということは、ミラはあの中にいるの？」

「いや、違うんだ。いきなりこんなことを頼んで悪いが、助けてくれ、ソフィー」

馬から下りるのももどかしく、馬上でティグルは頭を下げる。自分たちが戦に負けて、敵兵に追われているということだけを口早に説明した。

ソフィーはすぐにうなずいて、左手に持っている黄金の錫杖をしゃらんと鳴らした。

「わかったわ。わたくしをそこまで連れていって」

彼女が伸ばした右手を、ティグルはしっかりとつかんで、引きあげた。


ティエルセの戦いは、ベルジュラック遊撃隊（ファルタス）の敗北によって終わった。

ブレソールは最後まで戦場に留まり、ひとりでも多くの兵を逃がそうと試みたが、遊撃隊の死者は一千五百を超え、負傷者はその倍以上にのぼった。無傷で戦場を離れることができた者は二百に満たなかったという。

一方、バシュラル軍の死者は二百余であり、負傷者も六百に達しなかった。

バシュラルは捕らえた敵兵から遊撃隊の陣容を聞きとり、この軍に加わった騎士団と諸侯の領地をすべて襲うことを宣言した。

エピローグ

太陽が金色の輝きをまとって、西の果てに沈もうとしている。

何もない草原で、約五十人の集団が休息をとっていた。ティグルたちだ。

自分たちを追ってきたバシュラル兵の騎兵部隊を、ソフィーとミラ、リュディの三人で退けたあと、彼らはロアゾン城砦に向かって北上していた。

ちなみに、三人でとはいっても、ほとんどソフィーひとりでかたづけたようなものだ。おっとりとした柔和な振る舞いからは想像しにくいが、彼女もやはり戦姫のひとりだった。

「そういうことだったのね……」

ティグルから話を聞き終えたソフィーは、金色の髪を揺らしてため息をつく。

ティグルとミラ、リュディ、そしてソフィーとリーザの五人は、円を描くように座って、おたがいのこれまでのことを話しあっていたのだ。

「ザクスタンではずいぶんとがんばったのね」

ソフィーは優しげな微笑を浮かべて、ティグルの頭を撫(な)でる。

すると、リーザがティグルの顔を覗きこんできた。彼女はリュディと同じく異彩虹瞳(ラズイーリス)で、右の瞳が金、左の瞳が碧色をしている。そして、何があったのか右腕の肘から先を失っていた。

「ソフィーと仲がいいということは、あなたはいいひとなの？」

どう答えたものかわからないという顔で、ティグルは彼女を見つめる。ソフィーによると、リーザは記憶を失って子供のようになっているということだが、子供扱いすればいいのか、自分と同い年らしいので対等に接すればいいのか、いまひとつ判断がつきかねた。

加えて、負け戦の直後とは思えない、まるで違う雰囲気の場所に放りこまれてしまった気がして、上手く頭が働かない。

「どうだろう。悪いひとではないつもりだが……」

「よってたかってひとりの人間をいじめることはある？」

「そういうのは嫌いだな」

真面目に答える。すると、リーザはぱっと顔を輝かせて左手を差しだしてきた。

「お友達になりましょう」

彼女の手を握りながら、ティグルはソフィーに視線で助けを求めた。

「仲良くしてあげてね」

にこやかな笑みを返されて、ティグルは苦笑で応じる。

ミラもまた、困ったような顔でリーザを見つめていた。

「これが、あのエリザヴェータなの……？」

ミラの知っている『雷渦の閃姫（イースグリーフ）』とは、あまりに違いすぎて、彼女が積極的にティグルにじゃれついているのを見ても、腹立たしさより困惑が優った。

「いっしょに過ごしてみると、本当にいい子よ。とはいえ、いつかは記憶を取り戻してあげたいと思ってるわ」

「そうなの？　このままの方がいいような気がするけど」

ミラの言葉は冗談めかしたものだったが、ソフィーは真面目な顔で首を横に振った。

「どうしても記憶が戻らないなら仕方ないけれど、やはり必要なことだと思うのよ」

「そこまで言うなら、この件がかたづいたら手伝ってあげるわ。それにしても、あなたも間が悪いときに来たものね」

「バシュラル王子という方はずいぶん荒々しい気性の持ち主みたいね」

ソフィーはうなずいて同意を示す。彼女とリーザは十数日前、ナヴァール騎士団の騎士を助けておおまかな事情を聞いたあと、数日間、彼とともに旅をした。そして、バシュラルとガヌロンに従っていない町を訪れたところで別れたという。

その後、諸侯の兵たちを避けるようにして、再び王都を目指して旅を続けていたら、ティグルたちに再会したということだった。

「わたくしたちは王都に向かうつもりだけれど、あなたたちはこれからどうするの？」

ソフィーがティグルたちを見つめる。

「引き続き、バシュラルとガヌロンと戦う。俺にかけられた内通の疑いはそのままだし、ベルジュラック遊撃隊(ファルタス)の副長だからな。隊を放っておくわけにはいかない」

それが途方もない困難であることを承知していながら、それを感じさせない落ち着いた表情でティグルは答えた。

たしかに負けた。手痛い敗北を喫して、多くの味方を失った。後悔に打ちのめされて、精神的にも疲れきっている。

だが、それで終わりにしてはならない。

すべてが決したわけではないと、ブレソールも言っていたではないか。

自分たちが歩いている道には、まだ先がある。

「あなたらしいわね。好きよ、そういうところ」

緑柱石の色の瞳に好意をにじませて、ソフィーはくすりと笑った。

「でも、実際に一度負けてしまった以上、再戦はとても厳しく、難しいわ。ベルジュラック家の名に傷がつき、多くの諸侯や騎士団は手出しを控えるでしょう」

「リュディを悪く言うつもりはないが、傷ついたのはベルジュラック家だ。レグナス殿下じゃない。ナヴァール騎士団も健在だし、ロラン卿だってきっと無事だ。ただ――」

ティグルはそこで言葉を切って、ソフィーに深く頭を下げる。

「正直、足りないものが多すぎるとは思っている。力を貸してくれ。戦姫としてじゃなく」

「わ、私からもお願いします」

　ティグルの態度を見て、リュディも慌ててソフィーに頭を下げる。

「本当なら、隊長である私がお願いするべきなんですが、ちょっと驚いたことが多すぎて、整理が追いつかなくて……」

　何しろ、突然ブリューヌに新たな戦姫が二人もやってきたのだ。非公式で。しかも、ひとりは記憶を失っている。すぐに呑みこめという方が難しかった。

　ソフィーは楽しそうな表情でリュディの後頭部を見つめたあと、ミラに視線を移した。

「あらあら。強敵ね」

「ええ。バシュラルのことを考えると、あなたがいてくれたら心強いわ」

「そういう意味ではないのだけど」

　少し困ったようにつぶやいて、ソフィーはティグルたちに顔をあげるよう促す。

「他ならぬミラとティグルの頼みだし、リーザを安全なところに避難させたあとで手伝わせてもらうわ。よろしくお願いするわね、リュディエーヌ殿」

「ありがとうございます、ソフィーヤ殿！」

　リュディはソフィーの手を強く握りしめる。

　その光景に、少し希望が見えてきたように、ティグルは思った。

　バシュラルと、それからタラードの顔を思いだす。

　──次は勝つ。

傍らに置いた黒弓を見つめて、ティグルは拳を握りしめた。

†

アスヴァール王国のギネヴィア王女は、その日も王宮の執務室で政務にはげんでいた。

昨年の秋に内乱を終息させ、勝利者となった彼女は多忙だった。

やるべきことの多さにくらべて、信頼できる人材はあまりに少ない。好ましい気性の持ち主でも何か役目を与えるにはもの足りなかったり、反対に能力が優れていても人柄が信用できなかったりということが幾度あったか、数えるのも面倒になるほどだった。

ただ、彼女に面と向かって反発する者はいなくなった。理由は二つある。

ひとつは、再び病に臥せった父王ザカリアスが、見舞いに来る者たちにギネヴィアをよろしく頼むと言うようになったからだ。心身ともに衰弱していることを自覚した彼は、宝剣カリバーンを継承した娘に、すべてを託す気持ちになっているようだった。

もうひとつは、執務室の壁に飾られているカリバーンの存在である。

漆黒と黄金がねじれるように交差した片刃の刀身を持ち、手を守るような半円状の鍔から黄金の鎖が伸びているというこの宝剣は、見る者をひるませずにはおかない力を備えているようだった。「偽物ではないか」と言っていた者も、実物を見ると一様に黙りこむのだ。

そのような次第で、ギネヴィアの統治はゆっくりとではあるが、臣下にも民にも受け入れられつつあった。

昼近くになって、ギネヴィアは休憩をとることにした。

もっとも信頼する老将ウィルを呼び、侍女に紅茶（チャイ）と山羊の乳、焼き菓子を用意させる。

「ザクスタンに行きたいわ」

焼き菓子をかじりながら、彼女は唐突な発言をして、ウィルを呆れさせた。

「あんな土臭い山と森だらけの田舎の国に行っても、見るべきものなどないでしょう」

生粋のアスヴァール人として、ウィルは当然のようにザクスタンを見下している。

「じゃあブリューヌに行きたいわ」

ようするに逃避したいのだった。ウィルはため息まじりに応じる。

「円卓の騎士の縁の地ではいけませんか」

「顔が売れすぎてしまったのよ。この前なんて、かつらをかぶって化粧までしたのに、すぐに見つかってしまったわ。人気者は大変」

「まわりが見えなくなるほど石像や彫刻を熱心に眺めるのが殿下だけだからでしょう」

ウィルの冷静な指摘に、ギネヴィアは顔をしかめた。紅茶に山羊の乳をたっぷり入れる。

「機嫌が悪いわね。何かあったの？」

「殿下のおかげで私も忙しくなりましたから。よい若手はいますが、数が少ない」

「そうね。よし、人材を求めにブリューヌへ行きましょう。二十日ぐらい」

「それは臣下の仕事にございます。ところでブリューヌといえば……」

焼き菓子をつまみながら、思いだしたようにウィルが言った。

ナヴァール城砦から火の手があがったという話は、もちろんこの王宮にも届いている。ただし、その原因となるといささか正確さを欠いて、バシュラル王子とレグナス王子の間に激しい対立が生じた結果、バシュラルが城砦を攻めたというふうに伝わっていた。

「レグナス王子はナヴァール城砦から逃れたあと、北西部に拠点をかまえて徹底的に戦うつもりのようです。バシュラル王子もまた、レグナス王子を討つべく兵をそろえているとか」

「我が国が落ち着いたと思ったら、今度はブリューヌでそのような争いが起きるとはね。ところでロラン卿はどうなったのかしら」

ギネヴィアは精一杯、事務的に尋ねたつもりだったようだが、台詞の前半と後半であからさまに目つきが違っている。焼き菓子を頬張って、ウィルは首を横に振った。

「とくに詳しい話は聞こえてきませんな。レグナス王子のそばにいるのではないかと」

「ファーロン王は何をしているのかしら？　あの方はご健康でしょう」

「手をこまねいているわけではないと思いますが、バシュラル王子にはガヌロン公爵が後見役としてついています。あの方に苦戦しているのやもしれません」

ウィルは、ブリューヌにおけるガヌロンの権勢の大きさをよく知っている。ガヌロンは、アスヴァールの王侯貴族と広く交流を持っているからだ。

「ガヌロンといえば、エリオット兄様は彼の協力を得てジスタートを攻めたのよね……」

ふと思いだして、ギネヴィアはぽつりとつぶやいた。エリオットはアスヴァールの第二王子だった男で、昨年の内乱ではギネヴィアと一時的に手を結んだこともあった。港町デュリスを解放した直後に、彼は刺客に襲われて命を落としたと、ギネヴィアは聞かされている。

ともあれ、ギネヴィアはガヌロンにあまりいい印象を持っていなかった。かつて、ブリューヌを訪れて挨拶をしたときも、気味の悪い男だと思ったぐらいである。

「殿下としては、どちらに味方をするかと聞かれたら、レグナス王子なのですか」

若い主の表情を見て、確認するようにウィルが聞いてきた。ギネヴィアは迷うような顔で、壁にかかっている宝剣に目を向ける。

「どちらが正しいかもわからないのに、判断できるわけがないわ」

「今日にでも、いずれかの使者が協力を求めてくるかもしれませんぞ。昨年、殿下がナヴァール城砦のロラン卿を訪ねたときのように」

「では、騎士の一部隊をブリューヌに向かわせましょう。ファーロン王に謁見して、状況を聞かせてもらうの」

さらりと決定したギネヴィアを、ウィルは怪訝そうな表情で眺めやった。統治者としては適切な判断だが、あまりにまともで何か裏があるような気さえする。

　しかし、彼はすぐに考え直した。ギネヴィアの最近の成長ぶりはめざましい。さきほどの愚痴とて、疲れていればどうしてもこぼれるものだろう。

「わかりました。では、明日までに人選をすませます」

　そのとき、扉が叩かれた。ウィルが声をかけると、ひとりの官僚が一礼して入ってくる。

「失礼いたします。殿下にお目通りをという者がおりまして。ジスタート人で、ガルイーニンという名の初老の騎士です。昨年、オルミュッツ公国の戦姫の副官として、殿下に声をかけていただいたこともあったと申しておりますが」

「まあ」と、ギネヴィアは華やいだ声をあげた。

「その騎士のことなら、よく知っているわ。四半刻後にこちらへ通しなさい」

　彼に最後に会ったのは、昨年の冬のはじめごろだ。港町デュリスからザクスタンに行こうとするティグルやミラのそばに、ラフィナックとともにいたのがガルイーニンだった。

　官僚が退出したあと、ギネヴィアは何気なく宝剣を見上げる。

――リュドミラ殿はいっしょじゃないみたいだけど、ザクスタンで何かあったのかしら。

　もしもミラがいるなら、ガルイーニンが名のる必要はないし、官僚もすぐに報告しに来ただろう。ティグルやミラの身に何かあったと考えるべきだ。

　何かが自分を待ち受けているような、不思議な予感を彼女は覚えた。

あとがき

梅雨(つゆ)も明けつつある時期にこのあとがきを書いてますが、いまだ世間は平穏から遠いですね。

基本的に自宅で原稿を書いている僕ですが、それでも生活リズムがずいぶん変わりました。

本作が、少しでも気晴らしというか息抜きになってくれればと思います。

あらためて、おひさしぶりです。そうでない方ははじめまして。川口士(かわぐちつかさ)です。『魔弾の王と凍漣(ミーチェリア)の雪姫』六巻をお届けします。二月に出した前巻からお待たせしました。

今巻の舞台はティグルが生まれ育ったブリューヌ王国。ただし、ティグルの故郷であるアルサスとは反対方向のブリューヌ西部から物語ははじまります。

旧友との再会や強敵との出会いを経て、ティグルはこの国の未来にどう関わっていくのか。楽しんでいただければ幸いです。

さて、今回はいくつか発表したいことがあります。


まずひとつめ。

今冬発売予定の『魔弾の王と凍漣の雪姫』七巻ですが、オーディオドラマダウンロードシリアルコード付き特装版の発売が決定しました！

ときに戦姫として振る舞い、ときにティグルのことを想うミラを感情豊かに演じてくださるのは伊瀬茉莉也さん。ミラの永遠の宿敵であるエレンを演じてくださるのは戸松遥さん。今巻で登場した新ヒロイン、リュディエーヌを演じてくださるのは大橋歩夕さん。ミラの妹分であるミリッツァも登場しますけど、誰が演じるかはいまは秘密に。豪華声優陣で織り成される、本編では描かれることのない物語。ご期待ください。

そして二つめ。

第四の魔弾……といっていいのだろうか。新たな魔弾の物語が出ます。

その名も「ヤング・マスハス伝」—魔弾の王外伝—（仮）

新魔弾では話の流れ上、いまのところ出番がありませんが、旧魔弾の読者にはおなじみ、要所要所でティグルを助け、支えたあのマスハス＝ローダントの若かりしころの物語です。懐深いな集英社。ありがとうございます。

僕は原案を務めまして、執筆は「だから僕は、Ｈができない。」（富士見ファンタジア文庫）などでおなじみの橘ぱんさんに、イラストは白谷こなかさんに担当していただきます。ブリューヌ王国の王都ニースで繰り広げられるマスハスの冒険活劇、興味を持たれたらぜひ！

でもって三つめ。

ｋａｋａｏさんの手によるコミカライズ版『魔弾の王と凍漣の雪姫　序章』、こちらはニコニコ静画内「水曜日はまったりダッシュエックスコミック」で連載していたのですが、ついに単行本が発売されます！

発売予定は九月。kakaoさんの丁寧かつ華やかなタッチで描かれるティグルたちとルサルカの戦いを、そしてティグルとミラの熱い逢瀬をご堪能ください。予定外のことが多くてあっという間に約束の期間を満了してしまいましたが、kakaoさん、ありがとうございました。

それから四つめ。

的良みらんさんの手による『魔弾の王と凍漣の雪姫』が、ニコニコ静画内「水曜日はまったりダッシュエックスコミック」にて、秋より連載開始します。ミラの宿敵たるエレンの登場によって幕を開ける物語、楽しんでいただけたらと思います。

エレンとミラのとある一日を的良さんが描いた先行特別編が「水曜日はまったりダッシュエックスコミック」に掲載中ですので、まずはそちらをお読みになって、漫画という舞台で暴れまわるミラやエレンをお待ちいただけたらと。

まだまだあります五つめ。

ティグルとリムアリーシャがアスヴァール島を駆け抜ける英雄譚、瀬尾つかささんと八坂ミナトさんによる『魔弾の王と聖泉の双紋剣』三巻が来月の八月に発売します。ティグルとリムは再びサーシャとの邂逅を果たし、アルトリウスたちの謎に迫ります。一巻、二巻と楽しんでいただけた皆さまには、この三巻も必ず満足していただけると思います。

最後に六つめ。

『魔弾の王と聖泉の双紋剣』、コミカライズが決定しました！

ティグルたちを描いてくださるのはｂｏｍ・ｉ（ボミ）さん。リムのデザインを見せていただいたのですが、無表情でいて感情豊かな彼女を見事に描いてくださっています。今冬スタート予定となっておりまして、適時、詳細を発表していきたいと思います。こちらもご期待ください。

それでは謝辞を。

ミラやオルガたちに加え、明るく活発なリュディ、そして危険な敵将バシュラルを描いてくれた美弥月（みやつき）いつか様、ありがとうございました！　リュディのさまざまな面をイラストにしていただきましたが、指を突きつけるポーズがいちばん彼女らしいと思いました。

編集H様および今回も見直し等手伝ってくれたT澤さん、ありがとうございました！　文字通り世界を覆った災厄もあって、先の予測できない世情になりましたが、次回もよろしくお願いします。

それから、本書が書店に並ぶまでの各工程に関わった皆様にもこの場を借りてお礼を申しあげます。

最後に読者の皆様。今巻もおつきあいくださってありがとうございました。次の舞台は引き続きブリューヌとなりますが、ティグルたちの活躍にご期待ください。

エアコンよりも扇風機を多用しそうな季節に　川口（かわぐち）　士（つかさ）

魔弾の王と凍漣の雪姫の物語が
美麗なあの声で読者の元へ♪
伊瀬茉莉也
あなた
『魔弾の王と凍漣の雪姫 7』
オーディオドラマダウンロード
シリアルコード付き特装版
発売決定!!

ティグルとリュドミラの新たなる物語
待望のコミック版発売
presented by
kakao
Now
Printing
2020年9月発売予定
『魔弾の王と凍漣の雪姫―序章』

そして始まる新章は
エレンの登場で幕を開ける！
的良みらんが贈る、新たな
魔弾の王と凍漣の雪姫
2020年秋―連載開始予定
先行特別編を「水曜日はまったりダッシュエックスコミック」にて掲載中

聖泉の双紋剣も、ついにコミカライズ決定！
コミック版 魔弾の王と聖泉の双紋剣
2020年冬、スタート予定！
presented by
bomi

ダッシュエックス文庫

魔弾の王と凍漣の雪姫(ミーチェリア)6

川口 士

2020年7月27日 第1刷発行

★定価はカバーに表示してあります

発行者 北畠輝幸
発行所 株式会社 集英社
〒101-8050 東京都千代田区一ツ橋2-5-10
03(3230)6229(編集)
03(3230)6393(販売/書店専用) 03(3230)6080(読者係)
印刷所 図書印刷株式会社

ISBN978-4-08-631372-8 C0193